历代名家精选集

晏殊 晏几道集

诸葛忆兵 编选

凤凰出版传媒集团
凤凰出版社

图书在版编目（CIP）数据

晏殊晏几道集 / 诸葛忆兵编选. -- 南京 : 凤凰出版社，2013.3
（历代名家精选集）
ISBN 978-7-5506-1722-3

Ⅰ. ①晏… Ⅱ. ①诸… Ⅲ. ①婉约派－宋词－选集
Ⅳ. ①I222.844

中国版本图书馆CIP数据核字(2013)第008769号

书名	晏殊晏几道集
编选者	诸葛忆兵
责任编辑	李相东
出版发行	凤凰出版传媒股份有限公司 凤凰出版社(原江苏古籍出版社) 发行部电话025-83223462 南京市湖南路1号A楼,邮编:210009
出版社地址	南京市中央路165号,邮编:210009
出版社网址	http://www.fhcbs.com
经销	凤凰出版传媒股份有限公司
照排	南京凯建图文制作有限公司
印刷	江苏凤凰新华印务有限公司 中国江苏南京经济技术开发区尧新大道399号,邮编:210038
开本	890×1240毫米 1/32
印张	10.75
字数	232千字
版次	2013年3月第1版 2013年3月第1次印刷
标准书号	ISBN 978-7-5506-1722-3
定价	27.00元

(本书凡印装错误可向承印厂调换,电话:025-68037411)

目　录

晏几道词选

前　言

宋代有许多父子词人，如范仲淹与范纯仁、苏轼与苏过、王安石与王雱、葛胜仲与葛立方等等，然而，最著名的父子词人当属晏殊与晏几道。其他父子词人，或者其父在词坛负有盛名、其子作品寥寥，或者父子二人俱不能入一流词人行列。惟晏殊与晏几道俱为宋代杰出词人。晏殊存词一百三十余首，为宋词创作之"初祖"，开有宋词坛之新貌；晏几道存词二百六十余首，其小令哀婉凄绝，为宋词婉约之大家。

先介绍晏殊。

晏殊(991—1055)，字同叔，抚州临川(今江西临川)人。幼孤，7岁能文，乡里号为"神童"。真宗景德元年(1004)14岁时张知白以神童荐入试。次年参加廷试，赐同进士出身，擢秘书省正字。下年再召试中书，迁太常寺奉礼郎。大中祥符二年(1009)19岁时召试学士院，为集贤校理。天禧四年(1020)30岁时拜翰林学士。真宗卒，晏殊建言太后刘氏垂帘听政，得太后欢心。仁宗天圣三年(1025)35岁时自翰林学士、礼部侍郎拜枢密副使，进入二府。二年后因论事忤太后旨，出知宋州，改应天府。在应天府大兴学校，聘请范仲淹教授生徒，宋代办学之风由此兴盛。天圣六年(1028)38岁时召还，除御史中丞。明道元年(1032)42岁时再入二府，为参知政事。次年章献太后卒，罢参知政事，以礼部尚书知亳州，徙知陈州。宝元元年(1038)48岁时召还，为御史中丞、三司使。康定元年(1040)50岁时迁知枢密院事。庆历三年(1043)53

岁时拜相。次年九月罢相，出知颍州、陈州、许州、河南府等，封临淄公。以疾归京师，至和二年（1055）卒，时 65 岁，谥元献。有《珠玉词》三卷。

北宋开国后约六十余年间，“乐章顿衰于前日”（王灼《碧鸡漫志》卷二），歌词创作进入全面的萧条期。此与北宋初年战争频繁、统治者力图重塑儒家伦理道德体系等社会历史原因密切相关。翻检《全宋词》加以统计，这一时段有作品留存的词人一共 11 位，保留至今的词作仅 34 首，分别为：和岘（3 首）、王禹偁（1 首）、苏易简（1 首）、寇准（4 首）、钱惟演（2 首）、潘阆（11 首）、丁谓（2 首）、林逋（3 首）、杨亿（1 首）、陈亚（4 首）、李遵勖（2 首）。作家的总数居然远远少于晚唐五代“花间词人”群体，作品数量也不到晚唐词人温庭筠留存词作的一半。即使将五代入宋的部分词人的作品累计进去，数量也是非常有限的。

北宋真宗朝以来，内外战争基本结束，国家进入和平发展时期。宋代开国帝王“杯酒释兵权”，以荣华富贵换取大臣手中的权力，劝导大臣“多积金，市田宅，以遗子孙，歌儿舞女以终天年”（《宋史·石守信传》）。帝王倡导臣下追逐声色、宴饮寻乐，至真宗年间逐渐形成为新的社会风气。这种享乐的风气，是宋词滋生繁衍新的温床。真宗朝中后期，歌词创作数量急剧增加。晏殊及《珠玉词》的出现，就是真宗朝以来词坛新貌的典型表现。晏殊是宋代第一位大量创作歌词的作家，他的创作翻开了词坛新的一页。清代冯煦因此评价说：“晏同叔去五代未远，馨烈所扇，得之最先。故左宫右徵，和宛而明丽，为北宋倚声家初祖。”（《宋六十一家词选例言》）

晚唐五代以来走向兴盛的歌词，流行于灯红酒绿、歌舞寻欢的娱乐场所，由“十七八女孩儿，执红牙板”，曼声细唱，莺娇燕柔。所以,“词为艳科”,题材大都局限于伤春悲秋、离愁别绪、风花雪月、男欢女爱等方面。在北宋享乐逐渐成风的社会背景中出现的《珠玉词》,歌词题材大致不离上述范围,以醇酒美女为中心话题。如“等闲离别易销魂,酒筵歌席莫辞频”(《浣溪沙》),“欲寄彩笺兼尺素,山长水阔知何处”(《蝶恋花》),“重头歌韵响铮琮,入破舞腰红乱旋”(《木兰花》),“无穷无尽是离愁,天涯地角寻思遍”(《踏莎行》),等等。这类题材在其他词人笔下,可以结合自己的人生遭遇而写得深挚,以其缠绵悱恻的苦痛打动读者。晏殊的表达,却是那样的从容不迫。《踏莎行》(小径红稀)一词,词人面对绿遍红稀的芳郊景色,面对濛濛扑面四处纷飞的柳絮杨花,内心不免荡起春光消逝的情感之波。词人的“愁梦”,隐隐也包含了对酒宴歌女的相思之情。

男女恋情或相思,这是一个令人激情荡漾的话题,平稳如晏殊者有时内心也会荡起更多的涟漪。《玉楼春》下阕说:“无情不似多情苦,一寸还成千万缕。天涯地角有时穷,只有相思无尽处。”《踏莎行》结句说:“无穷无尽是离愁,天涯地角寻思遍。”《蝶恋花》下阕说:“昨夜西风凋碧树,独上高楼,望尽天涯路。欲寄彩笺兼尺素,山长水阔知何处。”王国维在《人间词话》中说:“古今之成大事业、大学问者,必经过三种之境界:‘昨夜西风凋碧树,独上高楼,望尽天涯路。’此第一境也。‘衣带渐宽终不悔,为伊消得人憔悴。’此第二境也。‘众里寻他千百度,蓦然回首,那人却在灯火阑珊处。’此第三境也。”王氏之所以把词中“昨夜西风”等句,当成“古今成大事业者”必经的三种境界之一境界,原因在于这首词本身就具有高远阔大的气魄。

晏殊词还擅长描写人物,其《破阵子》(燕子来时新社)写古代少女生活的一个片段。它抓住斗草获胜后的一个镜头，反映出少女们充满青春活力的精神面貌。写歌女的作品也为数不少，风格多彩多姿，其中歌情舞态的描写引人注目。如《破阵子》："求得人间成小会。试把金尊傍菊丛。歌长粉面红。""多少襟怀言不尽，写向蛮笺曲调中。此情千万重。"《凤衔杯》："一曲细丝清脆，倚朱唇。""到处里、斗尖新。"《木兰花》："春葱指甲轻拢捻，五彩条垂双袖卷。雪香浓透紫檀槽，胡语急随红玉腕。　　当头一曲情无限，入破铮琮金凤战。百分芳酒祝长春，再拜敛容台粉面。"这些词，虽也有自家特色，但整体上还未超出"花间"与南唐同一题材的范围。其中最为出色的是《山亭柳》（家住西秦），词写歌女悲惨的一生，前后呈鲜明对比，反差极大。主题与白居易《琵琶行》相近似。晏殊其他词作一般均写得温婉秀洁，圆融平静，而这首《山亭柳》却声情激越，感慨悲凉，可以说是晏殊《珠玉词》中的别调。

"珠玉"为富贵生活的象征，晏殊词基本上都是抒写富贵享乐生活中的种种感受。从这一角度评价，晏殊词直接承继了晚唐五代的创作风尚，正所谓"馨烈所扇，得之最先"。

当然，在新的时代和社会环境中，晏殊词又有许多全新的开拓，这一切足以成就其宋词"初祖"的地位。晏殊词的新貌首先来自于社会环境的改变。北宋真宗朝以来，文人士大夫大都高官厚禄，生活舒适，如寇准、晏殊官至宰相，范仲淹、欧阳修官至参知政事，等等。他们没有唐末五代文人之家国濒临困境的压抑和绝望，而是以一种朝气蓬勃、乐观向上的精神对待现实生活。政事闲暇，则又从容不迫、理所当然地享受生活。所以，晏殊等人的创作就没有了唐末五代的及时行乐、惟恐时日无多的急迫感和看不到国家与个人出路时的绝望感，而别具一种雍容富贵的气度、平缓舒徐的节奏、雅致文丽的语言。晏殊作词，强调“气象”，追求“闲雅”，精益求精，正是这种时代风气与词坛风尚相互融合的表现。吴处厚《青箱杂记》卷五载：

> 晏元献公虽起田里，而文章富贵，出于天然。尝览李庆孙《富贵曲》云：“轴装曲谱金书字，树记花名玉篆牌。”公曰：“此乃乞儿相，未尝谙富贵者。故余每吟咏富贵，不言金玉锦绣，而惟说其气象。若‘楼台侧畔杨花过，帘幕中间燕子飞’，‘梨花院落溶溶月，柳絮池塘淡淡风’之类是也。”故公自以此句语人曰：“穷儿家有这景致也无？”

晏殊诗如此，词亦如此。以其压卷之作《浣溪沙》为例。词云：“一曲新词酒一杯，去年天气旧亭台。夕阳西下几时回？　无可奈何花落去，似曾相识燕归来。小园香径独徘徊。”年年流连于旧亭台之间，举杯从容赏识春光，徘徊于“香径”，低吟沉思，对人生有诸多哲理的回味。这种生活环境和态度，借用晏殊之言，“穷儿家有无”？词人尊贵之朝臣高位、淡雅之审美追求、富贵之生活环境、从容之生活态度，于词中皆有体现。词人不必一一落实点明，读者自可玩味歌词“气象”，得之于言外。

叶梦得《避暑录话》卷二对晏殊词的创作环境，有一段很具体的描述。云：

> 晏元献虽早富贵，而奉养极约。惟喜宾客，未尝一日不燕饮，盘馔皆不预办，客至旋营之。苏丞

相颂曾在公幕，见每有佳客必留，但人设一空案一杯。既命酒，果实蔬茹渐至，亦必以歌乐相佐，谈笑杂至。数行之后，案上已粲然矣。稍阑即罢，遣声伎曰："汝曹呈艺已毕，吾亦欲呈艺。"乃具笔札，相与赋诗，率以为常。

这正是"一曲新词酒一杯，去年天气旧亭台"的创作环境。所以，晏殊词处处显示出"富贵气象"。其《浣溪沙》云："小阁重帘有燕过，晚花红片落庭莎。曲阑干影入凉波。"《望仙门》云："新曲调丝管，新声更飐霓裳。博山炉暖泛浓香。"《玉堂春》云："小槛朱阑回倚，千花浓露香。脆管清弦、欲奏新翻曲，依约林间坐夕阳。"这与晚唐五代之作拉开明显的距离。

晏殊曾明确表示对"闲雅"格调的偏爱。张舜民《画墁录》卷一载："柳三变既以词忤仁庙，吏部不放改官，三变不能堪，诣政府。晏公曰：'贤俊作曲子么？'三变曰：'只如相公亦作曲子。'公曰：'殊虽作曲子，不曾道"彩线慵拈伴伊坐"。'柳遂退。"这说明晏殊是很不喜欢柳永填写为市民所广泛喜爱的俚俗歌词的。柳永以慢词的形式大量创作通俗歌词，掀开了中国词史的新篇章，在历史上有不可磨灭的功绩。晏殊之所以讥柳，是他思想保守一面的具体反映，这与他所处的政治地位、文坛领袖位置密切相关，同时也出自他对"闲雅"的美学追求。他讨厌柳永的赤裸裸表白，而刻意追求一种"温润蕴藉"的风格。虽然他的这种偏爱趋于一端，但是他却始终坚持自己的这一追求，并用自己全部精力来从事这种"雅"词的创作，客观上把令词的艺术品位推向了一个新的水平，掀开了宋初令词创作的新篇章。

追求整体词风的“闲雅”，就必须讲究遣词造句、谋篇布局时的精益求精。对词的创作之精益求精，是晏殊毕生的追求。精心构思、反复斟酌的结果，使得《珠玉词》中出现大量对仗工整平稳、语意精策的名句，如“无可奈何花落去，似曾相识燕归来”；“月好谩成孤枕梦，酒阑空得两眉愁”；“乍雨乍晴花自落，闲愁闲闷日偏长”；“满目山河空念远，落花风雨更伤春”（皆见《浣溪沙》）；“夜雨染成天水碧，朝阳借出胭脂色”（《渔家傲》）；“楼头残梦五更钟，花底离情三月雨”（《玉楼春》）等等。晏殊词语言凝练自然，形象醇美疏朗，境界浑成圆融，也都显示其精益求精的功力。

人们对晏殊这方面的贡献，有充分的评价。晁补之说：“晏元献不蹈袭人语，而风调闲雅。”（《魏庆之诗话》转引）王灼《碧鸡漫志》卷二说：“晏元献公、欧阳文忠公，风流蕴藉，一时莫及，而温润秀洁，亦无其匹。”叶嘉莹先生更是深入一层地认为：晏殊词“最主要之一点特色，则当推其情中有思之意境”，“独能将理性之思致，融入抒情之叙写中，在伤春怨别之情绪内，表现出一种理性之反省及操持；在柔情锐感之中，透露出一种圆融旷达之理性的观照”（《灵谿词说·论晏殊词》）。

晏殊一生的经历相对平稳，他虽然有过贬谪但并不长久，过早进入官场且很快进入上层官僚集团，使得晏殊大半生养尊处优。所以，他的歌词就不会有跌宕起伏之情感波折的表现，也没有撕心裂肺的痛苦，所具有的只能是一种“贵族式”的淡淡哀愁，是一些人类必须共同面对的生活难题。如其脍炙人口的《浣溪沙》（一曲新词酒一杯）所流露的就是因时光流逝而产生的哀苦情绪。晏殊虽然位极人臣，但是他无法挽回流逝的时光，只能“无可奈何”地看着岁月的脚步匆匆离去。宦海风波中，晏殊也免不了有沉浮得失。在官场平庸无聊的应酬中，敏感的诗人当然会时时痛切地感受到生命的无意义消耗。这就是词人在舒适生活环境中也不能避免的“闲愁”，是摆脱不了的一种淡淡的哀伤。所以，在《珠玉词》中有特别多的对岁月无情的感触，《破阵子》说：“不向尊前同一醉。可奈光阴似水声，迢迢去不停。”《鹊踏枝》说：“门外落花随水逝，相看莫惜尊前醉。”《清平乐》说：“暮去朝来即老，人生不饮何为？”“春去秋来，往事知何处？燕子归飞兰泣露，光景千留不住。”《木兰花》说：“长于春梦几多时，散似秋云无觅处。”《踏莎行》说：“绿树归莺，雕梁别燕，春光一去如流电。”《渔家傲》说：“画鼓声中昏又晓，时光只解催人老。”《拂霓裳》说：“星霜催绿鬓，风露损朱颜。”面对广袤的时空，个体的渺小感自然产生。万般无奈之下，词人便频频借助“饮酒”来摆脱愁绪的缠绕。

从另一个方面来看，当激情汹涌而来时，作者依然能够做冷静“过滤”，不急不慢地表达，也是对自我个性遮掩的一种结果。专制体制之官场是最能磨去人的棱角、消融人的个性的场所，尤其是宋代职官制度的设置特别有意识地突出官僚集团之间的相互牵制，强调为官的循规蹈矩，这就使得宋代官僚更加平庸化。晏殊 14 岁时过早地进入官场，从艺术天赋淋漓尽致发挥的方面来看未尝不是一种损失。作为 14 岁的少年，从心理学的角度分析有着很多的“可塑性”，个性并未定型，将他摁进官场的模子塑造，晏殊因此便练就了玲珑通达、圆滑谨慎的本领，循规蹈矩与谨小慎微成为他性格的鲜明特征。真宗评价晏殊的为人“沉谨，造次不逾矩”(《续资治通鉴长编》卷八十五)，说的就是这个意思。平日在官场上，晏殊也善于看风使舵，天禧四年(1020)十一月宰相丁谓因朝廷纷争去相后即复相，时论对丁谓十分不满，“(丁)谓始传诏，召刘筠草复相制，筠不奉诏，乃更召晏殊。筠既自院出，遇殊枢密院南门，殊侧面而过，不敢揖，盖内有所愧也”(《长编》卷九十六)。晏殊做官的最大政绩是“务进贤材”，“当世知名之士”，“皆出其门”(《宋史·晏殊传》)，如范仲淹、欧阳修、富弼等等。然而，晏殊虽然擅长识别人才、热心奖掖后进，却不敢支持这些北宋政坛上杰出的政治家、思想家的大胆革新与正直言论，反而处处抑制镇压，生怕连累自己。仁宗在位前期，垂帘听政的太后处心积虑地抬高自己，时常违背朝廷规章制度。某次，“仲淹奏以为不可，晏殊大惧，召仲淹，怒责之，以为狂。仲淹正色抗言曰：‘仲淹受明公误知，常惧不称，为知己羞，不意今日更以正论得罪于门下。’殊惭无以应”(司马光《涑水纪闻》卷十)。欧阳修则因正直敢言触怒晏殊，终生不得晏殊谅解。富弼更得晏殊赏识，被选作东床快婿。但在某次富弼与宰相吕夷简的廷争中，作为枢密使的晏殊曲意迎合宰相，富弼当仁宗面斥责说：“(晏)殊奸邪，党夷简以欺陛下。”(《长编》卷一百三十七)晏殊这种平庸圆滑的个性表现在词的创作方面，就是对有激情的俚俗歌词的拒斥和自我情感表达时的遮掩“冷却”。艺术创造是一种被激情驱使的个体行为，当激情匮乏时，作品的艺术魅力也要相应减弱。所以，与北宋后来的词人相比，晏殊的作品相对缺乏个性。王兆鹏先生做过一组有趣的数字统计[①]，从中可以发现，相对而言，晏殊词比较受冷落。其受关注的程度，甚至远在张先、黄庭坚等词史地位不如自己者之下。这种统计

① 详见王兆鹏《唐宋词史略》第93页表三《综合排行榜》，人民文学出版社2000年1月版。

说明，从感性或审美的角度出发，晏殊词更容易被接受者遗漏。

尽管晏殊对民间流行的通俗歌词以及新兴的慢词持有保守态度，他的许多词作也不能避免平庸的毛病，但他在宋初令词的发展上却有不可磨灭的拓展之功。晏殊是宋代第一位大量创作歌词的作家，并将小令之创作推到一个圆熟的阶段。他在王禹偁等人掀开北宋词坛帷幕以后，又以《珠玉词》的大量词篇继续拉大宋词发展的帷幕。他“得之最先”，首开风气，影响到令词沿着清雅婉丽与追求诗意这一方向发展并继续提高。

再介绍晏几道。

晏几道(约1038—约1106)，字叔原，号小山，抚州临川(今属江西)人，晏殊第七子。由于出身关系，他十多岁时便得到仁宗的赏识。《花庵词选》卷三晏几道《鹧鸪天》词注说：“庆历中，开封府与棘寺同日奏狱空，仁宗于宫中宴乐，宣晏叔原作词，大称上意。”可见，晏几道少年曾春风得意，词名早播。由恩荫入仕，曾任太常寺太祝。熙宁七年(1074)因受郑侠案株连入狱。后出为颍昌府许田镇监官。晚年曾任开封府推官等。《碧鸡漫志》卷二称晏几道“年未至乞身，退居京师赐第”。存《小山词》。

小山词中的基本旋律是抒写生活巨变之后的失意与抑郁，这种情绪大都是通过对往事的回忆而完成。进入词人脑海的又往往是昔日与多位歌妓的缠绵多情，当年的灯红酒绿、歌舞寻欢的生活成了一种美好往事的积淀。延续到眼前，晏几道仍然念念不忘从歌儿舞女那里寻求安慰。于是，恋情词成了《小山集》中的主要内容。这类词的抒情模式大致是如此的：描写某位歌妓对他的多情留恋或两人之间的深情交往，以至分别后难以忘怀、悲伤不已。晏几道是一位擅长在梦幻虚景中构筑自己情感世界的“内敛”式作家，所以，晏几道词所抒写的恋情，与其说是一种真实世界的真实情感，不如说是虚构情景的心理补偿。

1. 恋情词的第一层次：一见钟情

晏几道是位多情词人，他在友人家饮酒听歌，便对其歌婢侍妾情有所钟；在江湖上落魄飘零，便对偶遇的歌儿舞女念念难忘。这两类女子因此成为晏几道爱恋的主要对象。他一再堕入爱河，又一再被迫别离，相思苦恋就始终伴随着他。而每一次爱恋的发生总是毫无例外地属于“记得小苹初见”式的一见钟情，《临江仙》(梦后楼台高锁)明白无误地告诉人们：词人初次在友人家看见“小苹”，便为其“两重心字罗衣”所烘托出来的美貌以及“琵琶弦上说相思”的技艺超众所倾倒，全身心地迷恋上“小苹”。此后，魂牵梦萦，“小苹”屡屡浮现于词人的脑际：“小苹微笑尽妖娆，浅注轻匀长淡净”(《玉楼春》)；“小苹若解愁春暮，一笑留春春也住”(《木兰花》)。小苹已经成为词人心目中无忧无虑、清丽脱俗的理想异性的化身。分手以后，每到“春恨”却来之时，在“落花人独立，微雨燕双飞”的清幽、迷蒙景色中，词人总是不由自主地回想起小苹的一言一笑，一举一动。据晏几道为自己所撰写的词跋中说：

> 始时沈十二廉叔、陈十君龙家，有莲、鸿、苹、云，品清讴娱客。每得一解，即以草授诸儿。吾三人持酒听之，为一笑乐而已。而君龙疾废卧家，廉叔下世。昔之狂篇醉句，遂与两家歌儿酒使俱流转于人间。

友人家歌女侍妾如小苹之类，是晏几道爱恋的一大类对象。晏几道与这些女子的相逢相识大都是在歌舞酒宴的公开场合，他必然要顾忌在座友人的心态与面子，不可随意流露情感。据其序跋所言也仅仅限于“持酒听之，为一笑乐”而已。这样的环境决定了词人根本没有从容的时间与对方互道情愫、培养情感，更多的是凭借自己的猜测、想象。这种猜测、想象，又成为别后回忆的主要根据。《采桑子》说：“西楼月下当时见，泪粉偷匀，歌罢还颦。恨隔炉烟看未真。　别来楼外垂杨缕，几换青春。倦客红尘，长记楼中粉泪人。”这首词所记载的情景更加玄乎，词人与这位女子初次相见，甚至是“恨隔炉烟看未真”，但已经有了许多温柔的遐想，分手之后就“长记”难忘了。

晏几道后半生家道中衰，四海飘零。他每到一地，都少不了诗酒歌舞、秦楼楚馆的应酬生活。他因此结识了江湖上的大量歌妓，她们是晏几道爱恋的另一大类对象。流落不定、四处飘荡的动荡生活，不容词人与某一异性逐渐地、长期地建立起情感的联系。晏几道曾经说：“狂花顷刻香，晚蝶缠绵意。天与短因缘，聚散常容易。”（《生查子》）聚散匆匆，就不能有感情的牢固建立和发展。词人与歌妓在文化修养、身份地位诸多方面相去甚远，故在应酬场合偶尔免不了对某歌妓产生一点理解，或抒发一些“天涯沦落人”的感慨，但更多的时候是夸耀对方的穿着打扮、美貌柔情，卖弄今夜饮酒狎妓的艳遇。晏几道许多恋情词，都集中描写歌妓的服饰、容貌、体态、技艺，与“初见”小苹时就记得她“两重心字罗衣”的感受一样。如“娇慵未洗匀妆手，闲印斜红”（《丑奴儿》）、“净揩妆脸浅匀眉，衫子素梅儿”（《诉衷情》）、“远山眉黛娇长，清歌细逐霞裳”（《清平乐》）。他经常回味的是“断云残雨”、“高唐梦”、“襄王春梦”、“归云巫山”、“借取师师宿”等等。在那个时代，文人士大夫主要将歌妓作为排忧解闷的工具是当然的，晏几道不可能超越。酒宴间逢场作戏时，第一印象就尤其重要。词人总是根据对方的色艺决定取舍。遇上一位容貌出众、技艺超群的歌妓，词人就不免心醉神迷，一见钟情了。

古代封建社会严男女礼防，异性之间绝少相见相近的时间和机会。能与男性自由交往的，就是青楼女子。她们凭色艺事人，一次性地被决定取舍。良家女子偶尔能与陌生男子匆匆一见，更如惊鸿一瞥。所以，中国古代男女之爱恋大都是一见钟情式的。古小说、戏曲中千篇一律的一见钟情故事，就是这种时代文化与社会氛围中的产物，如《李娃传》中的李娃与荥阳公之子，《金线池》中的杜蕊娘与韩辅臣，乃至描写上层社会之《西厢记》中的张生与崔莺莺，《墙头马上》中的裴少俊与李千金等等，都是这方面脍炙人口的故事传说。晏几道一见钟情式的爱恋，是以这种社会文化作为创作背景的。

2. 恋情词的第二层次：自作多情

爱的付出需要回应，尤其是男女之爱。如果单方的付出而得不到相应的反馈，就意味着付出者正在演出生活悲剧。晏几道就是在扮演这样的角色。深入一层，晏几道在“一见钟情”式的爱恋游戏中，多数时间是自编自导，自鸣得意，自作多情。这与他人“一见钟情”式的恋爱就有所不同。仍从晏几道与两类爱恋的对象的关系谈起。

宋人家庭豢养歌儿舞女之风甚盛。北宋初年，太祖“杯酒释兵权”，劝石守信等臣下“多积金，市田宅，以遗子孙，歌儿舞女以终天年”(《宋史·石守信传》)。因此，北宋君主并不限制臣僚的生活享乐。这是君主控制臣下的一种手段，以此化解上下矛盾。得皇上提倡与怂恿，宋代达官贵人、官吏豪绅家都数量不同地拥有私人的歌儿舞女。这些歌儿舞女兼有主人侍妾的身份，如朝云之于东坡。虽然主人兴致所到可将某女子转赠他人，如姜夔以《暗香》、《疏影》得范成大欢心，范即以家伎小红相赠；辛弃疾为其妻延医疗病，则以家伎整整酬医，并口占《好事近》。但反过来客人则不能随意与主人侍妾有染。无名氏编的《杂纂》在“反侧”一目下列“犯人家婢妾”为一条（陶宗仪《说郛》卷五），可见这方面的忌讳。友人好意出侍妾“品清讴娱客”，晏几道怎么能够见一爱一，脉脉多情，横刀夺爱？果真如此，很难想象友人怎能容此浮浪子弟频频上门。晏几道回忆当年也只是说：“每得一解，即以草授诸儿，吾三人持酒听之，为一笑乐。”并没有更多的言行。性爱一般只能在二人之间发生，决不容第三者介入，不容“多边关系”和睦共存，否则就违背人们的正常性爱心理。这一点古今应该是没有什么差异。南宋刘过填词赠友人吴平仲所喜的歌妓盼儿，盼儿遂属意刘过。吴醋意大发，挟刃刺刘，双双身陷囹圄（详见周密《浩然斋雅谈》）。人同此心、心同此理。小山对友人的歌儿只能是可望而不可即，即使有一番爱意，也须深埋心中。他根本没有机会与莲、鸿、苹、云等互通心意，暗期偷约。他也无从了解对方的真实看法，只好凭一己的忖度、猜测。作为他猜测的主要依据，是女方的神情与歌乐声。如“琵琶弦上说相思”、“泪粉偷匀、歌罢还颦”、“小莲未解论心素，狂似钿筝弦底柱”等。这种猜测分析，如果没有其他旁证，只能是晏几道的想入非非、一厢情愿。宋代歌儿舞女在酒宴上唱相思艳曲以娱乐主人、宾客，是十分平常的，大量产生于酒宴之间的宋代艳词是最好的佐证。在演奏、歌唱这些乐曲时，歌妓们配以职业化的表情、动作，显得脉脉多情，动情时乃至潸然泪下，也是很正常的。即使我们今天参加音乐歌唱会，也能发现某些演员表情丰富，或泪光莹莹。这既是职业要求培养起来的职业习惯，也是表演者艺术体验外化的具体体现。观赏者因此心猿意马，浮想联翩，当然不足为凭，只能是他的自作多情。李商隐暗恋某女，自觉“身无彩凤双飞翼，心有灵犀一点通”，随即有“隔座送钩春酒暖，分曹射覆蜡灯红”的细节补充。小山除了揣想，便一无所有。

与江湖上歌妓交往，比之友人家侍妾，更加自由无拘束。歌妓不但用表情、歌声，也直接用言行向词人传情达意。《点绛唇》说：“妆席相逢，旋将红泪歌金缕。意中曾许，欲共吹花去。　长爱荷香，柳声殷勤路。留人住，淡烟微雨，好个双栖处。”这首词记叙了又一次的艳遇。浪迹四方，此类艳遇时而有之。词人风流自赏，频频以为夸耀口实：“寻芳误到蓬莱地，玉颜人是蕊枝仙，相逢展尽双娥翠。”（《踏莎行》）“芦鞭坠遍杨花陌。晚见珍珍，疑是朝云。来做高唐梦里人。”（《采桑子》）这一连串的艳遇，女方也是主动的。词人常常被对方的体态、神情所迷惑，堕入情网。与她们分别后，缠绵的苦痛相思，便“剪不断，理还乱”了。

然而，这仅仅是表面现象。不应该忘记词人所迷恋的对象是歌妓。娇媚依人、慵柔情浓、慢声细语、殷勤留客，这是她们的谋生手段与方式。她们惯用“如弦”的语音，挑选“诗好似君能有几”等投合客人喜好的奉承话，留宿客人。她们中有严蕊那样渴望过正常生活的，但数量有限。大多数已经被环境吞蚀、腐化，习惯于送往迎来、投怀卖笑的生活。可见，小山写歌妓多情的词还是一相情愿，要大打折扣。晏几道与歌妓大都萍水相逢，哪可能真正把握对方心意，产生心灵沟通。《杂纂》在“谩人语”目下首列“说风尘有情”（陶宗仪《说郛》卷五），就是对晏几道之类自作多情的无情揭穿。宋词中“说风尘有情”的描写俯拾皆是，已成为填词时的一种游戏规则。只有小山这样的词人才信以为真。这既是不失“赤子之心”，又是自作多情。刘克庄说：“易挑锦妇机中字，难得玉人心下事。”（《玉楼春》）这才是当时真实的社会情景。况且，小山后期家境颓唐，“家人寒饥”，既老且贫，歌妓们凭什么迷恋上他？假如说偶有一风尘知己，或许略有可能。要是说每位歌妓都必然地爱上晏几道，显然是自欺欺人。

事实上，词人情场失意的时候占多数。他自以为对歌妓付出了情感，便祈求对方同等的反馈。事与愿违之后，无休止的怨恨汹涌而来：“别来久，浅情未有，锦字寄征鸿。”（《满庭芳》）“懊恼寒花暂时香，与情浅，人相似。”（《留春令》）“可怜人意，薄于云水，佳会更难重。”（《少年游》）有时词人采用代言方式，借歌妓之口倾吐内心痛苦：“眼约也成虚，昨夜归来凤枕孤。且据如今情分里，相与。只恐多时不似初。”（《南乡子》）“怅恨不逢如意酒，寻思难值有钱人。可怜虚度琐窗春。”（《浣溪沙》）或埋怨对方移情别恋，或怅恨世界知音难觅，充满了失落感。这一团感情乱麻，纠缠不休。晏几道甘愿一次又一次地被拖入感情的旋涡，一次又一次地无力挣扎，力求摆脱。他更愿意闭目不看现实，永远生活自己虚构的世界之中，以梦境满足自己。晏几道的自作多情、多愁善感、懦弱无能，因此得以淋漓尽致地展现。

3. 恋情词的第三层次：心理补偿

然而，晏几道何苦要忍受如此的感情折磨，何不慧剑斩情丝，从沉沦中挣脱出来，痛痛快快地做人呢？回答是否定的。晏几道的家庭出身、生活经历、性格特征而造就的特殊心理状态，决定他只能沦落下去。这是冥冥中命运的安排。

晏几道出生于一个钟鸣鼎食的荣华富贵之家，父亲晏殊为北宋“太平宰相”，为他留下万贯家私，供他“费资千百万”地挥霍。“《水调》声长歌未了，掌中杯尽东池晓”（《蝶恋花》），是他当年放纵无节制生活的写照。而且，由于家庭背景的原因，晏几道在少年时还受到皇帝的赏识。早年的经历很好地培养了晏几道生活的自信心和优越感。他总是自负“锦衣才子”、“少陵诗思”，处处以自我为中心，对前途抱有乐观的向往。同时，这也使得他不通世事，对周围的人与物抱有幼稚天真的看法。黄庭坚在《小山词序》中说：

> 余尝论叔原，固人英也，其痴亦自决人。爱叔原者，皆愠而问其目，曰：仕宦连蹇，而不能一傍贵人之门，是一痴也；论文自有体，而不肯一作新进士语，此又一痴也；费资千百万，家人寒饥，而面有孺子之色，此又一痴也；人百负之而不恨，己信人，终不疑其欺己，此又一痴也。

晏几道的“痴”，正是特殊生活经历和环境的产物。

生活的需要粗暴地结束了晏几道童年的梦幻，在他未有充分心理准备的时候，将他抛入社会，逼迫他向人生事业转移。说到底，晏几道的家庭环境和生活经历也使他永远不可能有很充分的心理准备去面对现实生活。晏几道带着预先的美好设想踏入社会，马上显得手足无措，处处碰壁。生活和心理危机逐渐形成。后期词人家境日衰，混迹官僚下层，又曾因郑侠案牵累入狱，历尽仕途风波。昔日亲朋好友或

"疾废下世"，或弃之而去。"旧粉残香似当初，人情恨不如"（《阮郎归》），世态炎凉伤透了词人的心。茫茫人海，知音难觅。无人赏识其才华，无人理解其痛苦。词人期待"未知谁解赏新音"（《虞美人》），愤慨"竟无人解知心苦"（《蝶恋花》）。前后生活的骤转，带来了内心的巨变。他失去了众星捧月的中心位置，其乐观、向往一一幻灭。晏几道性格偏于懦弱，他无力挽回颓境，无法应付现实，无能为自己命运而抗争，因此便从自信跌入自卑，心理失去平衡。

词人也因此很少回到现实世界。他更擅长在无形的精神世界里获得真正的稳定，为自己编织五彩的爱情梦幻。这些梦幻缓解了他的紧张的精神状态，安慰了他因巨变而受伤的心灵，在幻觉中依然支撑着他的优越感和自豪感。使他再度自尊、自爱，并再度感受到他人对自己的高度评价。心理上因此得以补偿，从不平衡过渡到新的平衡。这是晏几道沉溺在"睡梦"中的根本原因。学者称"晏几道是一个沉溺在睡梦中的词人"，"在他的《小山词》里，'梦'字竟出现六十余次"。因为只有在梦中方可无拘无束，不受现实的检验，完全服从快乐原则的支配。他的梦魂时常飘忽到"碧纱窗"、"杨叶楼"，与意中人团聚，卿卿我我，"偎人说寸心"（《更漏子》）。在这个世界里，词人才华横溢、光彩夺人，无丝毫落魄憔悴态。他依然是众人瞩目的中心，才貌双绝的佳人脉脉含情地注视着他，全身心地爱着他，牵肠挂肚地思念着他。多么美妙动人的情景！

词人岂止在梦中编织彩幻，即使是白昼他也延续着无意识状态下的美梦。遇异性处处一见钟情，又以为对方同样迷恋上自己的自作多情，就是绝妙的白日梦。佳人的一颦一笑、一举一动，都是在向他传递爱情信息，仿佛有一千位美貌出众的少女微笑着向他走来，争先奉献爱情。他永远是美人心目中的“白马王子”。“姮娥已有殷勤约，留著蟾宫第一枝”（《鹧鸪天》），沉醉在这样的白日梦里，乐此不疲。晏几道美化眷恋的异性，就是在间接地美化自我，自抬身价。无力抗争现实，又不能脱落“虚名”的牵累，没有勇气和毅力真正超脱烦恼人生，只得局限一己之荣辱得失，自我欣赏，自作多情，这是晏几道恋情词的根本成因。莲、鸿、苹、云等已成为他旧日逍遥舒适生活的象征。他的回忆留恋，一边是在重温往日的富贵繁华，一边是在编织新梦欺骗自己。这种白日梦蕴涵着眼前的失落，背后是一种深沉的凄凉悲哀。所以，晏几道即使发现自己一再受骗、歌妓薄情、誓言无凭，却仍然喜欢沉醉在虚构的梦幻中，因为这是他心灵的最大寄慰。奥地利心理学家阿德勒对这种心态有过详尽的分析，他说：

> 他的目标仍然是“凌驾于困难之上”，可是他却不再设法克服障碍，反倒用一种优越感来自我陶醉，或麻木自己。同时，他的自卑感会愈积愈多，因为造成自卑感的情景仍然一成未变，问题也依旧存在。他所采取的每一步骤都会将他导入自欺之中，而他的各种问题也会以日渐增大的压力逼迫着他。（《自卑与超越》第 47 页，作家出版社）

晏几道越到后期，越陷入这种心理困境。日益膨胀的自卑将其导入心理异化。元人陆友的《研北杂志》引邵泽民语说：“元祐中，叔原以长短句行，苏子瞻因鲁直欲见之。则谢曰：‘今日政事堂中半吾家旧客，亦未暇见也。’”这口气够“酸”的。第一，晏几道拐一个弯，以他家从前的声势为夸耀资本，颇有“老子也曾阔过”的意味。第二，他借此逃避现实，矜持做作，满足虚荣，维持优越感。事实上，“今日政事堂”中恐怕没有人理睬他这落魄子弟了。这种“酸葡萄”态度，恰恰泄露他内心的极度自卑。苏轼在元祐中已名满国中，俨然为文坛领袖，仕途上也因深得垂帘听政的太皇太后的信赖而备受重用，这与晚景凄凉的晏几道有天壤之别。苏轼可以说是晏殊的再传弟子(苏轼师欧阳修为晏殊门生)。诸多因素刺激了晏几道，变态心理就爆发出来。他不顾“以文会友”的礼节，酸溜溜地拒绝会面，连最起码的接人待物的文雅大方的态度也维持不了。他宁愿与职位、名望较低的黄庭坚结交，也不愿与声名显赫、官场亨通的苏轼见面。设想一下：假如晏几道出身寒微，又因长短句著名，文坛领袖苏轼因此前来拜访，晏几道肯定受宠若惊，感恩戴德，有知音“知遇”的狂喜。“元祐中，海内之士望苏公门墙何止数仞”(林机《淮海居士文集后序》)，晏几道独反其道而行之。宋代不乏身份相差悬殊、以文论交的文坛趣事，如姜夔与范成大、刘过与辛弃疾等。幸亏姜夔、刘过没有一个显赫无比的家庭出身，文坛上才有了这些流传人口的佳话。

叶嘉莹先生论小山词“颇有一点托而逃的寄情于诗酒风流的意味”。这是晏几道抵御外部冷酷世界、维持心态平衡的绝妙武器。他那缠绵悱恻、哀怨欲绝的恋情词因此绵绵不绝地创作出来，词人也因此走向最后的心灵避难所。

二晏词脍炙人口，为历代读者所喜爱。本书选取二晏优秀词作近200首。对其中的经典篇章，做比较详细的分析；对其余作品，则做一般性的评介。由此，读者既能对二晏词的风貌有一个整体的把握，又对二晏词有比较深入透彻认识。

晏殊词选

谒金门

秋露坠，滴尽楚兰红泪。[1]往事旧欢何限意？思量如梦寐。　　人貌老于前岁，风月宛然无异。[2]座有嘉宾尊有桂，[3]莫辞终夕醉。

【注释】

①红泪：女子所流悲伤的眼泪。晋王嘉《拾遗记》卷七载：魏文帝宫人薛灵芸，离家进宫时，泪别父母，“以玉唾壶承泪，壶则红色。既发常山，及至京师，壶中泪凝如血”。　②宛然：好像，恰似。　③桂：桂花酒。

【品评】

最初，歌词大都是创作于歌舞酒宴之间，或当宴交给歌女演唱。在这样的酒席上创作，要综合考虑歌女、演唱、饮酒等诸多因素，一并写入歌词。晏殊这首词就是一首典型的酒宴之作。词人借当宴歌唱女子的角度抒写情感。酒宴的背景是萧条凄凉的秋日，歌女演唱时滴尽“红泪”，引发听歌者的无限感慨。回想往日的欢聚和快乐，到眼前都如同“梦寐”。最触动词人的是：风月无异，风光依旧，年华流逝，“人貌老于前岁”。晏殊一生荣华富贵，仕途上基本一帆风顺。

对晏殊来说，“天涯何处无芳草”。所以，他并不能真正的体会与某一女子离别的凄苦，耿耿于怀的则是岁月流逝的忧伤。排遣忧伤的手段，便是借酒浇愁，“莫辞终夕醉”了。

破阵子

海上蟠桃易熟，①人间好月长圆。惟有擘钗分钿侣，②离别常多会面难，此情须问天。　蜡烛到明垂泪，熏炉尽日生烟。一点凄凉愁绝意，谩道秦筝有离弦，③何曾为细传？

【注释】

①海上蟠桃：神话传说中的仙桃。《汉武帝内传》载：西王母赠汉武帝之仙桃，“三千年一生实”。　②擘钗分钿侣：指情侣分别。白居易《长恨歌》：“唯将旧物表深情，钿合金钗寄将去。钗留一股合一扇，钗擘黄金合分钿。”擘(bò)：剖开。③谩道：徒言，空说。秦筝：此处泛指弦乐器。离弦：弦乐声中传达出的离别之情。

【品评】

写离情是宋词最为常见的题材。这首词开篇用极度夸张的手法来写离情。在词人眼中，三千年一结果实的蟠桃，与人间的离别比较，反而显得“易熟”，时间间隔反而显得更短。更让离人难堪的是“好月长圆”，时时刺激着离人敏感的神经。人间离多会少，怨苦之余，只能举首问天！在离情的折磨下，彻夜无眠，彻夜垂泪。乐器中所传达的离别情苦，远远无法真实细腻地诉说离人内心的“凄凉愁绝意”。这首词应该是晏殊听歌女演奏秦筝时的摹写。词人用了“海上蟠桃”、“擘钗分钿”、“蜡烛垂泪”等诸多典故敷衍离情，明显地表现出当场填词、敷衍题意的作风。然其典故的娴熟组合，“此情须问天”的简洁诘问，夸张、拟人等修辞手法的适当运用，都使得这首词脱颖而出，成为宋词中写离情比较优秀的篇章。

破阵子

燕子欲归时节，高楼昨夜西风。求得人间成小会，试把金尊傍菊丛，歌长粉面红。

斜日更穿帘幕，微凉渐入梧桐。多少襟怀言不尽，写向蛮笺曲调中，①此情千万重。

【注释】

①蛮笺：蜀地产的彩色笺纸。泛指精美的纸张。

【品评】

宋代词人喜欢歌宴间填词，赠送给演唱的歌女。内容大致不离三个方面：其一，歌女娇美；其二，歌声或舞技出众；其三，该女子多情。即：主题写一位多情的色艺双绝的女子。晏殊这首词就是这样的作品。“人间小会”，“金尊傍菊丛”，这是一次寻常的歌舞酒宴。酒席上有歌女动人的演唱。“歌长粉面红”，既是歌女运气唱歌时间过长所导致的，也是歌女演唱动情投入的结果。在如此醇酒美女陪伴中，“斜日更穿帘幕”，一天的时间过去了。更何况这又是“燕子欲归”、“高楼西风”、周边“菊丛”、“微凉梧桐”的秋季，一年的好时光也快要过尽。词人由此生发出无限感慨，所谓“多少襟怀言不尽”。词人期待此度将此“襟怀”，多多少少写入“蛮笺曲调”，在歌女的演唱中重温“此情千万重”。结尾也是在回应上阕歌女的演唱：今日酒宴所欣赏的歌曲，传达的情谊当然也是“千万重”。

破阵子

忆得去年今日，黄花已满东篱。① 曾与玉人临小槛，② 共折香英泛酒卮，长条插鬓垂。　　人貌不应迁换，珍丛又睹芳菲。③ 重把一尊寻旧径，所惜光阴去似飞，风飘露冷时。

【注释】

①“黄花”句：陶渊明《饮酒》：“采菊东篱下，悠然见南山。” ②玉人：美人。 ③芳菲：花草。这里指菊花。

【品评】

这首词写秋日的思恋。睹物思人，去年的这个时候，菊花盛开，与美人共折菊花，共饮美酒，亦曾将花朵插向美人鬓发。今年秋季，再见菊花开放，循旧径举杯，想重新品味去年的温馨和温情。光阴飞逝，美人已经不在身边，往日的恋情也无法追觅，“风飘露冷”，寂寞凄清。上阕追忆去年，下阕描写现实，两相对照，情感失落，无限伤心。

破阵子

湖上西风斜日，荷花落尽红英。金菊满丛珠颗细，海燕辞巢翅羽轻，年年岁岁情。　美酒一杯新熟，高歌数阕堪听。不向尊前同一醉，可奈光阴似水声，迢迢去不停。

【品评】

最让晏殊感慨的是时光的无情流逝，这是晏殊词反复表现的主题。晏殊享尽荣华富贵，却无法挽留时光的脚步，真所谓“无可奈何花落去”。这首词突出地表现了这一主题。最容易引发出这一主题的是万物逐渐凋零的秋季。上阕都是在写秋日典型景色：西风斜日，荷花落尽，金菊满丛，海燕辞归，令人凄凉伤感，由此导引出“年年岁岁情”。消遣“年年岁岁情”的方法，无非是“美酒”、“高歌”，却最终无法抵挡“光阴似水声，迢迢去不停”。这意味着词人内心的愁苦，也是不可排解的。晚唐五代以来的歌词，绝大多数是代歌女抒情的“代言体”，话题不离男欢女爱、离愁别恨。晏殊的许多词亦如此。不过，这首词所表达的情绪，则是士大夫之自抒襟怀，摆脱了花前月下的代言方式。王国维《人间词话》评价冯延巳词“堂庑特大”，评价李后主“变伶工之词而为士大夫之词”。这些创作转变在晏殊类似词中得以承继。

浣溪沙

阆苑瑶台风露秋,① 整鬟凝思捧觥筹。②
欲归临别强迟留。 月好谩成孤枕梦,③
酒阑空得两眉愁。④ 此时情绪悔风流。

【注释】

①阆苑瑶台:传说中的仙境。这里指歌妓居所。 ②觥筹:酒杯和行酒令的器具。 ③谩成:空成。 ④酒阑:酒尽,酒残。

【品评】

这是一首代言词,主人公是一位妓女。这位女子有过许许多多灯红酒绿的风流生活。秋日冷清寂寥的时候,“整鬟凝思”,手捧觥筹,繁华不见,惟留寂寞。女子心中有着诸多感触。当年有过月好成双的时候,眼前只留“孤枕梦”;当年有过酒宴寻欢的时候,眼前只落得“两眉愁”。反复品味,该女子不禁后悔当年的“风流”。这是晏殊以文人士大夫的立场揣度妓女的心态。这样一位多情、希望自己感情相对专一的妓女,是文人士大夫所期待的。

浣溪沙

三月和风满上林,① 牡丹妖艳直千金。

恼人天气又春阴。　　为我转回红脸面，向
谁分付紫檀心？有情须殢酒杯深。[2]

【注释】

①上林：秦汉时皇家园林名。这里代指京城园林。②殢（tì 替）：沉湎。

【品评】

这首词写京城春日花开的风景。三月和煦春风布满园林的时候，牡丹花绽放，价值千金。偏偏春日气候阴晴不定，惹人烦恼。词人希望上天为其转阴为晴，重露阳光红脸。词人又在追问：芳心为谁绽放？对春光如此在意，当然是有情人了。词人因此频频饮酒，美酒与美景相配。春日里饮酒是为了赏春，饮酒过多，就是对春景的极度喜爱。词人或者隐约将春花比作美人，这里多情饮酒就是为美人而发了。

浣溪沙

　　青杏园林煮酒香，[1] 佳人初试薄罗裳。
柳丝无力燕飞忙。　　乍雨乍晴花自落，[2]
闲愁闲闷日偏长。[3] 为谁消瘦减容光？

【注释】

①“青杏”句：古人于春末夏初，以青杏或青梅煮酒饮之。②乍：忽然。　③偏：很，最，程度副词。

【品评】

词写春愁。上阕写春日风光。春天来临，青杏煮酒，佳人换装，柳丝婀娜，燕子翻飞，周围一片新景象。春愁随之发生。下阕写春愁。词人内心隐秘的情感，因春景的触发，被翻搅上来。春日“乍雨乍晴”，花开花落，白日变长，无聊闲闷。在春愁的折磨下，“消瘦减容光”是必然的结果。词人最终没有点明为何而愁，反而以追问来结束。春愁必定与男女之情相关，是思念离别的情人，还是莫名的春心萌动，读者有充分的想象空间。

浣溪沙

一曲新词酒一杯，去年天气旧亭台。夕阳西下几时回？　　无可奈何花落去，似曾相识燕归来。小园香径独徘徊。

【品评】

这首词抒写光阴流逝的感伤。词人以有限的生命来体察无穷的宇宙，把人生放到时空这一广大范畴中来进行思考，于是，这首词便具有某种厚重的哲理韵味了。上片三句貌似淡淡写来，其中却蕴涵着时间永恒而人生短暂的深长叹惋。“一曲新词酒一杯”，是从变的角度观察，今年的词与酒都是新的；“去年天气旧亭台”，则从不变的角度观察，季节和亭台却依旧。然而，去年也曾“一曲新词酒一杯”，变中包含着不变；今年的“天气”、“亭台”，毕竟与去年不同，不变中包含着变。时光就在变与不变的交替中流逝，词人自然要追问:“夕阳西下几时回?”人生还能享受多少美好的时光?下片通过最有特征的具体事物和生活细节来深化上片勾画的意境:“无可奈何花落去,似曾相识燕归来。”这是人们心中所有却笔底所无的一种“诗意”的感受。“花落去”与“燕归来”每交替一次,便过了一年,而人生正是在这无穷的交替之中逐渐衰老直至死亡。晏殊虽然位极人臣,但是他无法挽回流逝的时光,只能“无可奈何”地看着岁月的脚步匆匆离去。宦海风波中,晏殊也免不了有沉浮得失。在官场平庸无聊的应酬中,敏感的诗人当然会时时痛切地感受到生命的无意义消耗。这就是词人在舒适生活环境中也不能避免的“闲愁”,是摆脱不了的一种淡淡的哀伤。历史便是在这种新旧交替之中默默向前延伸。面对这一现实,作者便止不住要在铺满落花的小径上徘徊沉思了。作者对上面的问题和思考并没有正面回答,只是提供了一个宏阔的艺术框架,让读者跟随作者一起去徘徊思考而已。据胡仔《苕溪渔隐丛话》后集卷二十引《复斋漫录》载:晏殊“召(王琪)至同饭,饭已,又同步池上。时春晚,已有落花。晏云:‘每得句,书墙壁间,或弥年未尝强对。且如“无可奈何花落去”,至今未能对也。’王应声曰:‘似曾相识燕归来。’”晏殊另有《示张寺丞王校勘》七律一首:“元巳清明假未开,小园幽径独徘徊。春寒不定斑斑雨,宿醉难禁滟滟杯。无可奈何花落去,似曾相识燕归来。游梁赋客多风味,莫惜青钱万选才。”诗中也用到这两句,可见晏殊得佳句后的欣喜和特别喜爱。

浣溪沙

红蓼花香夹岸稠，绿波春水向东流。小船轻舫好追游。　　渔父酒醒重拨棹，鸳鸯飞去却回头。一杯销尽两眉愁。

【品评】

这首词歌咏渔夫潇洒自在的生活。在古人心目中，渔夫是隐逸的高士，唐代张志和有《渔歌子》专咏渔夫隐逸生活，脍炙人口。张志和是隐士，晏殊却不是，晏殊只能凭想象落笔。在晏殊笔下，水乡环境异常鲜丽浪漫。红蓼花开，夹岸茂密，花香袭人；绿波春水，清澈澄明，东流而去；小船轻舫，悠扬飘荡，随波追游。与其说这是渔夫隐逸的环境，不如说这是词人携妓春游的画面。词人把灯红酒绿的浓艳生活场景改变方式搬到了水面，写隐逸而不脱富贵艳冶气息。于是，水乡渔夫的生活，就向歌舞酒宴上的文人士大夫生活靠拢。渔夫酒醒重新拨棹，所见到的是“鸳鸯飞起却回头”。张志和《渔歌子》说：“西塞山前白鹭飞。”一见白鹭，一见鸳鸯，内心活动完全不一样。晏殊所描写的渔夫，酒醒之际泛起的是艳情遐思。“一杯销尽两眉愁”，渔夫终究是洒脱的，不为俗世情缘所累，这也是词人在想象中所追慕的。

浣溪沙

淡淡梳妆薄薄衣，天仙模样好容仪。旧

欢前事入颦眉。[1] 闲役梦魂孤烛暗，[2] 恨无消息画帘垂。且留双泪说相思。

【注释】

①颦眉：皱眉，愁眉。 ②闲役：空役，徒劳地驱使。

【品评】

这首词写歌妓之相思。上阕写其装饰和容貌，微微透露其心事。此歌妓喜欢淡妆，清新宜人。薄薄衣衫，妩媚性感，容貌、仪态皆犹如天仙。惟其愁眉中透露出内心的活动。下阕点明“颦眉”的原因。心爱的人不在身边，画帘空垂，独守孤烛，恨无情人音讯。即使夜晚梦魂，也空劳奔波，无处寻觅情人踪迹。惟有双泪长流，诉说心中的痛楚了。这是宋词写妓女的俗套。夸耀其美貌，抒写其相思情深。符合文人士大夫审美口味的，往往是“淡淡梳妆”的清丽模样。强调一句，这是男性词人心目中的妓女形态和情感活动，是“代言体”。

浣溪沙

小阁重帘有燕过，晚花红片落庭莎。[1] 曲阑干影入凉波。 一霎好风生翠幕，[2] 几回疏雨滴圆荷。酒醒人散得愁多。

【注释】

①庭莎：庭院中的莎草，多年生草本植物。 ②一霎：一阵子，一会儿。

【品评】

这首词将笔墨集中到景物描写上，在宋词中比较新颖突出。这是初夏清幽寂静的时光，重重帘幕垂挂，时有燕子飞过；晚风吹落花片，飘落庭院莎草之上；一池凉波，曲阑干倒影其中。时而好风吹动翠幕，或者疏雨敲打圆荷。风吹雨打，动静都不是太大，依然构成画面整体的清幽。如此清丽闲雅的景致风光，只能是富贵人家的情景。所谓“穷儿家有这景致也无”。结句点明，这是“酒醒人散”后产生的寂寞闲愁。前面所描述的所有清幽景色，都成为此时寂寞的一种烘托。

浣溪沙

宿酒才醒厌玉卮，[1] 水沉香冷懒熏衣。[2] 早梅先绽日边枝。 寒雪寂寥初散后，春风悠飏欲来时。小屏闲放画帘垂。

【注释】

①宿酒：隔夜犹存的酒意。玉卮：玉杯。 ②沉香：香料名。以沉香木心材所制。《梁书》卷五十四：“沉木者，土人斫断之，积以岁年，朽烂而心节独在，置水中则沉，故名曰沉香。”

【品评】

这首词写初春的闲愁，写得非常含蓄。主人公是一位歌妓，她一直处于慵懒愁闷的情绪之中。昨夜喝酒，醉入梦乡，隔日醒来，酒意未消，以至厌恶饮酒。闺人应该有无数次的醉酒，才有“厌玉卮”的生理反应。沉香燃尽，懒得熏衣，任随闺房冷清寂寞。户外，则已是入春景象。向阳梅花最先绽放，冬日寒雪逐渐散去，春风即将吹拂大地，这与闺中的冷落形成鲜明对比。闺人并不在意这样的反差，依然任由小屏闲放，画帘垂挂，不关心户外的变化。追问如此慵懒的缘由，一定是离情别思所引起的。

浣溪沙

湖上西风急暮蝉，夜来清露湿红莲。少留归骑促歌筵。①　为别莫辞金盏酒，入朝须近玉炉烟。不知重会是何年？

【注释】

①少留：稍作停留。促：就，靠近。歌筵：有歌妓演唱劝酒的筵席。

【品评】

晏殊中年以后曾几度离京任职，这首词写于外郡任职期间。这次是送友人归京，或许是友人送晏殊归京，两种读解都可以成立。送别宴席安排在湖边，西风吹过，暮蝉哀吟，增加了宴席间的离愁气氛。夜来清露，湿润红莲，景致依然可爱。友情挽留归骑，离去的人因此徘徊停留。下阕是宴席上的劝酒，劝离人更尽金盏一杯酒，入朝之后，再度相见，就不知是何年了。离别酒宴，宋词喜欢将笔墨落实到酒宴之间演唱的歌妓身上，通过她们的多情或恋恋不舍写己身情感。晏殊许多词也是这么写的。这首词摆脱上述套路，以写友情为主，构思别致。

浣溪沙

杨柳阴中驻彩旌，[1] 芰荷香里劝金觥。[2]
小词流入管弦声。　只有醉吟宽别恨，不须朝暮促归程。雨条烟叶系人情。

【注释】

①彩旌：彩色车旗，这里代指车。　②荠荷：荷花。觥：酒杯。

【品评】

这是送别宴席填写的词。夏日杨柳飘拂的时节，送别友人，暂时挽留行人车骑，在荷花香郁的水边设宴送行，酒宴间有管弦与小词助兴，这首词因此而作。词人劝慰行者，多饮酒能够纾解别恨，旅程中要放宽心情，不要朝暮惦记着归程。结尾总束一句，烟雨迷濛中的柳枝、柳叶，都牵系着离别的情思。烟雨杨柳无边，离思也就漫无边际。

浣溪沙

一向年光有限身，等闲离别易销魂。[1] 酒筵歌席莫辞频。　满目山河空念远，落花风雨更伤春。不如怜取眼前人。[②]

【注释】

①一向：一晌，片刻。等闲：寻常，随便。　②"不如"句：语本元稹《会真记》："还将旧来意，怜取眼前人。"

【品评】

这首词创构的是一个大的时空框架，但它所写却是极其深细的离恨相思。框架虽大，使人销魂的"离别"之情却在不断扩充、膨胀，一直弥漫到框架的所有空间，甚至连支撑框架的实体都被这离情所掩盖、吞没，直至实处化虚，整个空间剩下的只有离情了。不过，它并没有虚到一无所有，而是在"满目山河"、"落花风雨"之中，摆设下一台"酒筵歌席"，在歌声与风雨交织声中再落实到"眼前人"身上，这就证明了现实的存在。既然无法摆脱"年光有限"的苦恼，不如及时行乐，"怜取眼前人"。这就是词人解决生命短暂、时光永恒矛盾的方法了。与其说是解脱，不如说是沉湎。词所抒写的是传统的恋情相思，但与"花间"、柳永等不同。晏殊所恋的女子，不指向某一位特定的个人，所叙述的也不是一段具体的生活场景，而是具有高度的概括性，是一种人人都有体验的共同生活经验。因此，晏殊的恋情词便具有了相当开阔的气象，所承继的是南唐冯延巳"堂庑特大"的创作传统，显示出"伶工之词"向"士大夫之词"转移的痕迹。

浣溪沙

玉碗冰寒滴露华，粉融香雪透轻纱。晚来妆面胜荷花。　　鬓亸欲迎眉际月，①酒红初上脸边霞。一场春梦日西斜。

【注释】

①亸(duǒ 朵)：下垂的样子。

【品评】

词写一位美艳的歌妓。酷夏季节，玉碗冰寒，冷饮爽心。晏殊《蝶恋花》云：“玉碗冰寒消暑气。”这是富贵人家的享受。歌妓身穿轻纱，香气宜人，雪白的肌肤隐隐可见，既凉爽，又性感。化妆完毕的歌妓，美貌胜过盛开的荷花。歌妓两鬓双垂，两眉之际如明月皎洁圆润；歌妓饮酒之后，红霞上脸，无限娇媚。词人设想：酒后歌妓入睡，傍随她的一定是一场美丽的春梦，这一觉应该美美睡到夕阳西下的时候。这是在夏日的一次酒宴上，词人对歌妓想入非非，才有了这么具体细腻的描写。

更漏子

蕣华浓，① 山翠浅，② 一寸秋波如剪。红日永，③ 绮筵开，暗随仙驭来。④　　遏云声，

回雪袖，占断晓莺春柳。[5]才送目，又颦眉，[6]
此情谁得知？

【注释】

①蕣华：木槿花，夏秋两季开花，朝开暮敛。往往用来比拟女子容貌，暗含红颜短暂之意。 ②山翠：指女子翠眉。远山眉是古代女子喜爱的妆饰，将眉毛画得如同浅淡的远山。 ③永日：长日。 ④仙驭：歌妓。唐宋词喜用神女、仙女等代指妓女。 ⑤占断：占绝，完全据有。 ⑥颦眉：皱眉，愁眉。

【品评】

这首词写酒宴间一位歌妓，是当筵填词之作。词写该女子妆饰之美、容貌之艳、歌声之亮、舞姿之婀娜。上阕写歌妓容貌。此歌妓正当青春年华，眉黛弯浅，秋波如水，容貌之艳丽，酒宴上的宾客恍然有遇仙之感受。下阕写歌妓歌舞。歌声响遏云霄，舞袖飘拂如雪花，晓莺春柳都无法与之媲美。歌舞之间，歌女又有愁眉，隐隐透露出心事，此处无非是离愁别绪。宋人当筵填词，内容大致都是如此。

更漏子

塞鸿高，仙露满，[1]秋入银河清浅。逢好客，且开眉，盛年能几时？　　宝筝调，罗袖软，拍碎画堂檀板。须尽醉，莫推辞，人生多别离。

【注释】

①仙露:露水的美称。

【品评】

词写秋日一次歌舞酒宴。秋日亦有好的景致,塞鸿高飞,秋露滋润,银河清浅,一幅高远爽朗的景象。人生苦短,盛年难久,在这样的环境中,遇到嘉宾,自然要设宴开怀欢饮。酒宴上还有美女演奏宝筝,拍碎檀板,罗袖起舞,劝酒助兴。词人劝说宾客,要尽情饮酒,哪怕醉倒在现场。人生有许多离别的痛苦,趁眼前欢聚,就该及时行乐。

更漏子

雪藏梅,烟著柳,依约上春时候。初送雁,欲闻莺,绿池波浪生。　　探花开,留客醉,忆得去年情味。金盏酒,玉炉香,任他红日长。

【品评】

词写春日一次歌舞酒宴。上阕写初春已至。雪中藏梅、杨柳烟绕之时,大约春天就快要来到了。这时,送走了鸿雁,期待着黄莺的啼鸣,门外绿池波浪荡漾。这一切的描述,表达出词人对春天的急切期盼,对美好生活的急切渴望。下阕写开筵欢饮。在花期设宴,留宾客醉饮,去年亦是如此情味。有金盏酒,焚玉炉香,词人愿长长的白日都在这样欢快的环境中度过。词人过着富贵的生活,秋日、春日,去年、今年,都是赏美景，饮美酒，过得舒适畅快。叶梦得《避暑录话》卷二载：“（晏殊）惟喜宾客，未尝一日不燕饮，盘馔皆不预办，客至旋营之。苏丞相颂曾在公幕，见每有佳客必留，但人设一空案一杯。既命酒，果实蔬茹渐至，亦必以歌乐相佐，谈笑杂至。数行之后，案上已粲然矣。稍阑即罢，遣声伎曰：‘汝曹呈艺已毕，吾亦欲呈艺。’乃具笔札，相与赋诗，率以为常。”这里几首《更漏子》就是这种生活的表现。

更漏子

菊花残，梨叶堕，可惜良辰虚过。新酒熟，绮筵开，不辞红玉杯。　蜀弦高，羌管脆，慢飐舞娥香袂。[①] 君莫笑，醉乡人，熙熙长似春。[②]

【注释】

①飐：风吹而物体颤动。　②熙熙：和乐的样子。

【品评】

词写秋日宴饮作乐。到了秋末季节，菊花开残，梨叶飘零，词人忽然惊觉，一年的大好时光都已过尽，自己却没有好好游玩欣赏，耽误好景色，“可惜良辰虚过”。词人或许因为忙碌，或许为情所苦，没有注意到好时光在身边流逝。既然发觉了，就要努力补偿，就要设宴欢饮，就要邀美人相伴。正值秋酒新熟，词人在绮筵上举红玉杯畅饮，听蜀弦羌管演奏，看舞娥轻歌曼舞，其乐融融。有醇酒美女，做一个醉乡人，熙熙快乐，一年四季都似春天。词人要他人莫笑自己的现状，词人自身是很满足的。

鹊踏枝

槛菊愁烟兰泣露。罗幕轻寒，燕子双飞去。明月不谙离恨苦，斜光到晓穿朱户。[1]

昨夜西风凋碧树，独上高楼，望尽天涯路。欲寄彩笺兼尺素，[2]山长水阔知何处？

【注释】

①不谙：不知晓，不理解。朱户：朱红色的窗户。 ②彩笺：精美的信笺。尺素：书信。

【品评】

这首词写深秋怀远之情，深情绵邈，却又气象阔大。一切的景物都因词人的情感而设置。槛菊、幽兰，清香芬芳，然而，此时却与离人同愁同泣。双飞的燕子，在刺激着孤独的离人；无知的明月，不懂得离别的“恨苦”，月光穿过“朱户”，整夜地照着无眠的离人。强烈的离愁别恨，使周围所有的客观景物都涂抹上浓烈的主观情绪。下片登楼远眺，视野开阔。水长山阔，天涯无尽，却不见情人归来的身影。没有踪迹可以寻觅，甚至书信也无由寄达。离人的愁苦也将无休尽地延续下去。晏殊如此专注抒写恋情的作品相对要少一些，以晏殊的才情，一旦情感喷涌，就是一首绝妙好词。由此可见歌词擅长抒发男女相恋之情的文体特长。王国维在《人间词话》中说："古今之成大事业、大学问者，必经过三种之境界：'昨夜西风凋碧树，独上高楼，望尽天涯路。'此第一境界也。"则是对此词的另一种理解。

鹊踏枝

紫府群仙名籍秘，[1]五色斑龙，[2]暂降人间世。海变桑田都不记，[3]蟠桃一熟三千岁。[4]　露滴彩旌云绕袂，谁信壶中，别有笙歌地。[5]门外落花随水逝，相看莫惜尊前醉。

【注释】

①紫府：道家所谓的仙人居所。《抱朴子·怯惑》："及到天上，先过紫府，金床玉几，晃晃昱昱，真贵处也。"　②五色斑龙：传说中仙人的坐骑。《汉武帝内传》："惟见王母乘紫云之辇，驾五色斑龙。"　③海变桑田：喻指世间巨变。晋葛洪《神仙传》卷七《王远》："麻姑自说云：'接待以来，已见东海三桑田。'"　④"蟠桃"句：《汉武帝内传》载：西王母赠汉武帝之仙桃，"三千年一生实"，食之长寿。蟠桃，神话传说中的仙桃。　⑤"谁信"二句：《后汉书·费长房传》：东汉费长房曾为市掾，市中有一老翁卖药，"悬一壶于肆头，及市罢，辄入壶中"。费长房向其学道，俱入壶中，"惟见玉堂华丽，旨酒甘肴，盈衍其中，共饮毕而出"。

【品评】

这是一首祝寿词。与其他寿词不同，该词中没有直接出现祝寿的话语，而是大量用神仙长寿的典故，写得很有技巧。宋词中有大量寿词，南宋以后尤其多，如此婉转巧妙祝寿的却极为少见。上阕用种种神仙典故，歌颂寿主之长寿。下阕写寿宴的场面。彩旌招展，笙歌悠扬，云袖起舞，非常热闹繁盛，亦可折射寿主的富贵。宾主尽欢，莫惜尊前醉倒了。

点绛唇

露下风高，井梧宫簟生秋意。① 画堂筵启，一曲呈珠缀。②　　天外行云，欲去凝香袂。③ 炉烟起，断肠声里，敛尽双蛾翠。④

【注释】

①井梧：天井中的梧桐树。宫簟（diàn 殿）：凉席的美称。　②珠缀：形容歌声美妙，如珍珠联缀。　③香袂：香袖，指女子衣袖。　④双蛾：双眉。

【品评】

秋高露浓时节，画堂开筵，歌妓献唱。歌声之美，如一串串珍珠；舞姿之媚，行云为之凝聚。在炉烟袅绕之际，在令人断肠歌声中，歌妓频频皱眉，脸部丰富表情随歌声而转移。词人又有了这样一次声情并茂的醇酒美女之歌舞享受。宋代达官日常生活过得就是如此悠闲而享乐，这是有特殊时代背景的。具体地说，是由宋太祖劝说大臣“多积金帛，市田宅，以遗子孙，歌儿舞女以终天年”(《宋史·石守信传》)而导致的。

凤衔杯

青萍昨夜秋风起,[1]无限个、露莲相倚。
独凭朱栏,愁望晴天际。空目断,[2]遥山
翠。　　彩笺长,锦书细,[3]谁信道、两情难
寄。可惜良辰好景,欢娱地,只恁空憔悴。[4]

【注释】

①“青萍”句:宋玉《风赋》:“夫风生于地,起于青萍之末。” ②目断:极目远眺。 ③锦书:指夫妻间的书信。前秦秦州刺史窦滔被徙流沙,其妻苏氏思之,织锦为回文旋图诗寄之。 ④恁:如何,这样。

【品评】

这首词写闺中思念,主人公依然是歌妓。宋人喜欢将相思情节安排在万物萧条的秋季,以增加其萧瑟冷落的气氛,追求情景相融的艺术效果。昨夜秋风起于青萍之末,今日独凭朱栏,所见则是“无限个露莲相倚”。露莲尚能成双成对相倚,进一步刺激了闺中女子。再向远处极力眺望,依然看不见情人的身影,惟见遥山空翠、天际寥廓。无奈之余,只能通过书信传达相思情意。然而,即使“彩笺长,锦书细”,仍然无法表述“两情”思恋之深长和复杂。良辰好景,往日曾经给过两人许多欢乐,眼前独自凄苦,只落得伊人憔悴。歌词处处用反衬、对比等手法,突出闺中人孤独寂寞时的苦苦思恋。

从眺望，到书信，到一切落空，终归无奈，相思之情愈益铭心刻骨。

风衔杯

留花不住怨花飞，向南园、情绪依依。可惜倒红斜白、一枝枝，经宿雨、又离披。① 凭朱槛，把金卮，对芳丛、惆怅多时。何况旧欢新恨，阻心期，② 空满眼、是相思。

【注释】

①离披：散乱的样子。这里指春花凋零。 ②心期：心愿。

【品评】

词写春愁。上阕写春去花落，惹人愁怨。春末时节，花飞花落，无法挽留，由此叫人生出无限幽怨。经过一夜雨打风吹，"倒红斜白"，花枝凌乱，春花凋谢得更多了。下阕写凭栏饮酒，对花相思。上阕所写花落纷纷的情景，是闺人"凭朱槛，把金卮，对芳丛"时的见闻，下阕开篇补足一笔。面对花丛，有如许惆怅，闺人最终点明是因相思引起的。旧欢不见，新恨重重，心愿无法达成，春末怨愁自然绵绵不绝。

凤衔杯

柳条花纇恼青春，①更那堪、飞絮纷纷。一曲细丝清脆，倚朱唇。斟绿酒，掩红巾。　追往事，惜芳辰，暂时间、留住行云。②端的自家心下，③眼中人。到处是，觉尖新。④

【注释】

①花纇（lèi 类）：花蕊。青春：大好春光，春日好风景。②行云：指歌妓。用巫山神女的故事。宋玉《高唐赋序》载：楚王游玩高唐，曾遇见巫山神女，自献其身。离别时说："妾在巫山之阳，高丘之阻，旦为朝云，暮为行雨，朝朝暮暮，阳台之下。"③端的：真个，确实。④尖新：新颖，独出心裁。

【品评】

这首词写酒宴上听歌妓演唱时的内心情感活动。在柳条婀娜飘舞、百花盛开的大好春日，有纷纷飞絮相伴，摆开酒宴，寻欢作乐，有歌妓劝酒，生活得舒坦而享受。"恼"、"那堪"等词语都是从相反角度来表达自己对春光的极度喜爱。歌词以如此美丽的春景为歌妓演唱的背景，美人为之"斟绿酒，掩红巾"，这些带有挑逗性的动作更是惹得词人心猿意马。况且，朱唇轻启，细丝伴奏，歌声清脆，一曲引人遐想。面对美景、美酒、美人、美声，词人回想起往年曾经有过的这样好时光。往年酒尽人散，欢乐随之离去。有了以往的经验，今天就特别珍惜这美好景色，试图更多地挽留歌妓，延续这欢乐的时光。在感性的兴奋的享受中，词人再也不能含蓄闲雅，结尾两句直接改用口语，表达对眼前歌妓的极度喜欢，对她歌声的极度欣赏。

清平乐

春花秋草，只是催人老。总把千山眉黛扫，未抵别愁多少。① 劝君绿酒金杯，莫嫌丝管声催。兔走乌飞不住，② 人生几度三台。③

【注释】

①“总把”二句：唐李商隐《代赠》：“总把春山扫眉黛，不知供得几多愁？” ②兔走乌飞：时光飞逝。唐韩琮《春愁》：“金乌长飞玉兔走，青鬓长青古无有。”兔：指月亮。古代神话传说，月中有白兔捣药。乌：指太阳。相传太阳中有三足乌。③三台：三台六星，星座名。代指朝廷权贵。古人以为三台对应朝廷达贵三公。

【品评】

晏殊是宋代守成年代的平庸官僚。虽然他 35 岁就进入二府，最终官至宰相，在政坛上却没有什么建树。阅读他的词作，发现其最痛苦的事就是坐享荣华富贵之际的时光飞逝、年华老去。这类情感的一再表达，反证其为官的平庸。这首词表达此一主题更为强烈。春花秋草，一年一度，时间就是如此无奈流逝。眼前的别愁只是表层的，无法挽留岁月脚步的痛苦才是深层的。词人是在送别酒宴上填写此词，送别的主题被岁月流逝而痛苦的主题所淹没。胸襟窄小，当然无法超脱。词人只能劝人劝己多饮美酒。既然岁月无情，高官厚禄便不足依凭，所谓“人生几度三台”。只有抓紧时间，及时行乐。这是晏殊提出的应对时光流逝的方案，可见晏殊为人、为官境界都较低。

清平乐

秋光向晚，小阁初开宴。林叶殷红犹未遍，① 雨后青苔满院。　　萧娘劝我金卮，②殷勤更唱新词。暮去朝来即老，人生不饮何为？

【注释】

①殷红：深红。　②萧娘：唐人泛称女子为萧娘。唐杨巨源《崔娘诗》：“风流才子多春思，肠断萧娘一纸书。”宋人用来指歌妓。金卮：金杯。

【品评】

这首词主题与前词相同。秋日酒宴，词人关注的是“青苔满院”，一年的好时光快要过去了。酒宴间有歌妓殷勤劝酒。既然人生无常，岁月无情，何不趁时陪伴美人、痛饮美酒呢？词人在作品中表现得眼界不开阔，除了为人的原因之外，也与歌词这种特殊文体相关。歌词就是在灯红酒绿之际写个人私生活的小感受、小感慨、小感情的。率真的表达,是晏殊做人的真正境界。

清平乐

春来秋去,往事知何处?燕子归飞兰泣露,光景千留不住。 酒阑人散忡忡,[1]闲阶独倚梧桐。记得去年今日,依前黄叶西风。

【注释】

①酒阑:酒宴结束。阑:阑珊,将尽。忡忡:忧愁的样子。

【品评】

这首词抒写别愁。分手之后,春来秋去,时光匆匆。燕子飞走,兰花泣露,无论如何挽留,风光总是无情离去。只能借酒浇愁,酒宴结束,宾客散去,更加冷清孤独,更叫人愁苦难堪。闺人步下台阶,独倚梧桐,回忆着"去年今日"的情景,也是如此"黄叶西风",也是如此为离愁所折磨。闺人相思苦痛,由来已久。

清平乐

金风细细,[1]叶叶梧桐坠。绿酒初尝人易醉,一枕小窗浓睡。 紫薇朱槿花残,斜阳却照阑干。双燕欲归时节,银屏昨夜微寒。

【注释】

①金风：秋风。

【品评】

这首词抒情相当含蓄，字面上词人没有透露多少情感信息。品味景物构成，大致是一个令人愁怨的环境。秋风吹起，梧桐叶落，向来是衬托秋愁的。绿酒易醉，小窗浓睡，大约也是愁绪导致的，借酒浇愁，希望睡梦中忘却愁苦。次日醒来，整日面对“紫薇朱槿花残”，在无聊中消磨了一天时光。转眼又是“斜阳却照阑干”的傍晚时刻，“双燕欲归”，情人不归。此处才略略透露，秋愁是因相思引起的。闺中人想到“银屏昨夜微寒”，今夜又是如此，又要依赖绿酒易醉和小窗浓睡来排解愁苦了。换言之，在相思折磨中，内心愁苦日日重复，永远无法消解或排除。

清平乐

红笺小字，说尽平生意。鸿雁在云鱼在水，[1]惆怅此情难寄。　　斜阳独倚西楼，遥山恰对帘钩。人面不知何处，[2]绿波依旧东流？

【注释】

①鸿雁、鱼：皆代指书信。古时有鲤鱼、雁足传书的传说。　②“人面”句：唐崔护《题都城南庄》：“人面不知何处去，桃花依旧笑春风。”

【品评】

唐宋文人士大夫幻想歌妓相思情人，典型动作有两种。其一，通过书信，传达相思之情。情人往往踪迹难觅，书信无由寄达，最终无处诉说内心情感。所谓："欲寄彩笺兼尺素，山长水阔知何处?"其二，登高远眺，期望看见情人回来，最终也必将愿望落空。所谓："梳妆罢，独倚望江楼。过尽千帆皆不是，斜晖脉脉水悠悠。肠断白蘋洲!"晏殊这首词就写了这样两个典型的镜头。上阕写红笺传情，此情难寄；下阕写独倚西楼，人面不见。这是宋人写歌妓相思的俗套。

红窗听

淡薄梳妆轻结束，① 天意与、脸红眉绿。
断环书素传情久，② 许双飞同宿。　　一晌
无端分比目，③ 谁知道、风前月底，相看未足。
此心终拟，觅鸾弦重续。④

【注释】

①结束：装束，打扮。　②断环：将玉环剖为两半，男女双方各持一半，以为爱情信物。　③一晌：霎时，刹那。无端：无由，无故。分比目：指情人分离。旧传比目鱼仅一目，需双鱼并游。古人常用来比拟男女情侣之相爱。　④鸾弦重续：指重续旧情。古代以琴瑟喻男女欢情，以弦断喻情断。鸾胶为传说中续断弦之物。

【品评】

词写离别相思。分手之后，追恋闺中情人，回想当年她喜欢淡妆，“脸红眉绿”，天然生就，穿戴装束，轻盈灵巧。两人相聚时，曾许愿“双飞同宿”，有过非常恩爱的时光。不得已分别，曾以断环为信物，指望后日的重聚。离别以来，相思无穷，不禁怨恨当时刹那间的轻易分手。两人风前月下，恩爱情浓，相互还看不够。这时候被迫分别，痛苦就来得格外强烈，心中期盼“鸾弦重续”的愿望也就格外强烈。

红窗听

记得香闺临别语，彼此有、万重心诉。淡云轻霭知多少，隔桃源无处。①　　梦觉相思天欲曙，依前是、银屏画烛，宵长岁暮。此时何计，托鸳鸯飞去。

【注释】

①桃源：男女欢会的场所。据南朝刘义庆《幽明录》载：东汉时刘晨、阮肇入天台山采药，于桃花溪上遇仙女，留居半年，归乡时人间已过七世。

【品评】

词写离别相思。开篇用倒叙法，从分别之际说起。分手时恋恋不舍，有千言万语的诉说和叮嘱，说尽万重心事。分手之后，相思之际，就会回味那一刻的絮絮诉说。回到当下，情人分隔，有“淡云轻霭”遮蔽，当年欢聚场所已难寻觅。所以，只能在梦中与情人相会。天欲破晓，曙光初露，梦中惊醒，仍然只有冷清的“银屏画烛”相伴。无计排除相思情苦，只能幻想“托鸳鸯”带去一腔情思。

采桑子

春风不负东君信，遍拆群芳。① 燕子双双，依旧衔泥入杏梁。② 须知一盏花前酒，占得韶光。③ 莫话匆忙，梦里浮生足断肠。

【注释】

①拆：分开。这里指花苞绽放。 ②杏梁：文杏制成的房梁，代指华丽的屋宇。 ③占得：据有，占有。韶光：大好时光。

【品评】

词写大好春日里的及时行乐。春风吹拂，群芳绽放，春色满人间。燕子双双归来，衔泥补窝，绕飞杏梁之间。词人花前举杯，饮美酒，赏春光，饱览美好春景。人生匆忙的离别，或其他匆忙间显得不完美的事情，此时词人不想再提起，免得破坏眼前的兴致。浮生如梦，现在的美丽景色肯定也是短暂的，词人因此难抑伤感之情。在欢乐之际，再次浮现时空永恒、人生短暂的愁苦话题。

采桑子

红英一树春来早，独占芳时。①我有心期，②把酒攀条惜绛蕤。③　　无端一夜狂风雨，④暗落繁枝。蝶怨莺悲，满眼春愁说向谁？

【注释】

①芳时：春花盛开的好时节。　②心期：心愿。　③绛蕤（ruì 瑞）：深红色的花朵。　④无端：无故，没理由。

【品评】

这首词所叙说的情感，非常含蓄。春天来到的时候，一树红花绽放，春色秀美。闺中人有了隐秘的心愿，含羞不语，只是“把酒攀条惜绛蕤”。爱惜红花，隐约是对自己青春美貌的珍惜。下阕情景陡转。一夜狂风雨，吹落满树花朵，给闺中人带来无尽的悲怨。她自然从花的凋零，联想到自己年华的流逝，红颜难驻。青春美貌的时候，如果没有得到一份期望的情爱，一旦红颜老去，就如同红英飘零了。闺中人却借蝶和莺来婉转诉说内心的愁怨。情感发展至此，就是“满眼春愁”，无处诉说了。晏殊词以风流蕴藉著称，其抒发的情感，总是留给读者反复品味，词人往往不会一言道破。

采桑子

阳和二月芳菲遍，[1] 暖景溶溶。[2] 戏蝶游蜂，深入千花粉艳中。 何人解系天边日，[3] 占取春风。免使繁红，一片西飞一片东。

【注释】

①阳和：春天的暖气。《史记·秦始皇本纪》："时在中春，阳和方起。" 芳菲：花草。 ②溶溶：水流动的样子。此处指春景荡漾。 ③系：捆住。

【品评】

这首词有新颖的构思。爱惜春天美景，人人皆同。古诗词中女子对春天的喜爱，往往带有对自己容貌的珍爱情感在内。从这样的角度出发，留住春天，就是留住自己的青春年华，歌词新颖构思就体现在这里。在二月花草遍地的美好春天，气候已经变得暖意融融，戏蝶游蜂也快乐地穿梭于百花丛中。闺中人由此幻想，何人能够用长绳捆住天边的太阳，让时间停步，让春天永远留在身边，不叫红花凋零，"一片西飞一片东"。无理的要求，透露出强烈的愿望。

采桑子

樱桃谢了梨花发，红白相催。[1] 燕子归来，几处风帘绣户开。[2]　　人生乐事知多少，且酹金杯。管咽弦哀，慢引萧娘舞袖回。[3]

【注释】

①红白相催：白花催促红花凋谢，指时光飞逝。樱桃花红，梨花白，故云。　②绣户：华丽的居室。宋词中多指妓女居所。　③萧娘：指歌妓。唐人泛称女子为萧娘。唐杨巨源《崔娘诗》："风流才子多春思，肠断萧娘一纸书。"

【品评】

樱桃凋谢，梨花开放，红红白白，相续替代，时光就这样悄悄流逝。又是一春燕子归来的时候，青楼歌院，绣户打开，成群美女外出踏青游玩，设宴寻欢。春日寻欢作乐，人生能得多少？词人产生的是时光短暂的焦虑。所以，词人要开怀饮酒，听美人管弦歌吹，看萧娘舞袖翻飞。

采桑子

石　竹[1]

古罗衣上金针样，绣出芳妍。[2]玉砌朱栏，紫艳红英照日鲜。　　佳人画阁新妆了，对立丛边。试摘婵娟，[3]贴向眉心学翠钿。

【注释】

①石竹:多年生草本植物,直立簇生。茎直立,有节,多分枝,叶对生。花萼筒圆形,花单朵或数朵簇生于茎顶,形成聚伞花序,花色较多,微具香气,很具观赏性。 ②芳妍:芬芳妍丽的花朵,指石竹花。 ③婵娟:美好的样子。这里指石竹花。

【品评】

这首词表层是咏石竹,其实在写歌妓的美艳。上阕咏石竹。玉砌朱栏间石竹花开放,仿佛是用金针在古罗衣上绣出的花卉,异常艳美动人。在阳光照射下,红花紫嫣,炫丽夺目。下阕咏歌妓。歌妓化妆完毕后,往往要步出香闺,摘取石竹花,贴向眉心,作为妆饰。人与花相映衬,更加美丽妖艳。词人醉心于美人,以美人妆饰的石竹花为引子,引出对美女的反复欣赏。

采桑子

时光只解催人老,不信多情,长恨离亭,
泪滴春衫酒易醒。　　梧桐昨夜西风急,淡
月胧明,好梦频惊,何处高楼雁一声。

【品评】

这首词写相思离情。上片的意境是悲凉的。起拍便从人生这一大的范畴着眼,但通过离情的反复抒写,最终又落墨于小小的"泪滴"之上。下片写秋夜难捱,只有在梦里才能得到片刻的安慰。但好梦难成,心神不定,经常被惊醒过来。

这时，耳边传来了大雁的啼叫之声。当离人从梦中惊醒过来之时，耳边听到“何处高楼雁一声”，便想到会传来盼望已久的家书，想到大雁按时南归，人也该按时回乡了。而这一切，又都融入朦胧的“淡月”、飒飒作响的“梧桐”枯叶与劲厉的“西风”之中。这首词情感悲咽，但在悲凉之中透出一种乐观的希望，境界清新明丽，境高韵远，耐人咀嚼。

采桑子

林间摘遍双双叶，寄与相思。① 朱槿开时，尚有山榴一两枝。　　荷花欲绽金莲子，半落红衣。②晚雨微微，待得空梁宿燕归。

【注释】

①“林间”二句：暗用“红叶题诗”典故。唐范摅《云溪友议》卷十载：卢渥到长安应试，路过御花园外水沟，见一红叶，取来时发现上面有宫人所题绝句一首，诗曰：“流水何太急，深宫尽日闲。殷勤谢红叶，好去到人间。”卢渥后娶得宫中遣散的女子，正是此题诗人。　②红衣：此处代指荷花花瓣。

【品评】

这首词开篇暗用典故，程度则更加强烈。林间红叶，居然都被摘遍了，可见有多少相思之情需要诉说。似乎已经无法寻找到可以题写相思字的红叶了，闺中人正为此愁苦。峰回路转，又看见朱槿花开，且发现山榴尚有一两枝，闺中人又可以倾诉相思情意了。找到题字红叶的欣慰，转瞬被时光流逝的痛苦所取代。下阕转写光阴过尽的寂寞痛苦。“荷花欲绽”,就是一年中好时光都已即将过去的秋季了。何况,“半落红衣”,荷花也随之凋零。“晚雨微微”,摧残花卉,明天更加不值得期待。空梁寂寞,只好期待明年春天的燕子归来。燕子归来,带来林间遍地的红叶,又可以题写相思。然而,年复一年,就是在这样的相思诉说、期待落空中过去。闺中的寂寞愁苦,与日俱增。

喜迁莺

花不尽,柳无穷,应与我情同。觥船一棹百分空,① 何处不相逢? 朱弦悄,知音少,天若有情应老。② 劝君看取利名场,今古梦茫茫。

【注释】

①“觥船”句:唐杜牧《题禅院》:“觥船一棹百分空,十岁青春不负公。”觥船:大酒杯。一棹:划桨一次,喻大杯饮酒一次。 ②“天若”句:唐李贺《金铜仙人辞汉歌》:“衰兰送客咸阳道,天若有情天亦老。”

【品评】

词人一辈子在仕途摸爬滚打,得出的结论是名利场就是古今一场梦,茫茫无可追寻。因此,在“花不尽,柳无穷”的大好春天里,对春天的喜爱之情应该都是相同的,人生相逢,就必须大杯饮酒,朱弦作乐。歌舞散去,知音难觅,给人生留下许多憾恨。此情若教天知，上天为之苍老。词人这首词在写人生的缺憾，其概况归纳具有相当的普遍性，故颇含哲理韵味。词人在提出自己的弥补挽救方法，那就很一般化了，足见词人的境界平平。

喜迁莺

烛飘花，香掩烬，中夜酒初醒。①画楼残点两三声，②窗外月胧明。　晓帘垂，惊鹊去，好梦不知何处？南园春色已归来，庭树有寒梅。

【注释】

①中夜：半夜。　②残点：断断续续的打更声。

【品评】

词写闺人半夜惊醒的一个小镜头。“中夜酒初醒”，那么，昨夜是饮酒入眠，或者是“醉眠”。借酒助眠，心里肯定有苦痛之事。上阕开篇就描写半夜魂梦惊醒的场景。蜡烛依然燃烧，炉香快要燃尽，远处传来断续残更声，窗外月色朦胧。心中已有苦痛，半夜惊醒时面对如此寂静冷落的环境，叫人如何忍受？总不能再度醉酒吧？换言之，后半夜一定是无眠待旦了。下阕隐略点明闺人内心为何愁苦，即今夜为何饮酒、为何中夜惊醒。帘幕垂挂，无人来往。惊鹊飞去，却不知将好梦带向何处。已经是初春季节，庭中寒梅开放，春色归来，情人却依然没有踪影。闺人所有的痛苦都源于此。

撼庭秋

别来音信千里，怅此情难寄。碧纱秋月，[1]梧桐夜雨，[2]几回无寐。　　楼高目断，[3]天遥云黯，只堪憔悴。念兰堂红烛，心长焰短，向人垂泪。[4]

【注释】

①碧纱：碧纱橱。用木料做橱架，蒙以轻纱，中间安放床位，以避蚊蝇。　②梧桐夜雨：唐温庭筠《更漏子》："梧桐树，三更雨，不道离情正苦。一叶叶，一声声，空阶滴到明。"　③目断：望穿，极目眺望。　④"念兰堂"三句：唐杜牧《赠别》："蜡烛有心还惜别，替人垂泪到天明。"

【品评】

这首词抒写别后相思，既真挚恳切，又风流蕴藉。首先，整首词语言通俗易懂，几乎都是口语组成，切合歌妓身份，读来真切坦诚。别来千里相隔，音信全无。夜晚，闺人在秋月碧纱中，在梧桐夜雨时，多少次牵肠挂肚而无寐失眠；白天，闺人登楼眺望，多少次失望而归，日渐憔悴。夜烛垂泪，事实上是闺人垂泪，转折一层说出，含蓄婉转。其次，词中多处化用前人诗词，如"梧桐夜雨"、"红烛垂泪"等等，融合无间，如同己出。歌词因此显得娴雅从容。

少年游

重阳过后，西风渐紧，庭树叶纷纷。朱阑向晓，芙蓉妖艳，特地斗芳新。①　　霜前月下，斜红淡蕊，明媚欲回春。莫将琼萼等闲分，②留赠意中人。

【注释】

①特地：特意，故意。　②琼萼：花的美称。等闲：轻易，随便。

【品评】

这是一首咏物词。芙蓉花晚秋时盛开，这首词为咏花之作。秋风一阵紧过一阵，已经过完重阳节了，花草树木皆飘零凋落，惟有芙蓉花却凌霜傲放，明丽妖艳，在凄冷的秋天里呈现出一番“芳新”景象，春光似乎回到了人间。词人在“霜前月下”，反复欣赏“斜红淡蕊”，格外珍爱，并试图将芙蓉送给自己的爱人。或许，往日词人曾与美人共赏，今日面对芙蓉，就有折花赠远的联想。咏花之时，融入相思的主题。古人咏物，总是不愿意仅仅停留于咏物层面，企图另有寓意，希望诗词留给读者更多的回味余地。但是，有时咏物而有寓意不过是敷衍题意，晏殊此词就有此弊病。

少年游

霜华满树，兰凋蕙惨，秋艳入芙蓉。胭脂嫩脸，金黄轻蕊，犹自怨西风。① 前欢往事，② 当歌对酒，③ 无限到心中。更凭朱槛忆芳容，肠断一枝红。

【注释】

①犹自：尚且，仍然。 ②前欢：旧日的情爱。 ③当歌对酒：曹操《短歌行》："对酒当歌，人生几何？"

【品评】

这首词与前首词应当是一组作品，同样咏写芙蓉。词人在反复强调芙蓉秋末凌霜绽放的坚贞品格。晚秋时节，霜华满树，兰花凋零，蕙草惨淡，惟有芙蓉依旧盛开，艳丽芬芳。芙蓉花瓣如"胭脂嫩脸"艳红，花蕊金黄，让词人对"前欢"有所联想。下阕转写"前欢"。如前首词所言，这位旧日情人一定是与词人有过共同赏花的多次经历，让词人铭心刻骨，所以，对花思人，情绪就不可遏止。往日花前当歌对酒，有美女相伴。此时孤独一人，只能"凭朱栏忆芳容"，牵引出无限心事，伤心肠断也就不可避免。

酒泉子

三月暖风，开却好花无限了。当年丛下

落纷纷，最愁人。　　长安多少利名身？[1]若有一杯香桂酒。莫辞花下醉芳茵，[2]且留春。

【注释】

①长安：汉唐京都。北宋词人常用来代指汴京。　②芳茵：花草。

【品评】

词人触景生情。三月春好，暖风熏人，百花盛开。转眼间却花落纷纷，愁煞游人。与此相同，多少人奔走京都，争名夺利，或许也有过繁花似锦的盛况。年华老去，回首往事，荣华富贵又在哪里？词人认为，与其奔走名利场，不如花前饮酒，醉倒在春天的美景里，把春光留在自己的身旁。有过仕途上的飞黄腾达，享受过京都的繁华富贵，晏殊并没有获得多少快乐。晚年回顾总结，将个人的幸福快乐定位于杯酒寻欢。

酒泉子

春色初来，遍拆红芳千万树。[1]流莺粉蝶斗翻飞，恋香枝。　　劝君莫惜缕金衣，[2]把酒看花须强饮。[3]明朝后日渐离披，[4]惜芳时。

【注释】

①拆：开放，绽放。　②“劝君”句：唐无名氏《金缕衣》：“劝君莫惜金缕衣，劝君须惜少年时。有花堪折直须折，莫待无花空折枝。”　③强：努力，勉强。　④离披：散乱的样子。

这里指春花凋零。

【品评】

这首词劝人们抓住春天的好时光，及时行乐。春色来临的时候，红花千树万树盛开。花丛中，处处是流莺粉蝶翻飞斗艳。在如此喧闹繁丽的盛景之间，词人认为就应该痛快喝酒，多在花丛中流连欣赏。春光短暂，明朝后日转瞬即逝。现在不抓紧时间，那就有“无花空折枝”的遗憾。这首词的主题与唐诗《金缕衣》相同。惟宋词中喜欢以春日鲜花比拟美艳歌妓，留恋春景往往与歌妓行乐联系在一起，晏殊词亦有此层含义。

木兰花

东风昨夜回梁苑，①日脚依稀添一线。②旋开杨柳绿蛾眉，③暗拆海棠红粉面。④　　无情一去云中雁，有意归来梁上燕。有情无意且休论，莫向酒杯容易散。⑤

【注释】

①梁苑：园林名，又名“梁园”、“兔园”，西汉梁孝王刘武修筑，是梁孝王游乐和接待宾客的场所。故址在今河南开封市东南。这里泛指园林。　②日脚：穿过云层斜照到地面上的阳光。添一线：古代以线测量日影，冬至后每日添一线。③旋：不久，转眼。　④拆：开放，绽放。　⑤容易：轻易，随意。

【品评】

春天归来，最容易引发词人对旧情的眷恋。上阕写春归。春风经过，园林每日都有新的改变。白昼渐渐变长，无意间杨柳转绿、海棠绽放。下阕写对旧情的思念。思念之极，怨恨随之产生。怨恨对方的无情，甚至都不会托“云中雁”带来些许音讯。梁上燕子春天之际就会归来，情人都不如梁燕有情。相思徒乱人意，“有情无意”也休再提起，眼前举杯赏春，可不要再如往时轻易分手了。依据歌词语气，抒情主人公依然是歌妓，晏殊仍然是代为抒情。歌妓在思念旧日情人时，对当时酒宴间的宾客有所嘱托：“莫向酒杯容易散！”“旋开杨柳绿蛾眉，暗拆海棠红粉面”二句，对仗极为工整，显示出晏殊追求雅丽景致的审美趣味。

木兰花

帘旌浪卷金泥凤，[1] 宿醉醒来长瞢松。[2] 海棠开后晓寒轻，柳絮飞时春睡重。　美酒一杯谁与共，往事旧欢时节动。不如怜取眼前人，免更劳魂兼役梦。

【注释】

①金泥凤：金粉涂饰的凤凰图案。这里指帘旌上的装饰图案。　②瞢松：初醒时迷迷糊糊的样子。

【品评】

晏殊在荣华富贵生活里，不会对某一位特定的歌妓产生长久的恋情。“春风得意马蹄疾，一日看尽长安花”，美女美酒到处都有，晏殊只需及时行乐，与眼前的每一位妓女享受欢乐时光。“不如怜取眼前人”，是晏殊词一再重复的话题。上阕细腻描摹歌妓初醒的情态。“帘旌浪卷”，宿醉初醒，睡眼惺忪，艳丽而性感。“海棠”二句补充睡梦之环境。是在春天美丽的景色间，海棠花开，柳絮飞扬，晓寒尚轻，难怪睡得如此香甜。下阕直抒胸臆，表达趁时作乐的强烈愿望。词人不愿意梦魂牵挂，只要眼前欢乐。宋代词人失意时凄切悲苦，对旧情眷恋牵挂；得意时，就如同晏殊此际，放怀享受醇酒美女。

木兰花

燕鸿过后莺归去，细算浮生千万绪。长于春梦几多时，散似秋云无觅处。① 闻琴解佩神仙侣，② 挽断罗衣留不住。劝君莫作独醒人，烂醉花间应有数。③

【注释】

①“长于”二句：唐白居易《花非花》：“来如春梦几多时，去似朝云无觅处。” ②闻琴：用司马相如故事。《史记·司马相如列传》载：卓文君新寡，司马相如弹琴挑之，卓文君闻琴心动，二人遂夜奔，结为夫妇。解佩：用郑交甫故事。《文选》注引《韩诗内传》说：“郑交甫遵彼汉皋台下，遇二女，与言曰：‘愿请子之佩。’二女与交甫。交甫受而怀之，超然而去。十步循探之，即亡矣。回顾二女，亦即亡矣。”后以此典写男

女相爱，赠物传情。 ③有数：命中有定。

【品评】

“燕鸿过后莺归去”，今年的春天又过去了。一年一度，时光飞逝，仔细思量，人生短暂，千万种感慨涌上心头。晏殊是非常优秀的词人，擅长将生活中的细微感受用极其形象生动且新颖的语词表达出来。时空永恒，人生苦短，晏殊对此感受最为强烈，在歌词中屡屡有出色的表达。“长于春梦几多时，散似秋云无觅处”，虽然从白居易诗歌中化出，但是，用在此处，却很好地表达了人生如梦、美好事物或人物转瞬即逝的感伤。即使如司马相如与卓文君，或遇到仙女的郑交甫等神仙眷侣，最终还避免不了分手离别。排解方式只有举杯痛饮、烂醉花间了。此“花间”可以同时理解成歌舞丛中。相聚相离，都是命中注定。所以，就不要苦苦相思，要把握当下的快乐。

木兰花

池塘水绿风微暖，记得玉真初见面。[1]重头歌韵响铮琮，入破舞腰红乱旋。[2] 玉钩阑下香阶畔，[3]醉后不知斜日晚。当时共我赏花人，点检如今无一半。[4]

【注释】

①玉真：仙人，这里指歌妓。 ②重头：歌词的前后阕节拍完全相同叫重头。铮琮：象声词，金玉碰撞的声响。形容

悦耳的歌声。入破:乐曲中的一段,即大曲后半部“破”的开始段落。这段乐曲,打击乐器与丝竹合奏,声繁拍急,舞蹈节奏随之加快。 ③玉钩:帘钩的美称。 ④点检:验看,查验。

【品评】

一位舞女出色的表演给词人留下深刻的印象,以至分手之后还能时时清晰、生动地回忆起来。那一次见面是在池塘水绿、微风送暖的明媚时节,歌妓不仅有仙人般的美貌,更有美妙动听的歌喉与婀娜多姿的舞腰,急旋变化,令人眼花缭乱。下片回到眼前,写别后的思念。结尾两句则落实到好景不常在的时光流逝的哀叹,词人总是能从繁华喧闹中品味到人生的悲凉。“当时共我赏花人,点检如今无一半”,语意沉痛,这在晏殊词中比较少见。《词林纪事》卷三评云:“往事关心,人生如梦,每读一过,不禁惘然。”晏殊一般不会陷入过度的悲苦之中,这首词有此格调,恐怕是晏殊非常失落时的创作。

木兰花

玉楼朱阁横金锁,寒食清明春欲破。[1]窗间斜月两眉愁,帘外落花双泪堕。 朝云聚散真无那,[2]百岁相看能几个?别来将为不牵情,万转千回思想过。

【注释】

①春欲破：春天即将过尽。 ②无那：无奈。

【品评】

这首词写歌妓相思恋情。“玉楼朱阁横金锁”，歌妓的生活环境是相当富裕的。但是，春天过去，情人离去，闺中寂寞，难以排遣愁苦。歌妓对外界环境变得相当敏感。夜晚，斜月穿过窗户，让人两眉愁锁；白天，帘外落花纷纷，叫人眷恋落泪。对于时间的流逝，闺中人毫无办法，万般无奈。朝云聚散，人生百岁，匆匆忙忙，渺小的个体又有什么办法呢？这位歌妓是用人生短暂劝慰自己，不要为某位情人牵肠挂肚了。理性的劝解，无法解决感性的思念。现实中，依然是“万转千回思想过”，离别相思之情是无法摆脱的。

木兰花

朱帘半下香销印，① 二月东风催柳信。琵琶旁畔且寻思，鹦鹉前头休借问。② 惊鸿去后生离恨，③ 红日长时添酒困。未知心在阿谁边，满眼泪珠言不尽。

【注释】

①香销印：香印在燃烧中殆尽，时间很晚了。古代在香炷上刻印记，根据香炷燃烧的长短来计算时间。 ②“鹦鹉”句：唐朱庆馀《宫词》：“含情欲说宫中事，鹦鹉前头不敢言。” ③惊鸿：指情人。曹植《洛神赋》：“翩若惊鸿”。

【品评】

这首词写歌妓整日的默默相思，没有语言诉说，反而更加动人。在二月东风吹拂、柳条吐绿的春季，闺人默坐在朱帘遮蔽的房中，静静对着燃烧殆尽的香灶，琵琶闲放在身旁，思绪连绵，却不敢言说。闺人无心赏春，无心弹奏琵琶，一腔情思都牵挂在离人身上。举动生怕人知，连多嘴的鹦鹉也要提防，可见这段恋情是非常隐秘的。正因为隐秘，才只能默默相思。下阕点明：这样的苦痛恋情是因为情人离去之后带来的，整日里只有喝闷酒打发时间。思念之极，禁不住满眼泪珠。其他词作，歌妓都是在醉饮、歌舞等及时行乐的狂欢喧闹中，企求忘却相思苦痛。这首词的画面异常寂静，构思别致。

木兰花

红绦约束琼肌稳，①拍碎香檀催急衮。②垅头呜咽水声繁，③叶下间关莺语近。④　　美人才子传芳信，明月清风伤别恨。未知何处有知音，长为此情言不尽。

【注释】

①红绦：红丝线织成的衣带。琼肌：美玉般细腻洁白的肌肤。　②急：急遍，乐段名称。指乐曲中节拍加快的乐段。衮：衮遍，杀衮，唐宋大曲中的乐段名。　③“垅头”句：形容悲苦凄切的乐声。《三秦记》载：“陇坂，其坂九回，不知高几许，欲上者七日乃越。”关中人士登上陇坂者，往往还望故乡，

悲思而歌，歌曰："陇头流水，其声呜咽。遥望秦川，肝肠断绝。"　④"叶下"句：形容轻快欢愉的乐声。白居易《琵琶行》："间关莺语花底滑"。间关：莺啼声。

【品评】

这首词描述酒宴上听歌女演唱的审美感受。首句写歌女的装束和容貌，红衣带衬托洁白肌肤，美丽妖艳。以下三句描摹乐声，或香檀拍打急切，乐声节拍转快；或乐声繁杂悲凄，如流水呜咽；或乐声轻快流畅，如黄莺啼鸣。乐声中，传达了春天的"芳信"，传达了美人才子之间的情思，传达了明月清风之夜的离情别恨。结尾二句为"知音"称绝。今日听到这样美妙的乐声，不知何处还能觅此知音？听乐引起的感受，长言不尽，不是这首小词可以完全表达。这首词主要笔墨在描写听乐感受，在宋词中较独特。

迎春乐

长安紫陌春归早，亸垂杨，[1]染芳草。被啼莺语燕催清晓，正好梦，频惊觉。　当此际、青楼临大道，幽会处、两情多少？莫惜明珠百琲，[2]占取长年少。

【注释】

①亸：下垂的样子。　②琲（bèi 备）：贯珠。珠十贯为一琲，共五百颗。

【品评】

京城繁华，虽然春天已经归去，但是，杨柳低垂，芳草熏染，啼莺语燕穿梭其间，依然一派好景象。时而好梦惊觉，心情因户外美景而轻松愉悦。大道旁有青楼妓院，在好时光里有多少有情人两情相悦，私下幽会。词人迷恋京城享乐奢华的生活，直接喊出："莫惜明珠百琲，占取长年少。"不要吝惜金钱，趁年少时候，及时行乐，这是最重要的。这首词写出北宋中期社会汴京享乐富贵的生活场景和气氛。

诉衷情

青梅煮酒斗时新，[①]天气欲残春。东城南陌花下，逢著意中人。　　回绣袂，展香茵，[②]叙情亲。此情拚作，千尺游丝，惹住朝云。[③]

【注释】

①青梅煮酒：古人于春末夏初，以青梅或青杏煮酒饮之。斗：趁。时新：时令酒食。　②茵：垫子。泛指铺垫的东西。③朝云：相恋的女子。用宋玉《高唐赋》"旦为朝云，暮为行雨，朝朝暮暮，阳台之下"典故。

【品评】

这首词写一次艳遇。春末时节，风光和气候都很宜人。游人外出踏青游乐，在"东城南陌花下"，碰到了自己中意的女子。宋人春游作乐，酒宴间往往有歌妓陪伴，这位意中人应该是一位陪游的歌妓。下阕写两情欢会，以及无限的留恋。女子秀袂回旋舒展，铺设香垫，两人有过一段亲昵时光。对今日艳遇异常留恋，于是有了这样的丰富想象：化作千尺游丝，纠缠住这位女子，把她留在自己的身边。结尾三句，想象奇特，有新意，是宋词中写情的佳句。

诉衷情

东风杨柳欲青青，烟淡雨初晴。恼他香阁浓睡，撩乱有啼莺。①　　眉叶细，舞腰轻，宿妆成。②一春芳意，三月和风，牵系人情。

【注释】

①“恼他”二句：唐金昌绪《春怨》：“打起黄莺儿，莫教枝上啼。啼时惊妾梦，不得到辽西。”　②宿妆：昨夜的梳妆打扮。

【品评】

这首词写闺中情思。东风吹拂，杨柳吐青，春回大地，正是闺中春思萌动的时节。烟雨迷濛，画面更添一份凄迷的氛围。闺人在香阁浓睡之际，当有称心如意的好梦，却被啼莺缭乱，自然叫人恼怒。下阕写闺人体态容貌。眉黛画得细长，舞腰婀娜轻盈，宿妆依然艳丽，这是一位惹人艳情遐想的妓女。结尾三句极为含蓄，隐隐点明春日里的春思。这份春思是词人的，却将之转托到闺人身上。

诉衷情

芙蓉金菊斗馨香，天气欲重阳。远村秋色如画，红树间疏黄。　　流水淡，碧天长，路茫茫。凭高目断，鸿雁来时，无限思量。

【品评】

这首词写秋日的相思恋情。将近重阳的秋日，芙蓉、金菊盛开，馨香沁人。远处村庄，红叶黄花，相互映衬，秋色如画。秋天美景中，自然想起远行的情人。闺人登高望远，目断天际，只见淡淡流水、悠悠碧空、茫茫去路，情人身影无处寻觅。据说鸿雁能够传递书信，见到空中鸿雁飞过，更叫人“无限思量”。多数作品写秋愁，喜欢渲染秋日萧条的景物和冷落的环境，以烘托人物的心情。这首词构思别具一格，写秋日的美景，以美景反衬离情。所谓“以乐景写哀，以哀景写乐，一倍增其哀乐”。

诉衷情

数枝金菊对芙蓉，摇落意重重。①不知多少幽怨，和露泣西风。　　人散后，月明中，夜寒浓。谢娘愁卧，②潘令闲眠，③心事无穷。

【注释】

①摇落:凋谢,凋零。 ②谢娘:唐时歌妓名,后泛指妓女。 ③潘令:西晋诗人潘岳,曾任河阳令。潘岳姿容秀美,乘车外出,妇女掷果满车。后借指为女子所爱慕的男子,泛指情郎。

【品评】

这首词写秋日的离愁。上阕写景,以景衬情。深秋时节,金菊和芙蓉都纷纷凋零。词人用拟人手法写金菊和芙蓉。秋花在坠落重重的时候,就会有许多“幽怨”,就会在西风中“露泣”。秋花飘零满地,瑟瑟于西风之中,秋露成为秋花的泪水,词人通过这些景物诉说内心的愁怨。下阕抒情,由景物转向人物。月明之夜,欢愉过去人散之后,谢娘、潘令等男女情人各自一方,心事无穷,都被离愁所缠绕。照应上阕,此情此景,渗透融合,浑然一体。

诉衷情

露莲双脸远山眉,偏与淡妆宜。小庭帘
幕春晚,闲共柳丝垂。 人别后,月圆时,
信迟迟。心心念念,说尽无凭,只是相思。

【品评】

这首词写某位特定女子的相思之情。上阕写人物,下阕写别情。这位女子脸如带露的莲花,画着细长弯曲的远山眉,喜欢淡妆,清新秀雅。春晚时节,她独坐小庭之中,帘幕低垂，柳丝无力。其实，垂头丧气、慵懒无力的是这位女子，借景物环境说出。以下直接点明原因。月圆人未归，且音信迟迟，叫人“心心念念”，牵肠挂肚，相思不尽。宋词最初只是民间通俗文学，口语化程度很高。不仅仅柳永俚俗，刻意追求闲雅的晏殊也喜欢用口语。这首词下阕全是口语。“心心念念，说尽无凭，只是相思”，情真意切，浅显流畅，是经过艺术锤炼的精心打造的口语，叫人过目难忘。

诉衷情

海棠珠缀一重重，清晓近帘栊。胭脂谁与匀淡，偏向脸边浓。　　看叶嫩，惜花红，意无穷。如花似叶，岁岁年年，共占春风。

【品评】

这首词咏海棠花。清晓靠近帘栊眺望，海棠花开，花瓣上露水如珍珠连串，花红如胭脂，花瓣边红得更艳丽。欣赏海棠，年年都有这么一次。词人喜欢花卉的红艳，花叶的娇嫩，期望海棠和春光都留在身边，岁岁与美好风物相伴。“意无穷”，就不仅仅指向海棠花，海棠已经幻化为美女，词人真实希望的是美女“如花似叶”，永远美丽，永远在自己的身边。

胡捣练

小桃花与早梅花，尽是芳妍品格。[1] 未上东风先拆，②分付春消息。③　　佳人钗上玉尊前，朵朵秾香堪惜。谁把彩毫描得，免恁轻抛掷。④

【注释】

①芳妍：芬芳妍丽。　②拆：开放，绽放。　③分付：表示。　④恁：这样，如此。

【品评】

这是首咏物词，咏早春时节的桃花和梅花。桃花和梅花在春天里最早开放，东风还未吹拂大地，桃梅已经争奇斗艳，在向人们诉说着春天即将来临的消息。佳人爱美，她们摘取花朵，插到玉钗之间，颤颤袅袅，在酒宴间侍候。词人是在宴席间看见这一幕情景，才有所题咏。表面是咏花，深层是咏美人。词人希望有人用画笔将这一幅美景描绘下来，将其定格，以供日后时时欣赏。词人极度喜爱之情，通过结尾二句的愿望来表述。爱花兼爱美人，重点落在后者身上。

殢人娇

二月春风，正是杨花满路。那堪更、别离情绪。罗巾掩泪，任粉痕沾污。争奈向、①千留万留不住。　　玉酒频倾，宿眉愁聚。②空肠断、宝筝弦柱。人间后会，又不知何处？魂梦里、也须时时飞去。

【注释】

①争奈向：怎奈。向，语助词，无意义。 ②宿眉：昨日的画眉。

【品评】

词写送别酒宴上的离愁。二月春光正好，杨花满路飘舞，离别酒宴上，离人怎奈“千留万留不住”。女子频频“罗巾掩泪”，任随妆饰粉痕凌乱沾污。于是，频繁劝酒，既是对情人的留恋，以劝酒表达己身情感；也是借酒浇愁，以求分手后自己能够立即醉入梦乡，忘却苦痛。苦痛过于强烈，居然不能入眠。“宿眉愁聚”，暗示着通宵无眠。宝筝传情，人间不知寄达何处，故只能空自伤心断肠。可以凭依的，大约就是梦魂追随、梦中相聚了。“魂梦”句彻底宣告现实的绝望，离别愁苦当然就永远不能摆脱了。

踏莎行

细草愁烟，幽花怯露，凭栏总是销魂处。①
日高深院静无人，时时海燕双飞去。　　带缓
罗衣，②香残蕙炷，③天长不禁迢迢路。垂杨只
解惹春风，何曾系得行人住？

【注释】

①销魂：形容极度悲伤。 ②带缓罗衣：相思瘦损，以致衣带变宽。《古诗十九首·行行重行行》：“相去日以远，衣带日以缓。” ③蕙炷：以蕙草制成的香炷。

【品评】

词写离愁。离别之后，思念情人，每日登高凭栏远眺。所见景物，细草被愁烟所环绕，幽花怯怕寒露，海燕双飞离去，处处牵惹愁绪，令人悲苦销魂。春日里的花草、海燕，本来都是赏心悦目的景物，因为思妇深居院宅，寂寞冷清，凄愁哀怨，一切景物也变得令人难以忍受。整日就在如此思念痛苦折磨中度过，蕙炷烧残，长日过尽。这样的相思，日复一日，折磨得伊人消瘦，罗带松缓。痛苦之极，闺人不禁无理埋怨，埋怨垂杨长条只懂得在春风里飘舞，摆弄姿势，却不知道将离人捆住。结尾二句是写离情的名句，与“春风不解禁杨花，濛濛乱扑行人面”有异曲同工之妙。

踏莎行

祖席离歌，①长亭别宴，香尘已隔犹回面。
居人匹马映林嘶，行人去棹依波转。　　画阁
魂消，高楼目断，斜阳只送平波远。无穷无尽
是离愁，天涯地角寻思遍。

【注释】

①祖席：饯行的酒席。古代出行时祭祀路神叫“祖”。

【品评】

词写送别全程。长亭饯别，离歌哽咽。虽然“行人”的航船已随波远去，却仍站在船头隔着飘飞的尘土不断回头遥望；“居人”的马匹也久久地站在岸边，背映丛林，高声嘶叫。

正如江淹所说："黯然销魂者，唯别而已矣。"(《别赋》)不过，这只是"别赋"的一般场景。下片才把离情别恨升华到一个新的高度。画阁中的居者无法忍受离情的折磨，只好登上高楼绝顶纵目远望，但他望见的却只是西去斜阳映射着平静的水波静静地流向远方。随着行人的远去，无穷无尽的离愁随之蔓延，乃至"天涯地角"无处不在。唐圭璋说此词"足抵一篇《别赋》"，并非过誉。晏殊词非常讲究遣辞造句、谋篇布局时的精益求精。尤其是在歌词结尾，推出带动全篇的警策之句。"无穷无尽是离愁，天涯地角寻思遍"，将全词所抒发的情感深化。

踏莎行

碧海无波，瑶台有路，[1]思量便合双飞去。当时轻别意中人，山长水远知何处？　绮席凝尘，[2]香闺掩雾，红笺小字凭谁附？[3]高楼目尽欲黄昏，梧桐叶上萧萧雨。

【注释】

①"碧海"二句：相传海上有仙山，乃神仙居所。瑶台：传说中神仙的居所。这里代指妓女居所。　②绮席：有花纹装饰的席子，席子的美称。　③红笺小字：女子书写的情书。

【品评】

词写离情，上阕写行人，下阕写居者，两相照应。行人旅途中对当时轻易离别意中人懊悔万分。当年"碧海无波，瑶台有路”，二人之间没有阻隔，相亲相爱，本应该双飞双宿，长相厮守。相聚之时不知珍惜，离别后才知道天各一方，“山长水远知何处”。构思精妙的词句，晏殊在词中喜欢反复使用。《鹊踏枝》云：“欲寄彩笺兼尺素，山长水阔知何处?”此处组合，略加变化。下阕转到闺中妓女。香闺冷落，睡席蒙尘，闺人写成“红笺小字”，却无人为其传达。闺人登上高楼遥望，在望远中度过一日。黄昏时候，下起了萧萧细雨，雨打梧桐，分外凄凉，在凄苦中结束了一日的思念。

踏莎行

绿树归莺，雕梁别燕，春光一去如流电。当歌对酒莫沉吟，①人生有限情无限。　弱袂萦春，②修蛾写怨，③秦筝宝柱频移雁。④尊中绿醑意中人，⑤花朝月夜长相见。

【注释】

①当歌对酒：曹操《短歌行》：“对酒当歌，人生几何?”　②弱袂：轻盈的衣袖。　③修蛾：修长的眉毛。　④“秦筝”句：筝有十二或十三弦，斜列如雁行，有称雁筝者。　⑤绿醑：美酒。

【品评】

人生苦短，美景易逝，对酒当歌，就该及时行乐。这是晏殊在春末时节发出的感慨。黄莺啼鸣于绿树间，双燕绕飞于雕梁上，如此大好春光，却如电闪般迅疾而去。人生有限，欢情无限，当然需要趁时作乐。酒宴之间，有美人轻袖起舞，蛾眉传情，秦筝诉说。杯中美酒，眼前美人，词人都想牢牢把握住。在“花朝月夜”的好时光，长相见，常享受。

踏莎行

小径红稀，①芳郊绿遍，高台树色阴阴见。②春风不解禁杨花，③濛濛乱扑行人面。　　翠叶藏莺，朱帘隔燕。炉香静逐游丝转。④一场愁梦酒醒时，斜阳却照深深院。

【注释】

①红稀：指红花枯萎凋零。　②阴阴：暗暗。见（xiàn现）：同“现”。　③不解：不懂得，不知道。　④游丝：飘荡于空中的蜘蛛丝。

【品评】

词人面对芳草绿遍、花红稀落的郊外景色，面对濛濛扑面、四处纷飞的柳絮杨花，内心不免荡起春光消逝的情感之波，尽管这波纹十分细小，但却久久地难以停息。“春风不解禁杨花，濛濛乱扑行人面”，是对生活细致观察的描写，是出人意表的新颖构思。杨花飞舞，迷离了春色，也迷乱了“行人”的心绪。词人总是有时光无法把握、生命短暂的悲慨，一年中最好的季节的消逝，更能牵引出词人心中微妙复杂的情感。面对袅袅炉烟和飘拂于空中的游丝，词人在静静地思考着，但又得不到任何答案。词人始终是不能解脱时空永恒、生命短暂的矛盾痛苦，也只能借助醉酒来消磨愁苦了。

渔家傲

画鼓声中昏又晓，时光只解催人老。求得浅欢风日好。[1] 齐揭调，[2] 神仙一曲渔家傲。　绿水悠悠天杳杳，浮生岂得长年少？莫惜醉来开口笑。须信道，[3] 人间万事何时了？

【注释】

①浅欢：短暂的欢爱。　②揭调：发声歌唱。　③信：知，料。

【品评】

宋人歌舞酒宴上，歌妓时时以采莲舞曲劝酒，《渔家傲》是采莲舞曲的主唱歌曲之一。宋代采莲舞曲盛行，就出现了大量以采莲为主题的《渔家傲》词。晏殊一组《渔家傲》共十四首，都与采莲主题相关，应该都是酒宴之间欣赏采莲舞曲时的创作。当然，或许不是一次酒宴上的同时创作。这首词是酒宴间的创作。歌妓陪酒演唱，有画鼓伴奏，即使是短暂的两情欢爱，词人也心满意足。因为时光催人老去，还是抓紧眼前的欢乐。歌妓们齐声合唱《渔家傲》时，酒宴的欢乐气氛达到了极致。词人填写这首词，应该是当筵交给歌妓演唱的。下阕强调人生短暂、时空永恒的矛盾，强调及时行乐的必要性。人间万事，无休无止，不如抛开一切，陶醉在醇酒美女之间。这就是词人的生活态度。这是采莲舞曲的开篇，抒写听到《渔家傲》歌曲时的感受。

渔家傲

荷叶初开犹半卷，荷花欲拆犹微绽。此叶此花真可羡。秋水畔，青凉伞映红妆面。[①] 美酒一杯留客宴，拈花摘叶情无限。争奈世人多聚散。[②] 频祝愿，如花似叶长相见。

【注释】

①清凉伞：喻指荷叶。红妆：喻指荷花。 ②争奈：怎奈。

【品评】

这首词咏物，咏荷花荷叶。采莲舞曲中，荷花与荷叶是歌妓的主要装饰，也是主要的舞蹈背景布置。这首词所咏写的，不是真实的荷花与荷叶，而是歌妓的化妆。荷叶半卷，荷花含苞欲放，清新可爱，词人由衷喜爱。水面上，红花绿叶相互映衬，景色秀丽。这是由歌妓的化妆而产生的联想。酒宴之间，歌妓“拈花摘叶”，劝人饮酒，含情脉脉。词人想到世人聚散容易，且往往聚少离多，一旦分手，不知何日能够再见。结尾就发出良好的祝愿：愿天下有情人，像荷花、荷叶一般，年年相见，长相厮守。

渔家傲

杨柳风前香百步，盘心碎点真珠露。①疑是水仙开洞府。②妆景趣，红幢绿盖朝天路。③　小鸭飞来稠闹处，④三三两两能言语。饮散短亭人欲去。留不住，黄昏更下萧萧雨。

【注释】

①盘心：指荷叶。真珠：珍珠，这里喻指荷叶上的露水。　②水仙：水中神仙。　洞府：神仙居所。　③红幢：喻指荷花。绿盖：喻指荷叶。　④稠闹处：荷花、荷叶生长茂密的地方。

【品评】

荷花、荷叶仅仅是歌女们舞蹈时的背景布置或演出化妆，词人咏荷花、荷叶，其实就是在赞美歌妓的美丽，舞蹈的妩媚，歌声的美妙。杨柳风前，歌妓翩翩起舞，芳香馥郁。红绿相衬，露水滚动，让人疑为身在神仙洞府。歌舞酒宴散去，黄昏时刻，潇潇细雨迷濛，愁绪便弥漫开来。词人由眼前的歌舞欢快，已经联想到曲终人散的场景。有了这样的联想，就更加珍惜酒宴歌舞时光，更要及时行乐了。

渔家傲

粉笔丹青描未得，金针彩线功难敌。谁傍暗香轻采摘？风淅淅，①船头触散双鸂鶒。②　　夜雨染成天水碧，朝阳借出胭脂色。欲落又开人共惜。秋气逼，盘中已见新莲菂。③

【注释】

①淅淅：象声词，风声。　②鸂鶒（xī chì 溪翅）：水鸟，色紫，喜成对游玩，故称紫鸳鸯。　③莲菂（dì 弟）：莲子。

【品评】

歌妓舞蹈中的化妆，艳丽炫目，给词人留下非常深刻的印象。即使绘画或针绣高手，都无法重现舞者的美丽。在舞蹈中，歌妓们就是荷花，就是荷叶，歌词表层似乎依然在赞美荷花与荷叶。“风淅淅”，是舞蹈的效果，是词人的联想。“谁傍暗香轻采摘”、“船头触散双鸂鶒”是舞蹈动作。欧阳修《渔家傲》云：“船头阁在沙滩上。”船头也是歌妓舞蹈时的一种装饰。采摘莲子，则是舞蹈的主要表现情节。“夜雨”二句，对仗工整，澄碧与胭脂对映，色彩斑斓炫丽。荷花“欲落又开”，莲蓬中已见莲子，都是舞蹈动作带给词人的艺术感受。阅读这些作品，如果将其作为水乡女子的真实采莲劳动，处处读不通；将其作为歌妓酒宴间的舞蹈表演，就能通畅地阅读理解了。

渔家傲

叶下䴔䴖眠未稳，[1]风翻露飐香成阵。[2]仙女出游知远近。[3]羞借问，饶将绿扇遮红粉。[4]　一掬蕊黄沾雨润，[5]天人乞与金英嫩。试折乱条醒酒困。应有恨，芳心拗尽丝无尽。[6]

【注释】

①䴔䴖：水鸟名。　②飐：风吹而物体颤动。　③仙女：这里指歌妓。　④饶：任，尽。绿扇、红粉：荷叶，荷花。都是舞蹈装饰。　⑤一掬：一捧，一丛。蕊黄：荷花心蕊。　⑥丝：谐音“思”，指思念之情。

【品评】

采莲舞蹈中，水乡的许多景物都被组合在里面，如小舟和多种水鸟。荷叶下水鸟安眠，风吹荷动，送来阵阵馨香。“香成阵”，大约是歌妓化妆品的香味，也有词人的幻嗅觉作用。“仙女出游知远近”，是歌妓的舞蹈表达，表达水乡游玩的主题。绿扇是歌妓手持的装饰，红粉则是歌妓自身的化妆，舞者化妆成荷花。红绿相衬，观感极佳。在采莲舞曲中，领舞的歌妓装扮成“花心”，下阕就是集中写领舞者。“花心”舞者，娇嫩润泽，水灵灵地动人。“试折乱条醒酒困”，是舞者与酒宴间客人的互动，以活跃酒宴和歌舞气氛。酒宴一旦结束，歌舞者离去，将留给词人无限憾恨，词人当然想把美女和美酒留在身边。词人将此种憾恨，化作“芳心拗尽丝无尽”的艺术表达，达到风流蕴藉的审美效果。

渔家傲

罨画溪边停彩舫，[1]仙娥绣被呈新样。[2]飒飒风声来一晌。[3]愁四望，残红片片随波浪。　琼脸丽人青步障，[4]风牵一袖低相向。应有锦鳞闲倚傍。[5]秋水上，时时绿柄轻摇扬。[6]

【注释】

①罨(yǎn 掩)画：杂色的彩画。　②仙娥：歌妓。　③一晌：一阵子。　④琼脸：脸庞如美玉般光滑洁白。青步障：青布制作的遮蔽风尘或障蔽内外的帷屏。这里是为酒宴设置的屏帷。　⑤锦鳞：鱼的美称。　⑥绿柄：荷叶柄。

【品评】

采莲舞蹈是有情节性的。从齐唱《渔家傲》开始，到荷花初放、荷叶半卷，到荷花盛开、莲子成熟，到游玩湖上、采摘莲子，到这首词的盛季过去、荷花飘零。舞蹈的妆饰和背景布置依然是美丽炫目的，五彩缤纷的画溪旁停靠着彩舫，歌妓的舞装又有了新的变化。然而，飒飒风起，荷花凋零，残红片片，已经呈现出衰飒的景象。与逐渐冷落的环境相映衬，“琼脸丽人”的舞姿转缓。她们衣袖随风低回，时而如游鱼闲傍，时而如微风中摇动的荷柄绿伞。舞蹈动作的缓慢，带来一丝凝重的气氛，歌舞的格调开始有变化。

渔家傲

宿蕊斗攒金粉闹，①青房暗结蜂儿小。②敛面似啼开似笑。天与貌，人间不是铅华少。③　叶软香清无限好，风头日脚干催老。④待得玉京仙子到。⑤凭向道，红颜只合长年少。⑥

【注释】

①宿蕊：昨夜开放的荷花。斗攒：纷纷聚集。　②青房：莲房。蜂儿：喻指莲子。　③铅华：古代女子脸部的化妆粉。④日脚：穿过云层斜照下来的阳光。　⑤玉京仙子：歌妓。玉京，天宫。　⑥合：应该。

【品评】

荷花开放、盛丽喧闹之后，莲房结出莲子。词人称赞荷花、荷叶的天然貌美，是上天赐予，而不是铅华妆饰而成的。这里还是再盛赞歌妓的美貌。叶软香清之际，风头日脚相催，荷叶渐渐干枯，荷花渐渐凋落。词人向“玉京仙子”喊话，期望红颜长驻，陪伴少年，永远是欢乐时光。歌词表达词人对眼前歌舞酒宴和美女的极度留恋之情。

渔家傲

脸傅朝霞衣剪翠，[1]重重占断秋江水。[2]一曲采莲风细细。人未醉，鸳鸯不合惊飞起。　欲摘嫩条嫌绿刺，闲敲画扇偷金蕊。半夜月明珠露坠。多少意，红腮点点相思泪。

【注释】

①傅：附着，加上。指傅粉。　②占断：占尽。

【品评】

这首词直接咏写采莲舞曲中的歌女，与前几首词通过咏物转折写歌女手法有所不同。歌妓化妆之后，脸如朝霞，红艳鲜丽；衣装翠绿，清新宜人。这样的妆饰，是采莲舞曲的要求。在秋江水的环境布置中，一曲采莲，婉转美听，听歌之人陶醉其间。鸳鸯惊起，应该是采莲舞一个常式化的舞蹈动作。李珣《南乡子》云："棹歌惊起睡鸳鸯。"欧阳修《渔家傲》云："叶笼花罩鸳鸯侣……惊飞不许长相聚。"丁羲叟《渔家傲》云："歌声惊散鸳鸯侣。"这个舞蹈动作表演，隐含情人分离之意，故下阕转写相思。"欲摘"二句，写歌妓舞蹈表演，略带愁苦或惧怕的表情，为离愁做铺垫。半夜月明，曲终人散，红腮上就挂满点点相思泪了。将相思融入歌舞酒宴，托歌妓表达，这是宋词的基本写作套路。

渔家傲

越女采莲江北岸，[1]轻桡短棹随风便。人貌与花相斗艳。流水慢，时时照影看妆面。　　莲叶层层张绿伞，莲房个个垂金盏。一把藕丝牵不断。红日晚，回头欲去心撩乱。

【注释】

①越女：这里指采莲舞曲中的歌舞妓。

【品评】

采莲舞曲中，重点是歌舞者的美艳。再配上环境的香艳，美轮美奂，观赏者目醉心迷。这首词就写采莲歌舞如此的演出效果。“越女”二句是歌妓轻盈的采莲舞蹈表演，歌舞者如花美貌，与花争艳。轻歌曼舞过程中，顾盼生辉，仿佛歌妓也被自己的美貌所陶醉，旁观者更加情不自禁了。下阕“莲叶”二句，是写舞蹈环境布置。“一把藕丝牵不断”，用谐音法，表达自己对歌妓的迷恋之情。离去之后，一定是心绪缭乱，所有的情思都会牵挂在歌妓身上。

渔家傲

粉面啼红腰束素，[1]当年拾翠曾相遇。[2]

密意深情谁与诉？空怨慕，西池夜夜风兼露。　　池上夕阳笼碧树，池中短棹惊微雨。水泛落英何处去？人不语，东流到了无停住。

【注释】

①束素：形容女子细腰如束帛。素，帛，白色丝织品。②拾翠：春游时采摘花草。古代女子春天有踏青拾翠的习俗。

【品评】

这首词转写对采莲歌舞者的爱慕追思之情。歌妓粉面红妆，腰如束素。在其他酒宴场所，曾与词人相遇。此度采莲歌舞，词人理解为歌妓用表演来诉说“密意深情”。歌舞散去后，留下词人空对西池，在夜夜风露中空自怨慕。词的表层是咏写荷花凋零，西池冷落，故怨慕无限。下阕集中写荷花凋谢后池塘的冷清寂寞。夕阳笼罩池边碧树，微雨濛濛，池中短棹归去，一切都是那么冷落孤独。落英随水飘零，东流而去，无休无止，不知流向何处。只有留恋荷花者默默无语，伤心凭吊。采莲歌舞至此，马上要曲终人散，离思已经侵袭上词人心头。

渔家傲

幽鹭慢来窥品格，双鱼岂解传消息。①绿柄嫩香频采摘。心似织，②条条不断谁牵役？　　粉泪暗和清露滴，罗衣染尽秋江色。对面不言情脉脉。烟水隔，无人说似长相忆。

【注释】

①双鱼：古代木制的装书信的信函，用两块木板合成，中间放书信，刻成鱼形。汉乐府《饮马长城窟行》：“客从远方来，遗我双鲤鱼。呼儿烹鲤鱼，中有尺素书。”　②心似织：形容内心十分纠结。

【品评】

荷花凋零，美人离去，由采莲舞曲导引出离情别思。荷花盛开、莲子成熟时，曾经频频采摘。换言之，词人与歌妓曾经有过许多欢聚快乐的时光。一旦季节过去，美人不见，书信无由传达，心乱如织，就像藕断丝连，条条牵挂。词人设想，美人也正为别情所折磨，脉脉含情，对面不语，粉泪暗滴。“罗衣染尽秋江色”，一片萧瑟冷落。烟水重重阻隔，留给词人的只是“长相忆”。

渔家傲

楚国细腰元自瘦，①文君腻脸谁描就？②日夜声声催箭漏。③昏复昼，红颜岂得长如旧？　　醉折嫩房和蕊嗅，天丝不断清香透。却傍小栏凝坐久。风满袖，西池月上人归后。

【注释】

①"楚国"句：相传楚灵王好细腰，宫女多节食以讨君王欢心，故称"楚腰"。 ②文君：汉代美女卓文君。腻脸：细腻柔嫩的脸。 ③箭漏：古代记时器。

【品评】

这组采莲词曲始终将荷花与歌妓结合在一起咏写，荷花就是歌妓装扮的，两者不可分开。这首词上阕咏美人，可视作同时在写荷花。"楚国"二句写其体态和容貌，细腰轻盈，婀娜多姿；脸容光洁，靓丽动人。如此红颜，却在时光催促声中，在昏与昼的不断交替中，无可挽回地老去，词人为之伤感。换言之，盛开一时的荷花纷纷凋谢了。词人抓紧最后的时光，好好欣赏剩余下来的荷花、荷叶。他折断莲房，凑近花蕊，想多嗅到一些花香。换言之，曲终人散之前，词人想更多地获得与某位歌妓私密欢乐的时间。"却傍小栏"三句，写一切结束之后的寂寞冷落。依傍小栏，久久孤坐，寒风满袖，冷月相照，采莲歌舞盛况此时只是"长相忆"的材料。

渔家傲

嫩绿堪裁红欲绽，蜻蜓点水鱼游畔。一霎雨声香四散。风飐乱，高低掩映千千万。　　总是凋零终有恨，能无眼下生留恋。何似折来妆粉面？勤看玩，胜如落尽秋江岸。

【品评】

这组词不会是一次酒宴上的创作，这首词显然是又一次酒宴上的创作。上阕写当宴赏花，下阕写对荷花的无限爱怜。荷叶嫩绿，荷花欲放，水中游鱼穿梭，水面蜻蜓点飞，雨起风吹，馨香四散，荷花、荷叶颤动，高低掩映无数。换一角度，上阕是采莲歌舞表演的过程。读者可以通过想象，将所有的场面连接成一幅幅动态的连续的表演。荷花凋零，荷叶枯萎，将给人留下无限的留恋。词人有过这样多次的体验，所以想法弥补这种遗憾。词人设想：折下荷花，放在身边，时时赏玩，这就能够弥补事后的留恋了。这比荷花落尽秋江岸要胜过许多。

雨中花

剪翠妆红欲就，[①] 折得清香满袖。一对鸳鸯眠未足，叶下长相守。　　莫傍细条寻嫩藕，怕绿刺、罥衣伤手。[②] 可惜许、[③] 月明风露好，恰在人归后。

【注释】

①剪翠妆红：指女子化妆，画翠眉，涂抹胭脂。这里喻指荷花、荷叶，红绿相衬。欲就：即将完成。　②罥：挂，缠绕。③许：语助词，无义。

【品评】

这首词依然咏采莲舞曲。上阕写荷花开放，荷叶相衬，折得荷花,馨香满袖。荷叶下有鸳鸯长相厮守。下阕写采摘,怜惜美人,担心绿刺勾衣或刺伤嫩手。想到月明风露之夜,歌舞结束,美人归去,词人禁不住有了留恋追忆之情。上下阕都是在写歌舞表演过程。“可惜”三句,转写歌舞结束后的感慨。采莲类词作,能将美景、歌舞、美人三者结合在一起描写,内涵相对丰富。

瑞鹧鸪

咏红梅

越娥红泪泣朝云,①越梅从此学妖颦。②腊月初头、庾岭繁开后,③特染妍华赠世人。④　　前溪昨夜深深雪,朱颜不掩天真。何时驿使西归,寄与相思客,一枝新。报道江南别样春。⑤

【注释】

①红泪:女子所流悲伤的眼泪。　②妖颦:妖艳地皱眉。颦,同“颦”,皱眉。相传西施因病捧心而颦眉,姿态动人。③庾岭:即大庾岭,在今江西大庾,岭上多生梅花,又名梅岭。④妍华:鲜艳的花卉。这里指红梅。　⑤“何时”四句:据《荆州记》载:南朝时陆凯与范晔友情甚笃,陆凯自江南寄梅花给长安范晔,并赠诗说:“折梅逢驿使,寄与陇头人。江南无所有,聊赠一枝春。”

【品评】

词咏红梅。红梅在腊月之际，傲雪开放。其妖艳如美人泪泣，如美人颦眉。红梅的美丽上天赐予，纯净天真，在皑皑深雪的烘托下，分外夺目。咏物仅仅停留于物，就过于简单。词人最后用折梅赠远的典故，加入思念远人的另一种情思。睹梅思人，寄梅传情，红梅的意蕴就变得丰厚起来。

瑞鹧鸪

江南残腊欲归时，有梅红亚雪中枝。[1]一夜前村、间破瑶英拆，[2]端的千花冷未知。[3]　丹青改样匀朱粉，雕梁欲画犹疑。何妨与向冬深，密种秦人路，夹仙溪，不待天桃客自迷。[4]

【注释】

①亚：通“压”，低垂的样子。　②瑶英：如美玉般的花朵，此指红梅。拆：开放，绽放。　③端的：真的，确实。④“密种”三句：用晋陶渊明《桃花源记》故事。武陵人沿溪捕鱼，忽逢桃花林，遂入桃花源，发现此处多隐逸居民，乃秦时避战乱于此。

【品评】

与前词相同，继续咏红梅。江南腊月将尽，红梅在雪中怒放。仿佛一夜之间，前村千朵红梅纷纷绽放，寒冷的气候环境,红梅浑然不觉,并不惧怕。如此美丽,就像是人工丹青画就。游人至此欣赏,就有入仙境的感受。词人咏红梅,突出写其两个特征:美丽,傲然于严寒之中。结束时依然用典故,换一个角度,用桃花源作比,赞美红梅盛开世界的可爱。

望仙门

紫薇枝上露华浓,起秋风。管弦声细出帘栊,象筵中。[①] 仙酒斟云液,[②]仙歌转绕梁虹。此时佳会庆相逢。庆相逢,欢醉且从容。

【注释】

①象筵:豪华的筵席。 ②云液:美酒名。

【品评】

宋词许多填写于歌舞酒宴之间,即景描写,内容比较简单,这首词就是如此。在“紫薇枝上露华浓”的好景致中,豪华筵席在室内开张,帘栊内透出细细的管弦声。酒宴上,美人频频为之斟酒,优美的歌声绕梁不绝。词人陶醉其间,从容欢欣地享受着这一切。歌词在欢快声中结束。这类词内容非常单调,可以反映宋词创作的典型环境和背景。

蝶恋花

一霎秋风惊画扇。①艳粉娇红，尚拆荷花面。②草际露垂虫响遍，珠帘不下留归燕。

扫掠亭台开小院。③四坐清欢，莫放金杯浅。龟鹤命长松寿远，④阳春一曲情千万。⑤

【注释】

①一霎：一阵子，一会儿。　②拆：开放，绽放。　③扫掠：打扫。　④龟鹤命长：相传龟鹤长寿。　⑤阳春：指高雅的歌曲。《阳春》与《白雪》都是古代楚国的歌曲名，据说引曲高而和寡。

【品评】

这是一首祝寿词。宋词中有大量的祝寿之作，祝寿之语很多，应酬性很浓。这首词祝寿应酬语仅一句，将笔墨集中在寿宴描写上，这在祝寿词中很少见的。上阕完全写景。在秋风吹起、荷花绽放、草虫啼鸣的季节，打扫庭院亭台，开筵祝寿。酒宴间少不了“艳粉娇红”的歌唱，所唱的是高雅的《阳春》曲，与往日寻欢酒宴的气氛就不同。读祝寿词，可以窥见宋词创作的一个侧面。

蝶恋花

帘幕风轻双语燕，午醉醒来，柳絮飞撩乱。心事一春犹未见，余花落尽青苔院。　　百尺朱楼闲倚遍，薄雨浓云，抵死遮人面。①消息未知归早晚，斜阳只送平波远。

【注释】

①抵死：分外，竭力。

【品评】

词写闺中离思。一春过尽，不见情人归来，心事无处诉说。春风轻拂帘幕，双燕归来，呢喃私语，刺激孤独的闺人，将所有的离别情思都牵引出来。午醉醒来，柳絮纷飞，余花落尽，青苔满院，冷落孤寂，处处叫人难堪。追究一步，午醉本来就是为了排遣相思情苦，醒来后所见，却再度将离情引出，让人躲无可躲。一春的等待，朱楼栏杆倚遍，无数次等待期盼，无数次失望。更何况，眺望之际，有“薄雨浓云”的竭力阻挡，闺人无法遥望到远方。其实，即使天空晴朗，一望无际，又怎能望见离去的情人呢？闺人是在胡乱找理由宣泄怨恨，是万般无奈之中无理之举。最终，还是不知情人早晚归来的确切消息，只能望着斜阳映照水流，流向远方。

蝶恋花

玉碗冰寒消暑气，碧簟纱厨，①向午朦胧睡。莺舌惺松如会意，②无端画扇惊飞起。　　雨后初凉生水际，人面荷花，的的遥相似。③眼看红芳犹抱蕊，丛中已结新莲子。

【注释】

①碧簟：碧绿色的竹凉席。纱厨：纱橱，用木料做橱架，蒙以轻纱，中间安放床位，以避蚊蝇。　②惺松：轻快，灵活。③的的：明白，昭著。

【品评】

词写夏日里一位歌妓慵懒富贵的生活，以及词人旁观的想入非非。上阕写歌妓午睡醒来时的场景。美人在碧簟上、纱橱中午睡，因黄莺惊飞啼鸣而醒觉，即有玉碗冰镇冷饮消暑，宁静悠闲的生活可排解夏日的酷热。美人睡梦新觉的样子，分外娇艳性感。词人以旁观身份欣赏着这幅夏日美人午睡图。下阕以花衬人，写歌妓的美貌。一阵雨后，带来凉意，池中荷花开放更盛。词人将美人与荷花对照欣赏，人面荷花，美不胜收。荷花抱蕊，莲子新结，已经到了采摘的时节。以花比人，词人有了艳思遐想。大约是歌妓成熟的美丽让词人产生了占有的冲动。宋词所表现的，大量的都是文人士大夫厮混于歌妓丛中的日常生活情态。

蝶恋花

梨叶疏红蝉韵歇，银汉风高，[1]玉管声凄切。[2]枕簟乍凉铜漏咽，[3]谁教社燕轻离别？　　草际蛩吟珠露结，[4]宿酒醒来，不记归时节。多少衷肠犹未说，朱帘一夜朦胧月。

【注释】

①银汉：银河，代指天空。　②玉管：管乐器的美称。③铜漏：铜制漏壶，古代计时器，以滴水计时。　④蛩：蟋蟀。

【品评】

词写秋日归思。上阕极力渲染秋日萧条冷清的衰飒景象。秋日天高风急，梨叶疏红，社燕离去，枕簟间已经感觉到深秋的凉意。耳际传来的声响有：悲凄的秋风声、凄厉的寒蝉声、凄切的玉管声、呜咽的铜漏声，汇融成秋日合唱。词人不堪忍受这一切的景象和声响，便借酒逃遁，醉入梦乡。下阕写梦中惊觉后的感受。草丛中蟋蟀吟叫，露珠凝结，应该是夜晚的景象。词人是白日醉酒，午夜惊醒。夜晚，更加寂静，更加冷清，更加孤独，词人的痛苦有增无减。面对"朱帘一夜朦胧月"，有"多少衷肠"无处诉说。结尾点明：这一切的痛苦都是因为"不记归时节"引起的。长期飘零在外，不知何日归去，秋日的所有景象和声响就成了这种悲苦意绪的背景烘托。

蝶恋花

南雁依稀回侧阵，雪霁墙阴，[1]偏觉兰芽嫩。中夜梦余消酒困，[2]炉香卷穗灯生晕。[3]　　急景流年都一瞬，往事前欢，未免萦方寸。腊后花期知渐近，寒梅已作东风信。

【注释】

①雪霁:雪后放晴。　②中夜:半夜。　③穗:灯花。

【品评】

词写冬末春初的生活感受，充满了对即将来到之春日的期待。可以看到南雁的依稀回归，雪后天晴，兰花已吐嫩芽，春天的讯息已经相当强烈。午夜酒醒梦回，炉香袅袅，灯花生晕，给人温馨温暖的感受，不再是那样的凄切悲苦。时光飞逝，一年又将过尽。回想往事，心中最为牵挂的是与某位歌妓的“前欢”相恋。腊日之后，花期即至，而寒梅的绽放，再度报道春天的讯息，词人充满信心地期待着春日的来临。词人大约是知道了归期，心情转佳，才对春天有这样的期待。

菩萨蛮

高梧叶下秋光晚，珍丛化出黄金盏。还似去年时，傍栏三两枝。　　人情须耐久，花面长依旧。莫学蜜蜂儿，等闲悠飏飞。①

【注释】

①等闲：轻易，随便。

【品评】

晏殊有一组《菩萨蛮》三首，咏黄蜀葵花。前词曾盛赞："秋花最是黄葵好，天然嫩态迎秋早。""人人尽道黄葵淡，侬家解说黄葵艳。"这是第三首，写得更加含蓄。秋天高大的梧桐树下，傍栏三两枝黄葵绽放，婀娜多姿，似"黄金盏"般艳丽夺目。去年曾欣赏过这一幕美景，今年重见，依然分外喜爱。黄葵年年开放，"花面依旧"；词人年年赏花，"人情耐久"。词人不要学蜜蜂，在花丛中穿梭，时时更换花卉，朝三暮四。前两首咏黄葵的《菩萨蛮》都将黄葵花与道姑联系在一起咏写，如"插向绿云鬓，便随王母仙"，"擎作女真冠，试伊娇面看"。这组词应当是为一身份特殊的女子而写，该女子与词人或有一段欢情。从这样的角度理解，这首词下阕的涵义就比较清晰。词人是在自我表述，也是在要求对方，祈求"人情耐久"，将恋情维系下去。

秋蕊香

梅蕊雪残香瘦，①罗幕轻寒微透。多情只似春杨柳，占断可怜时候。② 萧娘劝我杯中酒，③翻红袖。金乌玉兔长飞走，④争得朱颜依旧。⑤

【注释】

①香瘦:指梅花凋零。 ②占断:占尽。可怜:可爱。③萧娘:指歌妓。唐人泛称女子为萧娘。唐杨巨源《崔娘诗》:“风流才子多春思,肠断萧娘一纸书。” ④金乌玉兔:日月,指时光。玉兔:指月亮。古代神话传说,月中有白兔捣药。金乌:指太阳。相传太阳中有三足乌。唐韩琮《春愁》:“金乌长飞玉兔走,青鬓长青古无有。” ⑤争得:怎得。

【品评】

这是初春酒宴上即席填写的一首词。梅花开过,香韵减退,残雪点缀,罗幕间带有微微寒意,多情杨柳已经飘拂于风中。在这可爱的初春时间,开筵欢饮,有歌妓翻舞红袖劝酒。词人想到时光的迅疾流逝,面对眼前的红颜美酒,愈发要抓紧时间享乐了。

秋蕊香

向晓雪花呈瑞,飞遍玉城瑶砌。[①]何人剪碎天边桂,[②]散作瑶田琼蕊。[③] 萧娘敛尽双蛾翠,[④]回香袂。今朝有酒今朝醉,[⑤]遮莫更长无睡。[⑥]

【注释】

①瑶砌:玉阶,台阶的美称。 ②天边桂:天上的桂花。传说月宫中有桂树。 ③瑶田:玉田。这里指白雪覆盖的大地。琼蕊:指洁白的雪花。 ④萧娘:指歌妓。双蛾:双眉。

⑤“今朝”句：唐罗隐《自遣》：“今朝有酒今朝醉，明日愁来明日愁。” ⑥遮莫：尽教。

【品评】

词写大雪纷飞的日子里开筵欢饮。上阕咏大雪，抒写词人的喜爱之情。拂晓起来，发现昨夜飞雪已经将城市、屋宇装扮得如美玉般的神话世界。词人展开想象的翅膀：洁白美丽的白雪，应该是有人剪碎了月宫中的桂花，洒向人间，才能散作千万亩“瑶田琼蕊”。银装素裹的世界，带给词人无比的快乐，当然要开筵欢饮、赏识美景了。下阕写欢饮，表现词人对现实生活的热爱。酒宴上，依然有歌妓唱着抒写离愁的歌曲，香袖回舞，助兴劝酒。词人今日兴致非常好，准备要彻夜长饮，彻夜狂欢。“今朝有酒今朝醉”用在这里，是对眼前美景、美人、美酒的极度喜爱，与晚唐诗人无可奈何之买醉完全不同。

相思儿令

昨日探春消息，湖上绿波平。无奈绕堤芳草，还向旧痕生。　　有酒且醉瑶觥，①更何妨、檀板新声。②谁教杨柳千丝，就中牵系人情？

【注释】

①瑶觥：玉杯，酒杯的美称。 ②檀板：檀木拍板。

【品评】

词写春日离思，作于酒宴之上，表达得非常含蓄内敛。上阕用倒叙法，不写今日的聚宴，却从昨日探春说起，一定是为了表达一种特定的情感。昨日外出探春，发现湖面平波卷绿，芳草绕堤而生，春日确实已经来到，户外风光正好。然而，词人用了“无奈”、“还向旧痕生”写己身落寞情绪，与春日景象不侔。词人是无可奈何地看着春天再度到来，意绪阑珊。究其原因，当然是为旧情所苦。以往两人共同探春，看平波卷绿、芳草绵绵，那是多么有情趣、多么欢快的日子。今春芳草依“旧痕”而生，却只留孤独一人。下阕回到今日宴席。词人也在努力饮酒，以求忘却旧情。酒宴上有歌女“檀板新声”助欢。然而，词人最终无法摆脱对离人的思念之情，借春日千丝杨柳，再次抒写。“牵系人情”是全词的结构线索。

相思儿令

春色渐芳菲也，[①]迟日满烟波。[②]正好艳阳时节，争奈落花何。[③]　　醉来拟恣狂歌，断肠中、赢得愁多。不如归傍纱窗，有人重画双蛾。[④]

【注释】

①芳菲：花草。　②迟日：春日。　③争奈：怎奈。　④双蛾：女子双眉。

【品评】

这首词依然写春愁。春色渐回，花草满地，满眼烟波，艳阳正好，这是一幅令人愉悦欣喜的春景。上阕结句突然将之归结于“争奈落花何”，好景终将消逝的无奈伤感取代春日的欢快。下阕写醉酒解愁，抒发得比前首词更为直接、更为强烈。醉饮狂歌，内心的苦痛只能用这种方式排遣。酒宴间又听到断肠歌声，离愁愈益浓郁。思念的情人不在身边，酒宴上还另有美女。词人摆脱愁绪的最后尝试是：再找一位美女陪伴，与她一起回到闺房，纱窗底下为她重画蛾眉，双宿双飞，以新情人替代旧情人，以忘却旧情。这样的作为，在现实中是可行的，也往往是成功的。在歌词里，艺术创作的需要，一定是失败的，一定是对旧情眷恋不忘的，否则就没有这首愁苦词作了。

滴滴金

梅花漏泄春消息，柳丝长，草芽碧。不觉星霜鬓边白，念时光堪惜。　　兰堂把酒留嘉客，对离筵，驻行色。千里音尘便疏隔，合有人相忆。

【品评】

这首词写于离别酒宴。梅花绽放，柳丝细长，草芽转碧，春天已经降临。初春时节，景物已堪赏识，无奈鬓发霜白，时光流逝，叫人为之惋惜。在这种情景中，设宴送别行人，离情别思弥漫宴席之间。上阕初春之时为年华老去而伤感，便是由眼前的离情所引发的。词人设想：分手之后，千里音尘隔绝，必定是长相思、长相忆。推想别后景象，此时愁苦更浓。

山亭柳

赠歌者

家住西秦，赌博艺随身。①花柳上，斗尖新。②偶学念奴声调，有时高遏行云。③蜀锦缠头无数，④不负辛勤。　　数年来往咸京道，残杯冷炙谩销魂。⑤衷肠事，托何人？若有知音见采，不辞遍唱《阳春》。⑥一曲当筵落泪，重掩罗巾。

【注释】

①西秦：今陕西一带，古属秦国。赌：这里是依仗某种技艺取胜之意。博艺：指歌舞才能全面。　②花柳：指歌楼妓馆。斗：比赛，争胜。尖新：新颖，独出心裁。　③念奴：天宝年间著名歌女。高遏（è饿）行云：形容歌声嘹亮，响入云霄。④缠头：当时风俗，乐妓表演完毕，客人以锦罗之类作赏赐，称“锦缠头”。代指给歌舞者的赏赐。　⑤咸京：代指京城。谩：空自，徒然。销魂：伤心，神伤。　⑥《阳春》：指高雅的歌曲。《阳春》与《白雪》都是古代楚国的歌曲名，据说引曲高而和寡。

【品评】

这首词写歌女悲惨的一生，前后呈鲜明对比，反差极大。上片通过三个方面写歌女年轻时红得发紫的盛况：一是自幼便学得一身好技艺；二是在歌唱与演奏方面不断有自己的独创与革新；三是声名大振，红极一时，收入可观。下片则写歌妓的景况一落千丈。由于年老色衰，听众锐减，为糊口仍往来奔波，而得到的却只是"残杯冷炙"的凄凉境遇。她孤身一人，难觅"知音"，每当忆起当年，思虑今后，便止不住"当筵落泪"。词人对这位歌女寄寓了深切的同情，其中恐怕夹杂着的是自我的身世感伤。这是一首带有叙事性的作品，声情激越，感慨悲凉，可以说是晏殊《珠玉词》中的别调。

睿恩新

芙蓉一朵霜秋色，迎晓露、依依先拆。似佳人、独立倾城，①傍朱槛、暗传消息。　静对西风脉脉，金蕊绽、粉红如滴。向兰堂、莫厌重深，免清夜、微寒渐逼。

【注释】

①"似佳人"句：《汉书·外戚传上》载李延年歌："北方有佳人，绝世而独立。一顾倾人城，再顾倾人国。宁不知倾城与倾国，佳人难再得。"

【品评】

这首词咏芙蓉花。芙蓉在秋天里迎露傲霜开放，其美艳如倾城倾国之佳人。以花拟人，独立于西风之中的芙蓉，仿佛在脉脉传情，所传达的一定是相思之消息。芙蓉花蕊金黄，花瓣粉红，色泽鲜艳。词人反复观赏，爱怜不已。期望兰堂深处，重重护卫芙蓉，免叫其遭受清夜寒气侵袭。惜花怜玉之情，对芙蓉或对美人，在类似咏物词里浑然一体。

睿恩新

红丝一曲傍阶砌，珠露下、独呈纤丽。剪鲛绡、碎作香英，① 分彩线、簇成娇蕊。②

向晚群花欲悴，③ 放朵朵、似延秋意。待佳人、插向钗头，更袅袅、低临凤髻。④

【注释】

①鲛绡：相传为海底鲛人所织的丝纱，这里喻指花瓣。 ②簇：聚集成团。 ③悴：憔悴，凋谢。 ④凤髻：古代女子的一种发型，形状似凤。

【品评】

这首词仍咏芙蓉。上阕写得较为具体。在台阶之下，露珠之中，如红丝般美艳的芙蓉独自开放，独呈纤丽。芙蓉花瓣，仿佛是剪碎的鲛绡；芙蓉花蕊，仿佛由彩线聚集成团。词人努力用具体的形象模拟芙蓉花的美丽，让读者有身临其境的审美感受。下阕称颂芙蓉秋日里的独自傲放。在晚秋时候，群花都憔悴凋谢，惟有芙蓉盛开，将秋意表现得分外美丽。如果将芙蓉摘取过来，插向美人钗头，颤颤袅袅，与美人的风髻相映成趣，这是一幅多么靓丽美艳的图景！

玉堂春

帝城春暖，[1]御柳暗遮空苑。[2]海燕双双，
拂飏帘栊。女伴相携、共绕林间路，折得樱桃
插髻红。　　昨夜临明微雨，新英遍旧丛。
宝马香车、欲傍西池看，触处杨花满袖风。

【注释】

①帝城：京城。　②御柳：宫苑中的柳树。

【品评】

这首词咏写春日风光。京城春暖大地的时候，宫苑杨柳飘拂，燕子双双归来。成群结队的女子踏青游玩，她们折得新开的樱桃花，插在发髻上。上阕所写，春天的讯息传遍京城，一幅活泼欢欣的景象。昨夜微雨，滋润大地，旧枝头开满了新花，春意更浓。京城男女，都乘坐宝马香车出游，喧闹繁华。沿途杨花飞舞，纠缠游人。处处是春天的消息，游人也陶醉于春天的好风光之中。宋词大多写春日离愁，晏殊多数亦如此。这首词跳出俗套，就是写春天来到时的欣喜欢快之情，别具一格。

玉堂春

后园春早，残雪尚濛烟草。数树寒梅，欲

绽香英。小妹无端、折尽钗头朵，①满把金尊细细倾。　　忆得往年同伴，沉吟无限情。恼乱东风、莫便吹零落，惜取芳菲眼下明。

【注释】

①小妹：指酒宴间的歌妓。钗头朵：插在钗头的寒梅。

【品评】

这首词写早春宴饮的一个场景。早春时节在后园设宴，残雪覆盖在烟雾弥蒙的草地上，只有“数树寒梅”，含苞欲放，透露出早春的讯息。陪酒的歌妓小妹，折得寒梅，插在钗头，人花比艳，也是一番景致。“金尊细细倾”，词人在细细欣赏这幅早春图景，看寒梅，更看小妹。上阕的场景，对词人有所触动。往年他曾有过多次这样的小妹斟酒、赏识早春的生活经历，对某位小妹还有特别的好感和记忆。类似的场景，让词人沉吟，勾引出旧日“无限情”了。旧情的泛起，给词人带来无端烦恼。词人将这种烦恼，推托到东风身上。怪东风吹拂，催落春花，满地飘零。换言之，词人不想真实面对心中这段旧情，赶紧寻找借口为自己解脱。结尾句自然回到珍惜眼下花草、及时行乐的话题上了。

玉堂春

斗城池馆，①二月风和烟暖。绣户珠帘，日影初长。玉辔金鞍、缭绕沙堤路，②几处行人映绿杨。　　小槛朱栏回倚，千花浓露香。

脆管清弦、欲奏新翻曲，[3]依约林间坐夕阳。[4]

【注释】

①斗城：汉代长安城的别称，这里代指北宋都城汴京。《三辅黄图》卷一《汉长安古城》："城南为南斗形，北为北斗形，至今人呼汉京城为斗城。"　②沙堤路：京城要道，也指通往宰相家的道路。唐天宝三载(744)，京兆尹萧炅请于要路筑甬道，覆盖沙土，以通车骑，称为沙堤。后唐人凡拜相，府县令百姓修筑沙堤，从宰相家铺到子成东街，成为故事。③翻：谱写乐曲。　④依约：隐约。

【品评】

这首词写春日京城游玩宴乐。上阕写游乐，下阕写宴饮。"二月风和烟暖"，景色气候宜人。京城池馆，随处绣户珠帘垂挂。阳光下彻，词人骑着"玉辔金鞍"，沿沙堤路出游，时而可见，绿杨飘拂，行人穿行。京城随处，春光荡漾。回到"小槛朱栏"内，周围千花盛开，香浓露润，在此开筵欢饮。酒宴上有歌妓演奏管弦，演唱新翻歌曲，其乐融融。在此环境中，当然不愿酒宴散去，一直坐到林间夕阳隐约，天色转晚。宋代文人士大夫生活过得休闲舒畅，读此词可见一斑。

临江仙

资善堂中三十载，[1]旧人多是凋零。与君相见最伤情，一尊如旧，聊且话平生。　　此别要知须强饮，雪残风细长亭。待君归觐九重城，[2]帝宸思旧，[3]朝夕奉皇明。[4]

【注释】

①资善堂：宋仁宗为太子时读书、讲学、习政处所，宋真宗大中祥符八年（1015）置。晏殊于宋真宗天禧二年（1018）八月以户部员外郎充太子舍人。 ②归觐：回京觐见帝王。九重城：京城。 ③帝宸：皇帝居住的宫殿，代指皇帝。④皇明：圣明的帝王。

【品评】

晏殊28岁充任太子舍人，在资善堂为太子讲学，30年后，晏殊正在颍州、陈州等地为官。这首词作于此时，送别当年资善堂的旧同僚。曾经是帝师，这是让晏殊一生荣耀的事情，记忆很深刻。今日酒宴送别旧同僚，那段往事就浮现在脑海之中。词人劝行者多喝几杯酒，可以抵挡沿途“雪残风细”的寒冷。皇帝思念旧情，召回资善堂旧日老师，词人为“旧人”庆幸，羡慕他回到京城，可以“朝夕奉皇明”。其中也隐含自己的期盼，期待自己可以再回到京城。这首词写得很一般。宋词多写酒宴间男女相送和离情别思，同僚间送别的题材很少见。选录这首词，可见北宋词题材内容的发展与转移。

望汉月

千缕万条堪结，占断好风良月。[1]谢娘春晚先多愁，[2]更撩乱絮飞如雪。 短亭相送处，长忆得、醉中攀折。年年岁岁好时节，怎奈尚有人离别。

【注释】

①占断：占尽。 ②谢娘：指歌女。

【品评】

这首词写歌女相思之情。上阕写春日相思。在杨柳“千缕万条”飘拂的春天，已是“好风良月”的季节，歌女却被愁苦所笼罩。漫天飞舞的柳絮，缭乱情思，让人更加难以忍受。下阕解释愁苦的缘由。歌女常常回忆的是当年短亭送别的场景，这就是她春日愁思的根源。当年酒宴送别，醉不成欢，曾攀折柳条送给行人。柳谐音“留”，古人以折柳赠别表达留恋和挽留之意。难怪歌女看到今春的“千缕万条”杨柳，会牵引出一腔的情思。结尾两句概况一句，每年的好时节里，都有情人离别，叫人无奈。离人面对杨柳飞絮，应该都有共同被相思愁苦所折磨。

破阵子

燕子来时新社，梨花落后清明。[1]池上碧苔三四点，叶底黄鹂一两声。日长飞絮轻。 巧笑东邻女伴，采桑径里逢迎：“疑怪昨宵春梦好，元是今朝斗草赢。”[2]笑从双脸生。

【注释】

①新社:指新到的春社。古人一年在春秋两季举行两次祭祀土地神、谷神的活动,称春社、秋社。相传燕子春社北来,秋社南归。　②斗草:古代妇女用采摘的野草来做比赛的一种游戏。

【品评】

这首词抓住少女斗草获胜后的一个镜头,反映出她们充满青春活力的精神面貌。笔触生动,格调轻灵。开篇点明季节特色。"燕子来时"与"梨花落后",一紫一白,一动一静,相映成趣。有此二句,"新社"与"清明"这两个抽象的季节名称也都具有丰富的内容和鲜明的形象性了。此时,闺中妇女盛行斗草、踏青与荡秋千的游戏。三、四句承此再作发挥,把清明节时的风光描画得有声有色。下片人物开始出场。但这只是一种虚出,因为观众并未见到人物本身,而是少女的笑声最先传来耳际。这笑声划破了春天田野的寂静,压倒了黄鹂的鸣啭,温馨的生活气息扑面而来。结二句刻画出少女天真无邪的活泼情态。点睛破壁,全篇皆活。

玉楼春

绿杨芳草长亭路,年少抛人容易去。[①]楼头残梦五更钟,花底离情三月雨。　无情不似多情苦,一寸还成千万缕。[②]天涯地角有时穷,只有相思无尽处。

【注释】

①容易：轻易。 ②一寸：指愁肠。韦庄《应天长》："别来半岁音书绝，一寸离肠千万结。"

【品评】

这首词以闺中少妇的口吻，极写相思之苦。开篇从"绿杨芳草"连及告别的"长亭"和离人远去之"路"，于是，便产生了因年少无知而把离别看得过于轻易的怨悔之情。"楼头残梦"两句就是这种情感的升华，它形象具体，色彩明艳，音韵铿锵，对句工整，把读者带进了一个如梦如幻的广阔艺术空间。五更时的钟声传来耳际，三月的细雨敲打着，花片飘落大地，还有倾吐"离恨"的喁喁絮语。下片，紧接着便是这"絮语"的诗化。虽然这"絮语"近似唠叨，但听之悦耳动心，因为所有这一切都出自一个少妇的内心深处。词人善于把一般人心中所有但又难以形诸笔墨的感受和盘托出，同时又蕴藉风流，恰到好处。词中多用对偶，新巧工整，富有画意诗情。晏几道曾因这首词为父亲晏殊辩护。《苕溪渔隐丛话》前集卷二十六引《诗眼》云："晏叔原见蒲传正云：'先君平日小词虽多，未尝作妇人语也。'传正云：'"绿杨芳草长亭路，年少抛人容易去"，岂非妇人语乎？'晏曰：'公谓"年少"为何语？'传正曰：'岂不谓其所欢乎？'晏曰：'因公之言，遂晓乐天诗两句云："欲留年少待富贵，富贵不来年少去。"'传正笑而悟。然如此语，意自高雅尔。"这段记载，可见人们从理性角度对"艳词"创作的排斥。当然，晏几道的解释是牵强附会的，晏几道本人就是写"艳词"的高手。

晏几道词选

临江仙

斗草阶前初见，①穿针楼上曾逢。罗裙香露玉钗风。靓妆眉沁绿，羞脸粉生红。　流水便随春远，行云终与谁同？②酒醒长恨锦屏空。相寻梦里路，飞雨落花中。

【注释】

①斗草：古代妇女用采摘的野草来做比赛的一种游戏。

②行云：喻指歌妓。用巫山云雨的典故。事见宋玉《高唐赋序》。

【品评】

这首词回忆追恋一位与自己曾有过一段情缘的歌妓。上阕写当时相聚时的情景，下阕写别离后的思念。当年在斗草阶前初见，在穿针楼上重逢，词人与这位歌妓有过多次交往。“斗草阶前”、“穿针楼上”这里用来泛指见面的场所，不是特指。给词人留下深刻印象的是歌妓的穿着打扮。她头戴玉钗，穿着罗裙，行走处或舞蹈时带过阵阵香风。她的画眉和粉脸，娇羞靓丽，色泽诱人。这里回忆的情缘，很可能是词人的单相思，词人并没有交代出对方的情感活动或爱恋动作。分手之后，看着流水不断逝去，词人怅然追问：当年的美人今在何处？陪伴她身边的又是谁呢？词人只能以酒麻醉自己，一旦醒来，空对锦屏，伤心孤独。结尾二句将思念写得异常凄美。词人只能在梦中频频追寻这位歌妓，愁绪绵绵，飞雨落花，弥蒙凄苦，与词人的内心情感融作一团。上阕追忆，下阕写今，是晏几道词的典型结构方式。

临江仙

身外闲愁空满，眼中欢事常稀。明年应赋送君诗。细从今夜数，相会几多时？　　浅酒欲邀谁劝，深情惟有君知。东溪春近好同归。柳垂江上影，梅谢雪中枝。

【品评】

晏几道是“古之伤心人也”，即使在相聚的时刻，他也提不起情绪，也要预想日后的悲苦。对词人而言，世间充满闲愁，所见所闻，都是悲苦。例如，眼前是相聚，明年肯定又是送别。从今夜开始细数，到明年分别时候，还有多少夜晚可以欢聚？晏殊是分手悲苦到来之际，趁时抓住眼前的美酒美女，及时行乐，与晏几道的感情模式完全不同。下阕写两人相聚时一个小场面。举杯言欢，偏偏写得很凄苦。饮酒无味，因为心中的深情所导致。词人期待着春近时节一起归去，双飞同宿。然而，“柳垂江上影，梅谢雪中枝”，形单影只，凄寒冷清，心中愿望当然无法达成。还有一年相聚的时间，就悲悲戚戚的，分手后的良好期盼还有实现的可能吗？词人是不指望的，但不直接说出，借春柳冬梅倾诉。晏几道的歌词创作艺术，明显胜过他的父亲晏殊，所抒发的感情深挚凄美，且能以很好的景色来烘托渲染。情景交融之效果，独标一帜。

临江仙

淡水三年欢意，危弦几夜离情？[1]晓霜红叶舞归程。客情今古道，秋梦短长亭。[2]

渌酒尊前清泪，[3]阳关叠里离声。[4]少陵诗思旧才名。[5]云鸿相约处，[6]烟雾九重城。[7]

【注释】

①危弦：琴弦上弹奏出来的演奏难度很大的曲子。 ②短长亭：古代于驿道上设立的驿站，供行人餐饮住宿，五里一短亭，十里一长亭。 ③渌酒：美酒。渌，清澈。 ④阳关叠：曲名，送别时所唱。王维《渭城曲》："渭城朝雨浥轻尘，客舍青青柳色新。劝君更进一杯酒，西出阳关无故人。"后翻入乐曲，唐人盛唱，又称《阳关三叠》。阳关，地名，在今甘肃敦煌西南。 ⑤少陵：杜甫，京兆杜陵（西安市东南）人，故自称少陵野老、杜陵布衣等。 ⑥云鸿：相传云中鸿雁能够传书。又，晏几道为自己所撰写的词跋云："始时沈十二廉叔、陈十君龙家，有莲、鸿、苹、云，品清讴娱客。"其歌词中出现的"莲、鸿、苹、云"等，或者同时指友人家的歌妓。 ⑦九重城：指京城。

【品评】

这首词不是在写某一次的分手或相思，而是对自己多年来所经历的种种离别和漫长的相思做一高度概括抒情。晏几道是一位多情词人，每到一处，必然与歌妓缱绻缠绵，分手时就有相思痛苦。经历得多，品尝得深，抒发得真切强烈。这首词从某一段感情说起。曾有过三年的欢聚相恋时光，抵不住离别时几夜琴弦上传出的凄苦声调。“晓霜”以下跳出具体情事，概括叙说。每到秋季晓霜满地的时候，归程上总是飞舞着坠落的红叶，古今行人都是在驿道上颠沛奔波，在驿亭中魂牵梦萦。离别酒宴上的送行《阳关曲》和情人的清泪，每次相同，一次次折磨离人。词人自负甚高，“少陵诗思旧才名”是对当年自己的赞许，当下被生活折磨得已经没有了这精气神。遥想与相恋歌妓相约重逢的处所，被重重烟雾所笼着，模糊不清，无法分辨。当然，重逢亦是不可能的。

临江仙

浅浅余寒春半，雪消蕙草初长。烟迷柳岸旧池塘。风吹梅蕊闹，雨细杏花香。　月堕枝头欢意，从前虚梦高唐。[①]觉来何处放思量？如今不是梦，真个到伊行。[②]

【注释】

①虚梦高唐：用巫山神女的故事。宋玉《高唐赋序》载：楚王游玩高唐，曾遇见巫山神女，自献其身。离别时说：“妾

在巫山之阳,高丘之阻,旦为朝云,暮为行雨,朝朝暮暮,阳台之下。"后来以此典故喻指男女之间的艳情事。 ②伊行:伊行(háng 杭):她那儿。当时口语。

【品评】

一次真实的与旧日歌妓重聚,词人总感觉到不真实,仿佛依然在梦中。这次重逢,是在余雪消融、蕙草初长的春半时节。烟雾弥蒙在池塘岸边的柳树上,春风吹拂,梅花绽放,春雨滋润,杏花飘香。这一切的情景,确实像以往的梦境。"风吹梅蕊闹,雨细杏花香",纤细艳丽,对仗工整,写景极佳。月夜入梦,"虚梦高唐",醒来后无处思量,这样的情景经历得太多了,所以,一旦"真个到伊行",反而疑神疑鬼,强调"如今不是梦"。晏几道似乎永远不相信,好事会发生在他的身上。

临江仙

长爱碧栏杆影,芙蓉秋水开时。脸红凝露学娇啼。霞觞熏冷艳,云髻袅纤枝。 烟雨依前时候,霜丛如旧芳菲。与谁同醉采香归?去年花下客,今似蝶分飞。

【品评】

词写分手后牵肠挂肚的思念。上阕写当年相聚时留下的深刻印象。这是一位非常妖艳的歌妓。秋日芙蓉盛开的时候,在碧栏杆旁,歌妓脸如芙蓉,红艳凝露,云髻颤袅,娇啼发嗲，在筵席间劝酒。词人对这一幕铭记不忘。眼前的烟雨如同旧时，霜露覆盖的也是旧日花草，但那位歌妓已经不在身边，已经无人饮酒同醉、采香同归。“去年花下客，今似蝶分飞”，是全词抒情的出发点，最后落实到离情别思。

临江仙

旖旎仙花解语，[1]轻盈春柳能眠。玉楼深处绮窗前。梦回芳草夜，歌罢落梅天。　沉水浓熏绣被，[2]流霞浅酌金船。[3]绿娇红小正堪怜。[4]莫如云易散，须似月频圆。

【注释】

①旖旎：柔和美丽。仙花：喻指歌妓。下句“春柳”与此同意。　②沉水：沉香，香料名。入水而沉，故名。　③流霞：美酒。金船：金杯，大酒杯的美称。　④堪怜：可爱，值得爱怜。

【品评】

词写一次与歌妓欢会的场景。歌妓貌美如花，体态婀娜，轻盈如柳。有这样善解人意的美女，“玉楼深处绮窗前”，陪伴双宿，词人心神俱醉。“芳草夜”、“落梅天”，相聚的环境是这样的温馨美丽。歌罢梦回，眷恋回味。玉楼中沉香熏被，馥郁芬芳；金杯斟酒，歌舞劝酒。歌妓娇小可人，词人爱怜不已。词人期盼这样的欢乐似月亮长圆，永远留在身边，莫似彩云易散。这是晏几道写得比较欢快的词，并没有想到即将到来的离别，这在晏几道词中较为少见。

临江仙

梦后楼台高锁，酒醒帘幕低垂。① 去年春恨却来时。② 落花人独立，微雨燕双飞。③ 记得小苹初见，④ 两重心字罗衣。⑤ 琵琶弦上说相思。⑥ 当时明月在，曾照彩云归。⑦

【注释】

①“梦后”二句：这两句是互文，即梦后酒醒楼台高锁，帘幕低垂。 ②春恨：因春天的消逝而产生的一种怨苦情绪。却来：又来。 ③“落花”两句：用五代翁宏《春残》诗：“又是春残也，如何出翠帏？落花人独立，微雨燕双飞。” ④小苹：友人家的歌女。晏几道自跋其词说：“始时沈十二廉叔、陈十君龙家，有莲、鸿、苹、云，品清讴娱客。每得一解，即以草授诸儿。吾三人持酒听之，为一笑乐而已。而君龙疾废卧家，廉叔下世。昔之狂篇醉句，遂与两家歌儿酒使俱流转于人间。” ⑤心字罗衣：宋时一种领子像“心”字的锦绣服装，或说罗衣上所绣的图案类似小篆体的“心”字。这句以“小苹”着装的漂亮侧面烘托其美丽。 ⑥琵琶弦上说相思：化用白居易《琵琶行》“低眉信手续续弹，说尽心中无限事”。 ⑦彩云：喻美女。李白《宫中行乐词》：“只愁歌舞散，化作彩云飞。”这里比喻美丽的小苹。

【品评】

这是一首伤离怀人之作，怀念旧日相识“小苹”，同时也是对那段歌酒自娱生活的怀恋。起笔“梦后”两句，是逆挽手法，回忆去年别时情景，写出一幅人去楼空、笙歌散尽的无人无乐的凄凉情景。“去年春恨”句交代了词人之所以要借酒浇愁、醉入梦乡的原因，以及醉酒后所梦见的内容。“春恨”指一种由春天美景牵引出来的对离散而不再见面的佳人的怀恋情绪与随之而来的愁恨。因为以往春光明媚的时节两人总是在一起寻求欢乐，离别之后孤独面对春景自然会有“物是人非”的愁恨。“去年”可以理解为实指，更可以理解为泛指，泛指离别之后的每一个春天都要经受这么一场愁苦的折磨。“去年春恨”承上，“却来时”启下，引出“落花人独立，微雨雁双飞”，点明春深的特点。花、雨、燕、人虽仍如去年，但人却“独立”于落花之下矣。离愁别恨的“恨”，于行间字里溢出。这对偶句被称为“千古不能有二”(谭献《复堂词话》)，实际上出自唐翁宏《春残》诗。翁诗有句无篇，晏词则整体结构、格调谐婉，运用前人成句，如同己出，一种迷惘惆怅的失落感遂笼罩全篇。下片回忆往年欢会与别时最深的感受，词中直呼“小苹”，足见感情之强烈，印象之深刻。其中忆念最深刻之点有三：首先是装束：“两重心字罗衣。”这里表面上写的是服装，实际却在写人的美丽。另一最深的印象是，小苹有娴熟而又精妙的艺术才能：“琵琶弦上说相思。”同时，这里还写出两人彼此爱慕、倾心相知的深情。词人与小苹一见钟情，却无路可通，只能借乐声传达情意。三是别时情景：“当时明月在，曾照彩云归。”结尾两句从李白《宫中行乐词》中化出，与开篇上下呼应，说明眼下作者正在月下怀人。月是当时月，云是当年云，而今人去楼空，怅然独立，孤寂之情，油然而生。这首词构思曲折精巧，词人通过逆挽的手法以及两相对比的手段，把过去的生活与当前的处境交织在一起，显示出感情的波动与思绪的起伏。词语俊爽致密，对仗工整而又流畅自然，感情深婉含蓄。

蝶恋花

卷絮风头寒欲尽，坠粉飘红，日日香成阵。新酒又添残酒困，今春不减前春恨。　蝶去莺飞无处问，隔水高楼，望断双鱼信。[①] 恼乱层波横一寸，斜阳只与黄昏近。

【注释】

①双鱼：古代木制的装书信的信函，用两块木板合成，中间放书信，刻成鱼形。汉乐府《饮马长城窟行》："客从远方来，遗我双鲤鱼。呼儿烹鲤鱼，中有尺素书。"

【品评】

春末愁怨，因思念远人而导致。这是词人作品的一个常见主题。这首词在平平淡淡中说来，渐见深情。柳絮翻飞，落红"成阵"，"坠粉飘香"，面对又一年的大好春光的流逝，词人将心中的离苦从容说出。"新酒"二句，说明这样的离愁由来已久，且不因时间的流逝而消减。对行人的思恋是铭心刻骨的，所谓"每到春来，惆怅还依旧"。如此一来，只能期待书信传递双方的消息，慰藉极度的相思。那知"蝶去莺飞无处问，隔水高楼，望断双鱼信”。蝶莺无情，不管离人思念之苦；高楼远望，又不见“双鱼”信来。在“斜阳黄昏”的暗淡中，闺人只有寂寞地忍受相思的煎熬。

蝶恋花

庭院碧苔红叶遍，金菊开时，已近重阳宴。日日露荷凋绿扇，①粉塘烟水澄如练。　试倚凉风醒酒面，雁字来时，②恰向层楼见。几点护霜云影转，谁家芦管吹秋怨？③

【注释】

①绿扇：喻指荷叶。　②雁字：大雁飞行时，排成“一”或“人”字形，故称。相传大雁能够传递书信。　③芦管：笛子。唐李益《夜上受降城闻笛》：“不知何处吹芦管，一夜征人尽望乡？”

【品评】

词写秋怨。秋日金菊绽放时节，庭院里布满碧苔，处处红叶，快到重阳节宴席的时间了。池塘中的荷叶，日渐凋零，秋水澄澈。上阕既写出秋日特有的景致，又传达出一种萧条冷清的气氛。庭院碧苔，可见院中人足不出户；荷凋绿扇，美景逐渐消逝。此情此景，只能借酒入睡。凉风吹面，醉酒醒来，登上层楼，惟见雁字飞过。“雁字”总是与相思联系在一起，至此歌词点明相思主题。登楼眺望，情难以堪，直到天色渐晚，云影点点。天黑之后，更加孤独，偏偏又听到远处传来的芦管吹怨乐声，此夜又将是一个不眠之夜。

蝶恋花

喜鹊桥成催凤驾，天为欢迟，乞与初凉夜。乞巧双蛾加意画，①玉钩斜傍西南挂。②　　分钿擘钗凉叶下，③香袖凭肩，④谁记当时话？路隔银河犹可借，世间离恨何年罢？

【注释】

①乞巧：古代女子有七夕之夜在庭院中陈设瓜果、用金针绣缕向织女星乞巧的风俗。双蛾：双眉。加意：刻意。　②玉钩：指弯月。　③分钿擘钗：指情侣分别。白居易《长恨歌》："唯将旧物表深情，钿合金钗寄将去。钗留一股合一扇，钗擘黄金合分钿。"擘（bò）：剖开。　④凭肩：一手依靠在他人肩膀上，便于耳边私语。

【品评】

这首词咏七夕牛郎织女相思别恨。上阕咏七夕相会和乞巧习俗。喜鹊搭成鹊桥，催促织女启程，到了七夕初凉夜晚，又是一年一度牛郎织女相聚的时间了。人间儿女也刻意描绘双眉妆饰，向织女乞巧，一弯明月斜挂在西南夜空。下阕咏别恨。相聚恨短，转瞬分手，记忆中都是"香袖凭肩"、悄悄私语的亲昵场面。咏牛郎织女是为人间离恨而发。牛郎织女相隔银河，借助鹊桥，一年还有一度相会日期。世人分手，相见遥遥无期，离恨就更不知道何年才可以了解。相比之下，世人离恨更胜牛郎织女。

蝶恋花

碧草池塘春又晚，小叶风娇，尚学蛾妆浅。[1] 双燕来时还念远，珠帘绣户杨花满。　绿柱频移弦易断，细看秦筝，[2] 正似人情短。一曲啼乌心绪乱，红颜暗与流年换。

【注释】

①蛾妆：眉妆，画眉。　②秦筝：古代一种类似瑟的弦乐器。相传为秦时蒙恬所造。

【品评】

这首词写闺中晚春相思之情。上阕写晚春景致。春晚时节，碧草池塘，杨花飘拂。风中小叶，如美人浅妆，娇羞可爱。双燕飞来，引出珠帘绣户之中闺人对远方情人的思念之情。下阕写离情。闺人欲凭借秦筝，抒写相思。悲苦之中，琴弦易断。闺人不禁埋怨离人的“情短”，轻易离别，毫无音讯，正如断弦的秦筝。演奏之余，心绪更乱。红颜随时光流逝，触目惊心，闺中更添愁怨。

蝶恋花

醉别西楼醒不记，春梦秋云，[①]聚散真容易。斜月半窗还少睡，画屏闲展吴山翠。[②]　　衣上酒痕诗里字，点点行行，总是凄凉意。红烛自怜无好计，夜寒空替人垂泪。[③]

【注释】

①春梦秋云：喻指男女情爱之类的事，暗用楚王巫山云雨的典故。事见宋玉《高唐赋序》。　②吴山：俗称城隍山，又名胥山，在今杭州西湖南，为杭州名胜。这里指描绘在屏风上的江南吴地的山景。　③“红烛”两句：化用李商隐《无题》诗“春蚕到死丝方尽，蜡炬成灰泪始干。”自怜：自我怜惜。

【品评】

李煜说：“往事已成空，还如一梦中。”（《菩萨蛮》）对于生活境遇由盛转衰的被现实社会所抛弃的孤独悲伤者，值得回味的只有那缠绵悱恻的往事。这些美丽的往事如同春日里的美梦已经消失无踪，好像秋天里的彩云已经随风飘逝。每一次回忆，带来的只是不尽的哀伤与悲苦。这就是如此一首怀旧感伤的词。当与意中恋人分手时，必然有一场难舍难分的送别酒宴，在酒宴上又当然是醉不成欢。在朦胧的醉意中离别，一醉醒来，景物、人物已经全部改变，恍如隔世，惟有临醉前的依依惜别犹在眼前。词人此度回顾的是这样一次“西楼”的宴别情景，词人“醒不记”的是究竟如何与恋人分手，以及分手之后又是如何捱过那孤独寂寞时光的。往事缥缈，如过眼的“春梦秋云”，眼下别离的苦痛却是实实在在的，时时刻刻追随着离人的。词人沉重地叹息“聚散真容易”，其实着重点是落实在“散”上。家境的变化、生活的压力，使词人不得不四处飘零，宦途奔波。他既无法成为自我生活中的主动者，更无法把握自己的命运，“聚散真容易”的叹息里包含了辛酸的无奈、痛苦、忧伤。晏几道在现实生活中实在是一位“弱者”，他总是无力抗争命运，只有徒劳地哀伤叹息，这便成为晏几道词的基本格调。被这种离别愁绪所折磨的词人，“斜月半窗”夜深之时，依然难以入睡，辗转反侧中面对着屏风上绘就的翠绿的“吴山”，词人是否因此联想到曾经与恋人一起游历过这些青山绿水？上片到结尾才点明所有离别愁绪的折腾原来都是今夜无眠时内心翻江倒海似的活动。既然不能入眠，下片则写词人无奈中起床后的活动。词人是在不断地寻觅，想捕捉到一些可供回忆留恋的生活细节或物品，以慰藉今夜的凄苦无告。然而，他寻觅到的只有“衣上酒痕诗里字”，这“点点行行”又再度牵引出词人此刻想努力排解的“凄凉”意绪。看来词人今夜是无法躲避这相思苦痛的折磨了，他只能对着长夜“红烛”，苦苦地煎熬着漫漫的时光了。不直接写自己的无奈，而是写“红烛”的“无计”与“替人垂泪”，是感情转深一层的婉转表达。

蝶恋花

欲减罗衣寒未去，不卷珠帘，人在深深处。残杏枝头花几许？啼红正恨清明雨。　　尽日沉香烟一缕，[1]宿酒醒迟，[2]恼破春情绪。远信还因归燕误，小屏风上西江路。

【注释】

①沉香：香料名，以沉香木心材所制。　②宿酒：隔夜犹存的酒意。

【品评】

词写春恨。春天来临，余寒未去，罗衣未减。或许是为了躲避春寒，绣户珠帘不卷，闺人躲在“深深处”。事实上，闺人是怕目睹春景，触发离愁，故意躲避外景的。不用观看，闺人也知道在清明前后，春雨绵绵，催落红英，枝头杏花残存没有几朵。这些景象，一定会让闺人痛苦无限，驱使她愈益陷入思念泥淖的。在深闺中，今日一炷沉香，寂寞冷清。排遣愁绪的只有醉酒，宿酒醒来，愁恨依旧。闺人怨恨归燕不带来远方情人的书信，其实是怨恨行人无情，音讯全无。闺人躲开春天的外景，依然没有躲开离愁别苦。看着小屏风上的西江路画图，浮想联翩，仿佛这就是当时情人离去之路，或期盼中情人归来之路。闺人为相思所苦，特意躲藏，终归失败。

蝶恋花

千叶早梅夸百媚，笑面凌寒，内样妆先试。月脸冰肌香细腻，风流新称东君意。[1] 一捻年光春有味，[2]江北江南，更有谁相比？横玉声中吹满地，[3]好枝长恨无人寄。[4]

【注释】

①东君：春神，代指春天。 ②捻：把，量词。 ③“横玉”句：笛中有《梅花落》曲，声情哀怨。横玉，指玉笛，笛子的美称。 ④“好枝”句：据《荆州记》载：南朝时陆凯与范晔友情甚笃，陆凯自江南寄梅花给长安范晔，并赠诗说：“折梅逢驿使，寄与陇头人。江南无所有，聊赠一枝春。”

【品评】

这是一首咏梅词。早梅绽放，千叶烘托，笑面凌寒，傲然独立。其美艳如美人妆饰才就，脸如明月，冰肌细腻，风流模样，最合春天之意。上阕咏梅，突出两个方面：美艳，凌寒。下阕因花而写及离恨。梅花盛开时，江南江北，无花可以与其媲美。然而，横笛声吹，梅花飘零，美好事物转眼逝去。词人恨无人为其寄赠梅花，其中隐含对远人的思念之情。

蝶恋花

笑艳秋莲生绿浦，红脸青腰，① 旧识凌波女。② 照影弄妆娇欲语，西风岂是繁华主？　可恨良辰天不与，才过斜阳，又是黄昏雨。朝落暮开空自许，竟无人解知心苦。

【注释】

①红脸青腰：红脸喻指莲花，青腰喻指荷叶。　②凌波女：水上神女。曹植《洛神赋》：“凌波微步，罗袜生尘。”凌波，形容美人的步履轻盈。

【品评】

这是一首咏莲词。“莲”又是晏几道友人家歌女名字，歌词有一语双关的含义，咏莲即咏歌妓。秋日绿水上，莲花笑开，红绿相衬，如凌波仙子，美艳妖娆。风吹莲动，照影水面，仿佛是美人弄妆，搔首撩人；又仿佛是美人欲语，含情脉脉。惟其开放于西风之中，西风凋零万物，词人为之忧虑。这样的忧虑，在下阕中转为现实，词人以夸张笔墨写莲花的凋谢。词人夸张莲花开放时间的极其短暂，“朝落暮开”，只有短短的一天。到了斜阳映照时，又下起绵绵“黄昏雨”，更摧残莲花，催其凋落。词人感慨上天不赐予更多的良辰，更感慨莲花的寂寞孤独，竟无知心。事实上，词人是在感慨自己一生甚少良辰且缺乏知音，借咏莲来表述。

蝶恋花

碧落秋风吹玉树，[1] 翠节红旌，[2] 晚过银河路。休笑星机停弄杼，[3] 凤帏已在云深处。[4] 楼上金针穿绣缕，[5] 谁管天边，隔岁分飞苦。试等夜阑寻别绪，[6] 泪痕千点罗衣露。

【注释】

①碧落:天空。道家的称呼。 ②翠节红旌:车辇上装饰的符节和红旗。 ③星机:织女星的织布机。杼:机杼，织布机上用来确定经纱的密度、保持经纱位置的机件，形状像梳子。 ④凤帏:绣有凤凰图案的车帷。 ⑤金针穿绣缕:古代女子有七夕之夜用金针、绣缕向织女星乞巧的风俗。⑥夜阑:夜残，天将破晓。

【品评】

这是一首七夕词，上阕咏天上织女，下阕咏人间儿女，两相对照，都为离情所苦。天上秋风吹落玉树的时节，织女乘坐“翠节红旌”装饰的车子，渡过银河，与牛郎相会。此时，织女停止了织布劳作，迎来了一年一度欢快的时光。“休笑”云云，是词人为织女相会牛郎而高兴。天空杳杳，云雾深锁，人间是看不清楚凤帏遮盖的车子停在何处，织女与牛郎的私密空间供读者想象。人间女子为了乞巧，在楼上金针穿绣缕，她们不在乎织女终年与牛郎分隔银河两岸的离别痛苦。以天上写人间，人间男女离别之苦，只有当事者明白，旁人当然不管不顾。这是词人经历了多少次离愁别恨之后的生活经验积累。为情所苦的儿女，则能理解织女与牛郎分手后的痛苦。等到夜晚将尽，东方破晓，织女也该回去了。泪痕千点，是织女离别之泪，也是人间儿女同情之泪。

蝶恋花

碧玉高楼临水住，红杏开时，花底曾相遇。一曲阳春春已暮，[①]晓莺声断朝云去。[②]　远水来从楼下路，过尽流波，未得鱼中素。[③]月细风尖垂柳渡，梦魂长在分襟处。[④]

【注释】

①一曲阳春：即一曲《阳关》，送别时所唱。王维《渭城曲》："渭城朝雨浥轻尘，客舍青青柳色新。劝君更进一杯酒，西出阳关无故人。"后翻入乐曲，唐人盛唱，又称《阳关三叠》。王维诗所写的是春日的离别，故称阳春。　②朝云：指所爱恋的歌妓。用巫山神女的故事。　③鱼中素：指书信。古代以木制信函，用两块木板合成，中间放书信，刻成鱼形。汉乐府《饮马长城窟行》："客从远方来，遗我双鲤鱼。呼儿烹鲤鱼，中有尺素书。"　④分襟：分手。

【品评】

词写别情，抒情主人公是碧玉楼中的歌妓。上阕追忆欢聚。当年是在红杏开时、碧玉楼旁之花下相遇，楼在水边，风景秀丽，两人有过短暂的欢会。很快到了春暮时节，莺声断绝，一曲《阳关》，情人分手，各自天涯，碧玉楼中只留下孤独的歌妓。下阕抒写离别愁思。因思念而期待情人来信，楼下流水滔滔过尽，歌妓的愿望也一再落空。那时是在月色黯淡、风儿细微的杨柳渡口送别情人，如今梦魂常常牵萦的就是这分手的地方。离别思恋，将“分襟处”作为魂牵梦萦的地点，在宋词中较为少见。

蝶恋花

梦入江南烟水路，行尽江南，不与离人遇。
睡里消魂无说处，①觉来惆怅消魂误。　欲
尽此情书尺素，②浮雁沉鱼，③终了无凭据。却
倚缓弦歌别绪，④断肠移破秦筝柱。⑤

【注释】

①消魂：黯然神伤。　②尺素：书信。　③浮雁沉鱼：喻书信无影踪。古人有鱼雁传书信的说法，鱼雁无凭，当然书信也就无由寄达。　④缓弦：缓慢伤悲的乐声。别绪：离别的愁绪。　⑤破：曲调名。古人以曲遍中繁声为入破。秦筝：古代一种类似瑟的弦乐器，相传为秦时蒙恬所造。

【品评】

今夜即使能够入眠，在睡梦中也无法摆脱相思的缠绕。在恍惚迷离的梦境中，反而没有了空间距离的隔绝，可以自

由来往于“江南烟水路”，“行尽江南”，寻找恋人的踪迹。以“烟水”形容“江南路”，既烘托出江南水乡秀丽的风光特色，又写出梦境的模糊不清。不过，梦境又是无凭的。现实生活中与恋人分离、思念而不得见面的焦虑必然要渗透到梦境中，以造成梦境中寻觅的徒劳与落空，无法与“离人”相遇。自由驰骋的梦境居然也无法给词人带来安慰、满足，词人的一腔思念之情便无由寄托了。梦中的焦虑唤醒了离人，满目“惆怅”，今夜恐怕又要独对红烛，孤坐通宵了。晏几道的生活几乎都是让类似的相思离别愁绪所填塞满了，日夜思念，日夜凄苦，不得空闲。读者可以发现晏几道的感情是如此的单一，又是如此的深挚。从梦中走出，梦无法寄达自己对恋人的情感，在现实中词人便希望通过“尺素”书信诉说“此情”。但是，词人所爱恋乃至一厢情愿所暗恋的情人，或者是萍水相逢的青楼妓女，或者是已经流落不知去向的友人家歌妓，他又能将书信寄往何方？又能向谁诉说这一腔的情感？究其实质，晏几道时时摆脱不了的愁苦是由于家境中衰、心理无法承受所带来的，这一点正是词人不愿直接面对的。所以，他推脱说是“浮雁沉鱼”，不理解离人的心意，不懂得为人传达书信，“终了无凭据”。那么，排解愁绪的惟一方法是将“别绪”谱入“弦歌”声中，以音乐宣泄、寄达情思。这首词通过梦中、梦醒的时间推移，层层递进，层层深入，将类似的情感以个性化的语言抒写出来，依然给读者新的审美感受。

蝶恋花

黄菊开时伤聚散，曾记花前，共说深深愿。重见金英人未见，相思一夜天涯远。　罗带同心闲结遍，带易成双，人恨成双晚。欲写彩笺书别怨，泪痕早已先书满。

【品评】

情人欢聚，即使是在秋日，也是风景宜人。黄菊开时，两人曾在花前共许“深深愿”，那时是非常甜蜜的。转眼分手，今日重见金菊盛开，却不见当年情人，相思之情，难以遏止。每夜在相思中度过，然而情人远在天涯，相思落空。据说将罗带结成同心，情人就可以相见。闺人闲闷无聊，罗带结遍，却依然无法达成心愿。闺人最终意识到：罗带成双容易，情人重聚则太难了。所有的思恋别怨，只好写入彩笺，寄给远人。未曾落笔，泪流满面，满纸泪痕，亦无从下笔。

鹧鸪天

彩袖殷勤捧玉钟，① 当年拚却醉颜红。② 舞低杨柳楼心月，③ 歌尽桃花扇底风。　从别后，忆相逢，几回魂梦与君同，今宵剩把银釭照，犹恐相逢是梦中。④

【注释】

①彩袖：代指身着彩服的歌女。玉钟：玉杯。 ②拚（pàn 判）却：甘愿。拚，不顾惜。 ③低：使动用法，这里指月亮的下沉。 ④“今宵”两句：化用杜甫《羌村三首》之一：“夜阑更秉烛，相对如梦寐。”剩把：尽把，只把。银釭（gāng 钢）：银灯。

【品评】

分离思念太多、太久了，偶尔的重逢，将给离人带来何等的狂喜。这首词就是写词人与一位朝思暮想的歌妓重逢时的惊喜之情。上片回忆过去同这位歌妓一见钟情，相互爱慕，曾有过一段美好的时光。某次酒宴上偶然相逢，这位女子就对词人格外垂青，“殷勤”劝酒。最难消受美人恩，词人因此也不惜一切地狂饮。更何况这种狂饮是在“舞低杨柳”的绝妙舞伎和“歌尽桃花”的婉转歌喉陪伴下进行的，酒不醉人人自醉。当然，对方的“多情”，还是词人美化的结果。歌妓殷勤劝酒是职业的需要，在现实生活中陷入困境的词人却无数次既甜蜜又凄苦地回忆起这一切。下片写长期分离之后难以割舍的柔情和重逢的惊喜。换头三句是重逢时词人面对恋人尽情地倾诉，“几回魂梦与君同”，这场景在晏几道众多离别相思词里简直太令人熟悉了。意外的狂喜使词人顾不得语言的修饰，代之以直白的诉说。由于重逢来得突然，两个人都怀疑这是梦境而不是现实。因为这样的情景在梦中见多了，往往梦醒便是一场空，词人害怕今日的惊喜转眼依然落空。结尾两句从杜诗中化出，加上“剩把”、“犹恐”等虚词，便化质直为空灵宛转，别饶韵味，将长期分离的恋人意外重逢时复杂的心理活动表现得淋漓尽致。这首词的构思比较别致，词人采取逆入顺写的手法。明明是重逢时的惊疑，却从当年相逢时的欢乐写起，层次分明而又多次转折，煞尾才落实到重逢时的情态。重逢的狂喜更能反衬出离别时思念的苦痛。“舞低杨柳楼心月，歌尽桃花扇底风”两句，语言华美，对仗工稳，形象性、动作性很强，愈加深化今昔对比之情。

鹧鸪天

一醉醒来春又残，野棠梨雨泪阑干。[1]玉笙声里鸾空怨，罗幕香中燕未还。　终易散，且长闲，莫教离恨损朱颜。谁堪共展鸳鸯锦，同过西楼此夜寒。

【注释】

①阑干：纵横交错的样子。

【品评】

词写歌妓离愁。分别之后，以泪洗面，日日醉酒，打发时间。醉梦中惊醒，发现春天已将过尽。日常或吹奏玉笙，乐声中传出怨恨之意；或枯坐等待，期望燕子归来。闺人是否盼望归燕能带来离人的消息？上阕完全通过景物或动作抒写人物情感，没有直接倾诉。下阕转为直抒其情。歌妓在平日里经历了太多的送往迎来，每次聚会终究要离散。所以，歌妓以此自我劝慰，希望能从离恨中摆脱出来，不要为此愁损朱颜。情到深处，无论如何也无法排解，自我劝慰更是无力。白天已经有这么多的愁思，今夜西楼无人共展鸳鸯被，寂寞寒冷，只怕难以入眠，时间更是没办法打发了。

鹧鸪天

梅蕊新妆桂叶眉，①小莲风韵出瑶池。云随绿水歌声转，雪绕红绡舞袖垂。② 伤别易，恨欢迟，惜无红锦为裁诗。③行人莫便消魂去，④汉渚星桥尚有期。⑤

【注释】

①梅蕊新妆：梅花妆。相传南朝宋武帝刘裕之女寿阳公主日卧，梅花飘落其额上，拂之不去。后宫女模仿之，遂有梅花妆。 ②雪：这里喻指小莲洁白肌肤。绡：用生丝织的绸子。 ③“惜无”句：用回文锦书故事。前秦秦州刺史窦滔被徙流沙，其妻苏氏思之，织锦为回文旋图诗寄之。 ④消魂：神伤，愁苦。 ⑤汉渚星桥：指与情人会面的地点。汉渚，银河。星桥，即七夕鹊桥，牛郎织女于此相会。

【品评】

词咏友人家歌妓小莲。在歌舞酒宴上见到小莲，梅妆叶眉，风韵绰约，如莲花出瑶池，亭亭玉立。小莲歌声婉转，如白云悠扬，如绿水潺潺；小莲舞姿婀娜，雪肤红绡，满眼生辉。与小莲分手之后，时时伤心怨恨，追恋回味。词人是多么期待小莲寄来情书，以慰相思之情。末二句劝解行人，不要为此过分悲苦，与小莲重逢是有具体日子可以等待的。末二句表明这首词大约作于前期欢歌艳舞的酒宴上，付小莲等当场演唱的，而非后期小莲等“俱流转于人间”不知所踪后的创作。所以，词人才会等待下次酒宴再见小莲。词中相思别恨云云，是宋人填词的俗套。

鹧鸪天

守得莲开结伴游，① 约开萍叶上兰舟。②
来时浦口云随棹，采罢江边月满楼。 花
不语，水空流，年年拚得为花愁。明朝万一西
风动，争向朱颜不耐秋。③

【注释】

①守得：待得。莲：同时喻指友人家歌女小莲。以下两句中的“萍”、“云”同此。 ②约开：掠开。 ③争向：怎奈，奈何。朱颜：红颜。喻指鲜艳的荷花，同时在写采莲女的青春容颜。

【品评】

经过词人自我介绍得知，晏几道对友人家歌妓最为留恋的是“莲”、“鸿”、“萍”、“云”四位。当年词人内心对她们有过多少美好的遐想，温柔的幻觉。生活发生巨变以后，“莲”、“鸿”、“萍”、“云”等成为词人往日富裕、满足生活的象征，时常浮现在脑际，出现在回忆之中。写“小莲”的有《木兰花》“小莲未解论心素，狂似钿筝弦底柱”、《鹧鸪天》“梅蕊新妆桂叶眉，小莲风韵出瑶池”、《破阵子》“记得春楼当时事，写向

红窗月夜前，凭谁寄小莲”、《愁倚阑令》“浑似阿莲双枕畔，画屏中”等。写“小鸿”的词有《虞美人》“问谁同是忆花人，赚得小鸿眉黛，也低颦”等。写“小苹”的在小山词中出现较多，有时作“颦”，有时作“萍”，如《临江仙》“记得小苹初见，两重心字罗衣”、《玉楼春》“小颦微笑尽妖娆，浅注轻匀长淡净”、《木兰花》“小颦若解愁春暮，一笑留春春也住”等。写“小云”的有《虞美人》“有期无定是无期，说与小云新恨，也低眉”等。这首词里同时出现“莲”、“萍”、“云”等字，似乎有意把四位歌女“结伴”在一起。词人巧妙地通过咏水乡“采莲女”，将自己对这些歌女的思念之情表达出来。“萍”叶舒展、“莲”花盛开时节，白“云”相随，采莲女在湖面上自由愉快地劳动着，一直到“月满楼”的夜晚才姗姗归去。下片转换一层比喻，写采莲女对莲花的爱惜与担忧。一旦“西风”吹起，秋日过尽，满湖的莲花将不耐秋意的摧残，一定是纷纷枯萎凋落。下片明写莲花，暗写佳人，以花喻人。实质上是词人对采莲女容颜的担心爱惜，恐怕时光催促她们老去，无复所见的盛况。其中深含的是与“莲”、“鸿”、“萍”、“云”等分手以后对她们近况的担忧，也是严酷的现实让词人产生“好景不常”的失落。

鹧鸪天

斗鸭池南夜不归，酒阑纨扇有新诗。[1]云随碧玉歌声转，雪绕红琼舞袖回。[2]

今感旧，欲沾衣，可怜人似水东西。[3]回头满眼凄凉事，秋月春风岂得知？

【注释】

①酒阑：酒尽，酒残。纨扇：细绢制成的团扇。 ②雪：喻指歌妓雪肤。 ③可怜：可惜。

【品评】

晏几道对往日欢会场景的追思，记忆大致相似，这些寻欢作乐宴会的场景也确实大同小异。一方面是宾客的狂欢。斗鸭池南歌舞酒宴，通宵不归；美酒将尽，酒兴浓烈，便在歌妓扇面上直接题写新诗。另一方面是歌妓的容貌艳丽和歌声舞技美妙。她们玉肌雪肤，歌声婉转，舞袖翻飞。这些词的结构方式也完全相同，上阕追忆往日欢会，下阕抒写眼前痛苦。回味旧事，感触无限，泪下沾衣。人世匆匆，江湖奔走，行人与居者，各自东西分离，犹如流水滔滔而去。如此前思后想，满目凄凉，满腹愁绪，非秋月春风所能理解。换言之，离别之后，孤苦凄凉，无论是秋月或春风等不同季节，始终被伤心凄愁所缠绕。

鹧鸪天

当日佳期鹊误传，至今犹作断肠仙。① 桥成汉渚星波外，② 人在鸾歌凤舞前。 欢尽夜，别经年，别多欢少奈何天。情知此会无长计，咫尺凉蟾亦未圆。③

【注释】

①断肠仙：指天上的牛郎和织女。 ②汉渚星波：指银

河。桥，指鹊桥。　③“咫尺”句：暗用《古诗十九首·迢迢牵牛星》：“河汉清且浅，相去复几许。盈盈一水间，脉脉不得语。”凉蟾：指月亮。相传月宫中有蟾蜍。

【品评】

这首词咏七夕。牛郎织女七夕相会，以为能够长相厮守，想不到居然是喜鹊误传信息。未到离别时刻，已经伤心肠断。七夕以后，鹊桥在银河之外，相聚无路；酒宴之中，离人在鸾歌凤舞之前，分手就在眼前。七夕一夜牛郎织女尽欢了，分手却是一整年。别多欢少，徒唤奈何。牛郎织女为之反复思量，还是找不到长相厮守的办法。各在银河一边，咫尺距离，却不得团圆。

鹧鸪天

题破香笺小研红，①诗篇多寄旧相逢。
西楼酒面垂垂雪，②南苑春衫细细风。　花不尽，柳无穷，别来欢事少人同。
凭谁问取归云信，今在巫山第几峰？③

【注释】

①研：在物体上研磨使之坚实发光。研红，又称研绫，一种研光之绫，用作信笺等。周邦彦《虞美人》：“研绫小字夜来封。”方千里《醉桃源》：“相思写研绫。”　②垂垂：渐渐。
③“凭谁”二句：用巫山云雨故事。

【品评】

别后相思，香笺研红，写成诗篇，寄予情人。西楼之外，或渐渐冬雪，或细细春风，冬去春来，情人依然分离，相思绵绵不断。春天来临后，“花不尽，柳无穷”，却因情人不在身旁，毫无欢乐意趣。追问巫山归云讯息，眷恋旧情，渴望再度相亲相爱。

鹧鸪天

醉拍春衫惜旧香，天将离恨恼疏狂。年年陌上生秋草，日日楼中到夕阳。　　云渺渺，水茫茫，征人归路许多长。相思本是无凭语，莫向花笺费泪行。

【品评】

离愁别恨永远纠缠词人。春日买醉，追恋的是“旧香”。因离恨折磨和酒精的作用，日常行为疏狂。“年年陌上生秋草”写行人，离思缭绕秋草，弥漫天边；“日日楼中到夕阳”写居者，凭楼遥望，夕阳几度，望穿双眼。行人、居者，都为情所苦，日日年年，无休无止。下阕转到行人的角度。旅途奔走，“云渺渺，水茫茫”，前程遥遥，不知“归路许多长”？归期无望，整日相思，只能愈益苦痛。词人自我劝慰：“相思本是无凭语，莫向花笺费泪行。”不要再为此流泪，将相思写入花笺。这样的劝慰，从相反角度说明，词人时常流泪，且将相思写入信笺。

鹧鸪天

小令尊前见玉箫,[1]银灯一曲太妖娆。[2]歌中醉倒谁能恨,唱罢归来酒未消。　春悄悄,夜迢迢,[3]碧云天共楚宫遥。[4]梦魂惯得无拘检,[5]又踏杨花过谢桥。[6]

【注释】

①小令:宋代酒宴之间演唱的短小歌曲。玉箫:指酒宴上侑酒的歌女。典出唐范摅《云溪友议》卷三:西川节度韦皋,少游江夏,止于姜使君之馆。有小青衣曰玉箫,常令祇侍。后稍长,因而有情。后韦皋回乡,相约五七年后相聚。届时韦皋不来,玉箫绝食而死。　②妖娆:指歌女所唱的歌曲娇媚柔婉,动人心魄。　③迢迢:十分漫长。　④楚宫:代指歌女的住处。暗用“巫山神女”的典故。　⑤拘检:拘束。⑥谢桥:谢秋娘家旁之桥。谢秋娘是唐代名妓,这里代指歌妓的住所。

【品评】

虽然是酒宴之间一见钟情的单相思,但是,这位歌女的容貌与歌声留给词人的记忆过于美好了,词人沉浸在甜蜜的回味中,表达又特别地诗意化,于是,这首词便成为晏几道众多恋情词中的佼佼者。词中所叙情节依然十分简单,不过是酒宴上见到一位歌女,聆听了她的婉转歌喉,让词人怦然心动,刻骨难忘,以至分手后日夜思念,终于通过梦境短暂地满足了再度相见乃至相爱的愿望。然而，由于词人极富激情的个性化表述，使得历代读者对这首词爱不释手。词的上片追忆相见时情景。首句点相见的地点，是一次普通的酒宴，有“玉箫”唱“小令”侑酒，在一派的旖旎绮丽的风光中两人相见了。次句写这位歌女给词人留下的格外深刻的印象，由于人与歌同样“妖娆”，故而一见钟情。晏几道已经完全难以自我把持了，一个“太”字将词人此刻的心猿意马、倾心迷恋与对这位女子的无限赞美之情全盘托出。面对这样的美女、这样的歌声，词人今夜惟有放纵酒色声乐，在风月场中一醉方休。三、四两句便写放纵声色、醉罢归来的情态。这种“醉倒谁能恨”、“归来酒未消”的纵欲，一时间释放了词人生活中的苦闷，表现在天真的晏几道身上，反而有了几分纯情的味道。下片写相思情怀。欢乐只是短暂的一夜，这位歌女愈出色，词人就愈难忘，相思的折磨也就愈强烈。“悄悄”，形容孤寂难耐；“迢迢”，写漫漫长夜，同时又状两地睽隔，相见无因。在长久的两地思恋而不得见面的苦痛中，词人最擅长的就是借助于梦寐，以求一晤。梦的无拘无束暂时地解决了词人相思的苦恼。当然，梦醒以后，相思将更加猛烈地侵袭而来。通过上述安排，充分显示出相见之意切，相思之情深。相传宋代著名道学家程颐竟也非常欣赏结尾两句：“伊川闻诵晏叔原‘梦魂惯得无拘检，又踏杨花过谢桥’长短句，笑曰：‘鬼语也！’意亦赏之。”（《邵氏闻见后录》）

鹧鸪天

十里楼台倚翠微，百花深处杜鹃啼。殷

勤自与行人语，不似流莺取次飞。[1]　　惊梦觉，弄晴时，声声只道不如归。天涯岂是无归意，争奈归期未可期。[2]

【注释】

①取次：随便，草草。　②争奈：怎奈。

【品评】

这首词通过杜鹃写归思。杜鹃啼声哀怨动人，相传啼至出血。《尔雅·翼》卷十四《释鸟》称其“日夜号深林中，口为流血”。白居易《琵琶行》云：“杜鹃啼血猿哀鸣。”其鸣声似“不如归去”。春天十里翠微、百花盛开时节，楼台中听到杜鹃啼鸣声。杜鹃“不如归去”的鸣声，似乎专门是殷勤地告诉词人的。春天的好景色，楼台中的旖旎风情，都不能挽留词人。词人肯定杜鹃的执着，不取流莺的随意，表明自己归去的决心。归去谈何容易，滞留不归，一定有不得已的苦衷，词人终究不得归去。梦中惊觉，户外弄晴，依然听到的是杜鹃声声“不如归去”。结尾两句词人直道实情，天涯流落，归意甚浓，惟身不由己，不知归期。于是，杜鹃啼鸣，就一次次地催发词人的苦痛。

鹧鸪天

小玉楼中月上时，夜来惟许月华知。重帘有意藏私语，双烛无端恼暗期。　　伤别易，恨欢迟，归来何处验相思。沈郎春雪愁消臂,[1]谢女香膏懒画眉。[2]

【注释】

①“沈郎”句:用沈约故事。典出《梁书·沈约传》。沈约与徐勉书:“开年以来,病增虑切。当由生灵有限,劳役过差,总此凋竭,归之暮年。……百日数旬,革带常应移孔;以手握臂,率计月小半分。”沈郎,这里代指嫖客。 ②谢女:谢秋娘,是唐代名妓,这里代指歌妓。

【品评】

上阕写与歌妓的缱绻私情,下阕写分离后的苦苦相思。上阕特意写得极其隐晦朦胧,男女私情,给读者留下充分的想象空间。小玉楼中,明月初上,楼中私情,惟有月亮知晓。重重帘幕阻隔,私语隐秘;双烛渐渐燃尽,恼人的离别期限也将到来。分别之后,为之伤苦,叹息欢会日期难得。词人设想:沈郎消瘦,谢女慵懒,两处相思,一样情怀。

鹧鸪天

手捻香笺忆小莲,[1]欲将遗恨倩谁传?[2]
归来独卧逍遥夜,[3]梦里相逢酩酊天。[4]
花易落,月难圆,只应花月似欢缘。[5]秦筝算
有心情在,[6]试写离声入旧弦。[7]

【注释】

①捻:用手指搓转。香笺:有芳香气味的信笺。 ②倩:

请。 ③逍遥：安闲自得的样子。 ④酩酊：大醉的样子。 ⑤欢缘：令人欢喜愉悦的相见缘分。 ⑥秦筝：古代一种类似瑟的弦乐器，相传为秦时蒙恬所造。 ⑦旧弦：指旧的歌谱。

【品评】

"小莲"与"小苹"是词人记挂最多的歌女。思念至极，便想通过"香笺"传情，但是，词人这个动作完全是下意识的。因为词人已经告诉我们"莲"、"苹"等"俱流转于人间"，早就不知去向了。词人"手捻香笺"迟疑之际，意识渐渐清醒，发现即使写满一篇情书，也无由寄达，这就是残酷的现实。"小莲"随同早年安定快乐的生活，已经一去不复返了。"欲将遗恨倩谁传"，是被清醒意识与残酷现实所逼出的一问，问得十分沉痛悲苦。"归来独卧"的"逍遥"是词人在故作姿态，以表明自己已经摆脱了愁苦的缠绕；"梦里相逢"才是词人的真实心态，每时每刻都难以真正摆脱离情别思的煎熬。白日"酩酊"以忘却别愁，梦中"酩酊"以表重逢的狂喜，这"酩酊"大醉连接了清醒与沉睡的词人，将表面力求洒脱、实际上沉沦不可自拔的词人糅合成一个复杂的立体。下片转为自我劝慰。好花不常开，好景不常在，月亮也有"阴晴圆缺"。柳永说，"多情自古伤离别"（《雨淋霖》），苏轼说，"人有悲欢离合，月有阴晴圆缺"（《水调歌头》），这个道理人人都懂，晏几道也以此自我排解。但晏几道毕竟不能超脱，他是一个性格偏于懦弱的词人，他反而要求"花月"永远"似欢缘"，只给人快乐，不要带给人悲伤。词人如此沉湎于一己的悲苦，难怪他绵绵不绝地创作出如此丰富多彩的凄苦哀伤的相思别离之作了。无奈之中，词人再度将情绪排解到"秦筝旧弦"的乐声中。当年他与“小莲”就是通过歌声、乐曲声传情，今日的“试写离声”便充满了怀旧伤别的意绪。

鹧鸪天

绿橘梢头几点春，似留香蕊送行人。明朝紫凤朝天路，[1]十二重城五碧云。[2] 歌渐咽，酒初醺，[3]尽将红泪湿湘裙。赣江西畔从今日，明月清风忆使君。[4]

【注释】

①朝天路：去往京城的道路。 ②十二重城：指帝王宫阙。 ③醺：醉酒。 ④“明月”句：王维《伊州歌》：“清风明月苦相思。”

【品评】

这首词写于赣江边送友人归京的酒宴上。橘子树头已有几点绿意，似乎为送别行人特意留香。明日友人踏上“朝天路”，回到京城，十二重城，碧云深深，就能朝见天子了。词人充满了艳羡之意。因为是送别酒宴，歌声渐渐悲咽，宾客也有了酒意，歌女的眼泪打湿湘裙。赣江之畔，友人离去，惟留相思。

生查子

金鞭美少年，[1]去跃青骢马。[2]牵系玉楼人，③绣被春寒夜。　　消息未归来，④寒食梨花谢。⑤无处说相思，背面秋千下。

【注释】

①金鞭：用黄金做的马鞭。喻骑者之富贵。　②青骢马：青白色相杂的骏马。　③牵系：牵挂，挂念。玉楼人：指自己所思念的闺中女子。　④消息：指离人的音信。　⑤寒食：民间节日，在清明前一日或二日。

【品评】

这首词还是在写别离相思，却十分典型地表现了晏几道对自己早年生活和地位的良好感觉。“金鞭美少年，去跃青骢马”，是词人为早年的自己在做自画像。他富贵，有气质，风度翩翩，是一位风姿卓越的贵公子。晏几道出生于一个钟鸣鼎食的荣华之家，父亲晏殊为北宋“太平宰相”，为他留下万贯家私，供他“费资千百万”地挥霍。“《水调》声长歌未了，掌中杯尽东池晓”（《蝶恋花》），是他当年放纵无节制生活的写照。而且，由于家庭背景的原因，晏几道在少年时还受到皇帝的赏识。《红楼梦》中娇生惯养的贾宝玉，一言一行、一举一动都有婢仆侍候、清客奉承，晏几道早年的生活就与之类似。早年的经历很好地培养了晏几道生活的自信心和优越感。他总是自负“锦衣才子”、“少陵诗思”，“金鞭美少年”一次次凸现自己的心理优越及自负。这样的佳公子，匹配“玉楼”绝色女子，可称郎才女貌，相得益彰。分别以后，双方难免都要牵肠挂肚，思念不已。“牵系玉楼人”写美少年的思恋，“绣被春寒夜”写闺中的辗转反侧，双方照应。所谓“一种相思，两处闲愁”。上片回忆当年的相恋、离别及别后的思念。下片集中笔墨写眼前的相思。自从别后，一直没有恋人“归来”的消息，在等待中不知不觉又到了梨花凋谢的春暮寒食季节。当年两人一定是携手赏花、举杯送春，今日独处，倍感孤独凄凉。何况，岁月无情，随着一度一度的“寒食梨花谢”，当年的“美少年”与“玉楼”人，也将无法躲避时光的侵袭，容颜渐老。思念至此，就更加盼望情人的早早归来。否则，“无处说相思”，寂寞难耐。结尾以“背面秋千下”的静止画面总束全篇，内心剧烈的活动遮掩其中，以静结动，别饶趣味。这首词语言清新秀丽，在直白的叙述中渐见深情，在晏几道的恋情词中别具一格。

生查子

轻匀两脸花，淡扫双眉柳。会写锦笺时，[①]学弄朱弦后。　　今春玉钏宽，昨夜罗裙皱。无计奈情何，且醉金杯酒。

【注释】

①锦笺：锦书，指写给情人的书信。

【品评】

这首词为酒宴上歌妓而作。歌妓轻匀淡扫，化妆浅淡，清新可爱。歌妓会诉说相思，会弹弄朱弦娱乐宾客，招人怜爱。昨夜狂欢，罗裙压皱，其间充满色情暗示。情窦已开，酒宴散后就要为情所苦，就必然会容颜消瘦，玉钏变宽。对此离情，无可奈何，只能莫辞金杯酒了。这是宋人酒宴上的典型创作，歌妓多情相思也是这类词中的应景话语。

生查子

关山魂梦长，[1]鱼雁音尘少。[2]两鬓可怜青，[3]只为相思老。　　归梦碧纱窗，说与人人道。真个别离难，不似相逢好。

【注释】

①关山：关塞山川，泛指遥远的地方。　②鱼雁：书信。古代传说大雁可以传信，信件又往往装在木制鲤鱼中，故以“鱼雁”代书信。　③可怜：可惜。

【品评】

对意中女子的思恋，以直露的语言说出，同样能够感受到词人按捺不住的恋情。分别以后路途遥远，音尘难通，相思之情与日俱增，以至两鬓青丝改色。被恋情所折磨的词人，实在不能吞吐含蓄了，直接叫喊道：“只为相思老。”词人无数次自我排解、不断压抑的情感喷薄而出，最易引起有类似处境读者的同感。在这种明朗基调与直露情绪的支配下，下片写梦境也变得清晰可辨。梦中回到心上人居住的“碧纱窗”，词人立即将分手之后经历了无数次痛苦折磨而获得的最简单也是最正确的人生哲理告诉恋人：“真个别离难，不似相逢好。”醒来之后发现一场空，那时一定更加痛苦不堪。晏几道这两首《生查子》风格十分相似，与晏几道的主体风格有相当的差异，可见词人风格的多样化。一位出类拔萃的作家，总是能够运用不同风格的语言，表现出多种风格，晏几道也是这样。

生查子

坠雨已辞云，①流水难归浦。遗恨几时休，心抵秋莲苦。　忍泪不能歌，试托哀弦语。弦语愿相逢，知有相逢否？

【注释】

①“坠雨”句：用巫山神女云雨故事。此处指情人分别。

【品评】

词写别情。上阕从行人角度落笔。坠雨辞云，流水难归，遗恨重重，心比莲苦。词人通过系列景物描写和形象比拟，抒写离别愁苦之情，造成强烈的抒情效果。下阕从歌妓角度落笔。歌妓被离愁折磨，“忍泪不能歌”，只得借托琴弦诉说心声。琴弦中传达出重逢的愿望，但这愿望能实现吗？下阕完全是浅白的口语，哀苦急切，同样有极佳的抒情效果。

生查子

一分残酒霞，两点愁蛾晕。①罗幕夜犹寒，玉枕春先困。　心情剪彩慵，②时节烧灯近。③见少别离多，还有人堪恨。

【注释】

①愁蛾：愁眉。 ②剪彩：古代风俗，立春时节，古人剪彩纸或彩绸为燕、蝶、花、钱等，作为妇女首饰，或缀在树枝之上，称为“春幡”。 ③时节烧灯：指正月十五元宵灯节。《铁围山丛谈》卷一：“上元节烧灯盛于前代，为彩山峻极而对峙于端门。”烧，燃。

【品评】

词写新年刚过之时歌妓的离愁。歌妓脸带酒后残霞，双眉愁锁。“罗幕夜犹寒”写昨夜的冷清孤寂，伴随着相思折磨，残酒、愁眉都与此有关。“玉枕春先困”写今日的慵懒无力，既为昨夜睡眠质量不高所引起，也因无聊苦闷所导致。在这样的情绪中，临近元宵节了，依然懒得剪彩。结尾二句点明愁苦之缘由，见少别多，离愁缠绕，怨恨情人轻易离去。

生查子

轻轻制舞衣，小小裁歌扇。① 三月柳浓时，又向津亭见。② 垂泪送行人，湿破红妆面。玉指袖中弹，一曲清商怨。③

【注释】

①歌扇：古代歌女所持的扇子，上面经常记载着歌曲名，以供点唱之用，故称歌扇。 ②津亭：渡口的亭子，供行人休憩宴饮。 ③清商：曲调名，泛指悲哀的曲调。

【品评】

词写渡口一次送别酒宴上的某位歌妓。三月柳色正浓，春意盎然，在津亭送别宴席，再度见到一位熟悉的歌妓。她身着轻巧舞衣，手持小小歌扇，轻歌曼舞。动情之时，垂泪送行，湿破红妆。所演奏的都是哀怨的曲调，酒宴被离别愁苦情绪所笼罩。这是宋代一次典型的送别酒宴。渡口旁或大道边，设宴送别，有歌妓歌舞助兴，所演唱的都是与离别相关的怨愁之调。歌妓的表演，带有职业性，在词人眼中却都化作多情的表现。

生查子

红尘陌上游，碧柳堤边住。才趁彩云来，
又逐飞花去。　　深深美酒家，曲曲幽香路。
风月有情时，总是相思处。

【品评】

这首词仍然写相思，却写得比较轻松欢快，在晏几道的词中极为少见。相思在这首词中成为点缀，词人主要是被春天的美景、景色深处的酒家、酒家里的美艳歌妓所陶醉，醉心于眼前的美好景物、人物，无暇愁苦。这应当是一首即景之作，而不是苦恋追思往日的繁华或情缘。红尘喧闹之际，词人作陌上春游，随意在碧柳成行的堤边休憩。出游线路，或趁彩云，或逐飞花，随遇而安。穿过“屈曲幽香路”，找到“深深美酒家”，一段风月有情，词人又有了情感猎艳的收获，今日春游十分圆满。在这样的欢乐氛围中，最后的相思云云就不能改变整首词的情感基调，而是成为一种写作点缀。

生查子

长恨涉江遥，移近溪头住。闲荡木兰舟，误入双鸳浦。　　无端轻薄云，暗作廉纤雨。翠袖不胜寒，欲向荷花语。

【品评】

这首词以较隐晦的语言写一次宿妓经历。上阕写到妓院。词人叙说得非常婉转，将色情味全部去掉。“长恨涉江遥，移近溪头住”，是寻妓的铺垫，或者词人为寻妓方便，真的有过迁徙的举动。“闲荡木兰舟，误入双鸳浦”，写寻妓的随意性。词人并没有认定一家歌妓，“闲荡”、“误入”，给人猎艳过程中的意外惊喜。下阕写嫖妓后的分手。“无端轻薄云，暗作廉纤雨”用巫山云雨典故，暗示两人发生了特殊关系。“轻薄”写其轻易离别，这是宿妓的必然后续举动。末二句写歌妓的孤独多情，那又是词人的想象了。“翠袖不胜寒”写其孤独遂有寒意，“欲向荷花语”写其多情而无处诉说。词中所写，是宋代词人非常醉心迷恋的日常生活之一种。

生查子

远山眉黛长，① 细柳腰肢袅。妆罢立春风，一笑千金少。　　归去凤城时，说与青楼道。遍看颍川花，② 不似师师好。

【注释】

①远山眉：古代女子将眉毛画成远山形，亦称“山眉”。②颍川：地名，这里指颍昌府，今河南许昌。元丰五年（1082），晏几道监颍昌许田镇。

【品评】

这首词送给一位叫师师的歌妓。宋徽宗与李师师的故事，传说甚广。其实，师师是宋代歌妓常用的艺名。柳永《西江月》云：“师师生得艳冶。”秦观《一丛花》云：“年时今夜见师师。”刘辰翁《祝英台近》云：“看师师、成蝶蝶。”晏几道另一首《生查子》亦云：“醉后莫思家，借取师师宿。”宋词中还有《师师令》词牌，都是因为师师名字太普泛了。这首词中的师师，画成远山眉，在春风里亭亭而立，柳腰纤娜，一笑千金，美艳动人。离开妓院后，词人对这位美艳的歌妓念念不忘，盛赞师师的妖冶出众。“遍看颍川花，不似师师好”，当地歌妓，师师独占花魁。

生查子

落梅庭榭香，芳草池塘绿。春恨最关情，日过阑干曲。　几时花里闲，看得花枝足。醉后莫思家，借取师师宿。

【品评】

词写醉后留宿歌妓师师家的快乐，师师与前首词当为同一歌妓。春天时节，庭榭落梅，馥郁芳香；池塘芳草，碧绿萋萋。日影转过阑干曲，已是傍晚时刻。在这样的好景色里，在这样的时间，应该是到歌妓寻欢饮酒的时候了。闲里看花，看足花枝，是春天的赏花。将花拟人，更是看够了当地的歌妓。“遍看颍川花，不似师师好。”词人最后选定师师家，在此饮酒，醉后留宿。在颍昌期间，师师是词人最喜欢的歌妓了。

生查子

狂花顷刻香，晚蝶缠绵意。天与短因缘，聚散常容易。

传唱入离声，恼乱双蛾翠。[①] 游子不堪闻，正是衷肠事。

【注释】

①双蛾：双眉。翠，黛绿，画眉所用。

【品评】

与歌妓相聚相亲，都是“短因缘”，一夜或几夜就结束一段露水情感。这首词上阕很形象地写出这种聚散容易的短暂欢情。就像“狂花顷刻香，晚蝶缠绵意”，过了这一刻或这一晚，就要离别，甚至情感就不复存在。下阕写明，词人的这种强烈感慨是在离别之际产生的。歌妓双眉愁锁，歌声中带有离愁意绪。游子无法忍受离别的凄苦折磨，歌妓唱出了游子的衷肠事。就是因为游子有诉说不尽的衷肠事，才对歌妓的演唱产生了如此强烈的共鸣。

南乡子

渌水带青潮，水上朱栏小渡桥。桥上女儿双笑靥，妖娆。倚著栏杆弄柳条。　月夜落花朝，减字偷声按玉箫。①柳外行人回首处，迢迢。若比银河路更遥。

【注释】

①减字偷声：词调的创制方式之一。减字，用减少字句的方式改变原有词调格式而形成新的词调。偷声，通过简化音乐节奏、改变声韵等而形成新的词调。减字与偷声总是联系在一起的，字句减少就必须简化音乐，反之亦然。这里用“减字偷声”代指歌词创作。

【品评】

词写与歌妓相聚的一个场面。上阕写到了“红灯区”后的景象。春日绿水荡漾，水上小桥弯弯，桥边妖娆女子成群，宾客们从水路来到这里。这显然是歌妓聚居的场所，歌妓们见到客人来到，倚栏弄柳，搔首弄姿，卖弄风情，笑靥招客。唐韦庄《菩萨蛮》云：“骑马倚斜桥，满楼红袖招。”情景与此相同。下阕写来到某一妓院后的取乐。明月夜，落花天，填词交给美人，美人按玉箫演唱，其乐融融。结尾三句又联想到离别后的景象。柳树连绵，行人更在柳树之外。前程迢迢，回顾小桥朱栏寻乐之地，甚至比银河更加遥远。

南乡子

花落未须悲，红蕊明年又满枝。惟有花间人别后，无期。水阔山长雁字迟。①

今日最相思，记得攀条话别离。②共说春来春去事，多时。一点愁心入翠眉。

【注释】

①雁字：指在天空中飞翔的大雁所排成的“一”字形或“人”字形行列。相传大雁能够传递书信。　②攀条：攀折柳条。“柳”与“留”谐音，古人送别时有折柳相送、以表挽留的习俗。

【品评】

词写送别时的场景。春天里的分手，落花是其背景。以往写送别，总是要借落花抒写，以获得情景相衬的艺术效果。词人反其道而行之。开篇即云“落花未须悲”，明年春天，照样“红蕊满枝”。真正让人痛苦不堪的是花间的情人离别，分手之后，水阔山长，相隔遥遥，相见无期，且无大雁传信。撇开景物，直奔主题，构思新颖。下阕回到别离的刹那间。情人攀折柳条，依依不舍，相思别离话语，总是说不够。说来说去，都是春天里相聚分离这些话题，都是倾诉相恋相思的情感。五代牛希济《生查子》云：“语已多，情未了，回首犹重道。”此时就是这番情景。倾诉之际，愁上眉头，未分手已痛苦异常。

南乡子

何处别时难？玉指偷将粉泪弹。记得来时楼上烛，初残。待得清霜满画栏。　　不惯独眠寒，自解罗衣衬枕檀。百媚也应愁不睡，更阑。①恼乱心情半被闲。

【注释】

①更阑：天将破晓。阑，残，尽。

【品评】

词写闺中别思。上阕写大半夜无眠枯坐。闺中歌妓被相思所困，长夜无眠。楼上蜡烛燃尽，户外凌晨清霜满画栏，楼中人粉泪洗面，玉指偷弹，在痛苦中昏昏噩噩度过了大半夜。下阕写勉强上床。闺人大半夜枯坐，是因为不习惯独自睡觉，抵御不了独眠的凄寒。最终还是勉强自己解去罗衣，就着檀枕，企求能略略合眼休息。在这样的愁苦折腾中如何能入睡？心情恼乱，天将破晓，依然无眠。词人将歌妓因相思而长夜无眠的过程写得非常细腻，大约是自己的切身体会。

南乡子

画鸭懒熏香，①绣茵犹展旧鸳鸯。②不似同衾愁易晓，③空床。细剔银灯怨漏长。　　几夜月波凉，梦魂随月到兰房。残睡觉来人又远，难忘。便是无情也断肠。

【注释】

①画鸭：鸭形香炉。　②绣茵：绣有鸳鸯图案的垫子。③衾：被子。

【品评】

词写闺中别离愁思。闺中孤独，香炉懒得点燃，事事提不起兴趣。垫子上绣着旧鸳鸯，睹物思人。空床孤寂，无人共眠，愁苦难当，更加害怕上床。闺人守着银灯，煎熬着时光，怨恨更漏过长，时间无法打发。今夜的情景，已经重复多次。多少夜晚，月波凉如水，光照兰房之中，闺人彻夜难眠。偶尔入睡，梦魂随即将之带向远方的情人。梦残睡醒之后，才发觉情人离得更加遥远了。如此痛苦，即使无情人要肯定断肠。多情的闺人，就更不堪忍受了。

南乡子

眼约也应虚，昨夜归来凤枕孤。且据如今情分里，相于。只恐多时不似初。　深意托双鱼，[1]小剪蛮笺细字书。[2]更把此情重问得，何如？共结因缘久远无？

【注释】

①双鱼：古代木制的装书信的信函，用两块木板合成，中

间放书信，刻成鱼形。 ②蛮笺：蜀地产的彩色笺纸，代指精美的信笺。

【品评】

送往迎来的欢场里，多的是虚情假意。晏几道喜欢被骗，喜欢将虚情当作真意。然而，在现实的逼迫下，晏几道也有清醒的时候。这首词借歌妓口诉说，表明晏几道对与歌妓情感的另类观点。眉眼传情，原来是虚假的应酬。凤枕孤眠，才体会到欢场中的欺骗。想抓住眼前已有的情分，好好相处，但是，在欢场中被骗多了，不禁疑虑："只恐多时不似初。"这些情感经不起时间的检验。离别后欲将心事和情感都写入书信，托邮使带给情人。信中追问："共结因缘久远无？"词人总是不甘心或不相信自己被骗，还要一再追问。答案其实是很清楚的，只是词人故意不正视现实而已。

南乡子

新月又如眉，长笛谁教月下吹？[1]楼倚暮云初见雁，[2]南飞。漫道行人雁后归。[3] 意欲梦佳期，[4]梦里关山路不知。却待短书来破恨，[5]应迟。还是凉生玉枕时。

【注释】

①长笛：乐器名。笛子初制只有四孔，后增加一孔，以配五音，称长笛。 ②暮云：傍晚时候的浮云。 ③漫道：空

说。漫，徒劳，白白。 ④佳期：相约见面的好时期。⑤破：破除，消除。

【品评】

这是一首怀人词。上下片一气贯注，并无语意上的间断跳跃，在小山词中独具一色。新月生时，又是新的一年，词人是在感慨时光的流逝，同时是否还联想到眉黛姣如新月的佳人？加一“又”字，便延长了思念的时间，这是被经常性重复的一种心态。有了种种的联想与感慨，于是便逼出下面一问：“长笛谁教月下吹？”当年的吹笛人已不在身旁，今日的笛声，徒乱人意，词人没有心情、也实在不愿意在此时此刻再次听到这笛声。这心烦意乱的逼问与埋怨，暴露了词人被离情所痛苦着的真实心境。“楼倚暮云”点明一天中的具体时间，恐怕词人已经倚楼一天，直到暮云遮挡了视线。倚楼眺望，不仅看不到思念的恋人，反而看见了回归的大雁，雁归人不归，内心的痛苦又转深一层。“漫道”就是说了不算数，其实词人已经多少次打算回去再见佳人，但总是身不由己。“漫道”是自我嘲解，更是身不由己的怨苦。词人意图借助最为古老的方法，在梦境中自由归去，岂知梦境模糊，不辨“关山路”，这次努力再度失败。最后将全部的希望寄托于“短书”来消除思念的愁恨，然路途遥远，书信来迟，最终也是无济于事。书信迟来比起不来总是要好一些，事实上词人不能满足仅仅靠书信来传达情思，而推脱说来迟无用。词人每一次归去或传递情意的努力，都归之失败；每一次失败，都加重了内心的愁苦之情。词情也因此层层递进，步步深入。晏几道的情感是单调的，表达方式也必然雷同。阅读了这么多首小山词以后，可以深深地体会到这一点。

清平乐

留人不住，醉解兰舟去。一棹碧涛春水路，过尽晓莺啼处。　　渡头杨柳青青，枝枝叶叶离情。此后锦书休寄，①画楼云雨无凭。②

【注释】

①锦书：指爱人间的书信。　②云雨：指男女性事。用巫山云雨的典故。

【品评】

词写送别。上阕写行人。离别酒宴上，无法挽留行人。行人也很留恋很无奈，在醉酒中登上兰舟，启程而去。沿途经过“碧涛春水”、“晓莺啼处”，相思伴随一路。下阕写闺中居者。在渡头送别，闺人眼中，渡头青青杨柳的枝枝叶叶上都是离情。既然挽留不住，相思无益，不如锦书休寄，彻底忘记。往日的恩爱都是不可靠的，否则今日怎么会如此轻易离别？下阕写闺人的心理活动，反复纠结，怨恨中表现深情。

清平乐

千花百草，送得春归了。拾蕊人稀红渐少，叶底杏青梅小。　　小琼闲抱琵琶，雪香微透轻纱。正好一枝娇艳，当筵独占韶华。

【品评】

送春时节，千花百草凋残，拾花人稀，花红越来越少，叶底青杏尚未成熟。这本来是一个令人伤感的时候，但是词人心情很好，景物中浸染了词人的情感，春末景物也就没有了悲凄感。下阕交待词人好心情的理由。原来今天酒宴上遇到一位娇艳的歌妓小琼。小琼穿着轻纱，雪肤隐现，且微微传来体香，性感妖娆。小琼闲抱琵琶，当筵弹奏。词人欣赏不够，心神荡漾。有如此美女，外界春景就不在话下。花落春归也无所谓，小琼的演出就是最美好的风景线。

清平乐

烟轻雨小，紫陌香尘少。谢客池塘生绿草，① 一夜红梅先老。　　旋题罗带新诗，② 重寻杨柳佳期。强半春寒去后，③ 几番花信来时。④

【注释】

①"谢客"句：东晋谢灵运《登池上楼》："池塘生春草，园柳变鸣禽。"谢灵运出生不久就寄养在他处，十五岁才回建康家中，故小名客儿，习称谢客。　②旋：即刻，马上。　③强半：过半。　④花信：花信风。风应花期而来，好像有信，故称。一般分二十四番花信风，以节候划分。

【品评】

春天来到，景物更新，词人亦欲再觅佳期欢会。经过一番春雨洗涤，紫陌上淡烟轻雾，香尘稀少。池塘已遍生绿草，红梅花已将凋谢。春光正好，以往有许多欢会，有美酒美女相伴。词人牵挂着曾经的美好日子，罗带题诗，思恋旧情，“重寻杨柳佳期”，渴望与意中人再度欢聚。春寒过半，几番花信风带来更多的春天讯息，词人亦充满了期待。这首词大多在写春天清丽旖旎的景致，词人的心理活动微微表现，非常含蓄。

清平乐

可怜娇小，[1]掌上承恩早。[2]把镜不知人易老，欲占朱颜长好。　画堂秋月佳期，藏钩赌酒归迟。[3]红烛泪前低语，绿笺花里新词。

【注释】

①可怜：可爱。　②掌上：相传汉成帝皇后赵飞燕，初学歌舞，体态轻盈，能做掌上舞。　③藏钩：古代宴席之间的一种游戏，一人藏钩在手中让他人猜，不中者罚酒。

【品评】

这首词为酒宴上一位歌妓所写。这位歌妓娇小轻盈，能作掌上舞，早早获得恩客的喜爱。歌妓年纪尚小，不知愁苦。她对着镜子，不知红颜易逝，希望自己青春永驻。这是一位不失清新天真的少女，词人对其怜爱不已。下阕写宴席及分离。秋月佳期，画堂之上，开筵欢饮。有这样美丽的歌妓相伴，藏钩赌酒的玩兴就非常高，酒宴一直迟迟不能结束。酒宴终将结束，分手之际，歌妓在红烛前垂泪低语，诉说分离的痛苦和即将到来的相思，词人也将对这位歌妓的爱怜之意写成新词。结尾二句是俗套，曲终人散，别后相思，宋词大多以此方式结束。

清平乐

红英落尽，未有相逢信。可恨流年凋绿鬓，[1]睡得春酲欲醒。[2]　　钿筝曾醉西楼，朱弦玉指梁州。[3]曲罢翠帘高卷，几回新月如钩。

【注释】

①流年：流逝的时光。　②酲：醉酒。　③梁州：曲调名，又名《凉州令》，来自边地凉州。

【品评】

词写离别相思。红花凋零殆尽，春天已经过去，却一直没有情人的讯息，也不知何日重逢。流逝的时光，带走闺人的青春，让她更加焦急。歌妓以色事人，红颜老去，就没有资本了。所以，歌妓对“流年凋绿鬓”异常敏感。思念情人，借酒浇愁，往往在醉酒中睡去。睡到春醉欲醒，情人依然不归，新的一天痛苦又将开始。下阕回顾当年酒宴上的相聚。当年一起醉饮西楼，钿筝玉指演奏《梁州》曲，有过相聚欢快的时光。多少次演奏完毕，翠帘高卷，两人相偎，欣赏一弯新月如钩。这一切就成为眼前痛苦的根源。

清平乐

春云绿处，又见归鸿去。侧帽风前花满路，①冶叶倡条情绪。②　红楼桂酒新开，曾携翠袖同来。醉弄影娥池水，短箫吹落残梅。

【注释】

①侧帽：形容风度仪表高雅。典出《周书·独孤信传》："信在秦州，尝因猎日暮，驰马入城，其帽微侧。诘旦，而吏民有戴帽者，咸慕信而侧帽焉。"　②冶叶倡条：代指娼妓。

【品评】

词写春天里对一位歌妓的思念。上阕通过晚春景色来烘托这种思念情绪。春云绿处，归鸿离去，风吹侧帽，花飘满路。春天里的叶叶枝枝上都牵引出词人对歌妓的思恋之情。词人曾与该歌妓一起度过美好的春天，他们曾红楼开怀饮酒，曾携手共游春光，曾在池塘边醉酒弄影，曾在落梅时节吹短箫伴唱。这一切，都是"冶叶倡条情绪"生发出来的。这首词结构上有所变化，上阕写今，下阕忆昔，与多数词的结构方式相反。

清平乐

波纹碧皱，曲水清明后。折得疏梅香满袖，暗喜春红依旧。　　归来紫陌东头，金钗换酒消愁。柳影深深细路，花梢小小层楼。

【品评】

词中抒情主人公的愁为何而发，表现得非常含蓄，整首词的格调并不低沉，似乎重点不是写愁。上阕写喜，春天到来后的喜悦。清明节后，碧波荡漾，梅香满袖，春红依旧。到处赏心悦目，令人欣喜。这是闺人游春所见，心情很好。下阕写愁。游春归来，金钗换酒，消解愁绪。这愁绪来得莫名其妙，难以捉摸。闺人居住的小小层楼，在柳影深深的地方，花梢微露楼台，环境幽美。居住的幽静，带来青春的寂寞，哪一位女子不怀春？下阕的愁得到合理的解释，是青春寂寞导致的。这种愁比较轻淡，与离别相思之愁恨有很大程度的差异。所以，这首词格调就比较悠扬轻快。

清平乐

西池烟草，恨不寻芳早。满路落花红不扫，春色渐随人老。　　远山眉黛娇长，[1]清歌细逐霞觞。[2]正在十洲残梦，[3]水心宫殿斜阳。

【注释】

①远山眉黛:古代女子将眉毛画成远山形,亦称“山眉”。②霞:流霞,代指美酒。 ③十洲:传说中神仙居所,在八方大海中。这里代指歌妓居所。

【品评】

词写春末思人。步出户外,发现西池烟草弥蒙,春天已将过尽。词人后悔不早点外出寻芳,没有珍惜春天景色,以致眼前满路落花,无人扫除,无人怜惜。词人一直没有赏春的原因就是思念导致的。等觉察到“春色渐随人老”,已经来不及了。词人的心绪终究在旧日歌妓身上。他回忆起该女子远山眉等妆饰后的娇媚,回忆起共饮美酒时歌妓清歌助兴的欢乐。别来魂梦追逐,十洲、水心宫殿频频入梦,难以释怀。

清平乐

蕙心堪怨,[1]也逐春风转。丹杏墙东当日见,幽会绿窗题遍。 眼中前事分明,可怜如梦难凭。都把旧时薄幸,[2]只消今日无情。

【注释】

①蕙心:蕙为香草,诗词中常以蕙心比喻女子纯美之心。②薄幸:薄情。

【品评】

词写春日思恋情苦。闺人春日怨苦，情逐春风，弥漫天际。那年春天，在丹杏墙东初见，绿窗前有过多少次幽会，题诗赋咏，情深意切。这些都化作了现在的痛苦。回忆前事，历历在目，而今如幻梦一场。思恋屡屡成空，闺人怨恨恋人的薄幸无情。思来想去，就是割舍不下，才被怨恨反复纠缠。

清平乐

幺弦写意，① 意密弦声碎。书得凤笺无限事，② 犹恨春心难寄。　　卧听疏雨梧桐，雨余淡月朦胧。一夜梦魂何处，那回杨叶楼中。

【注释】

①幺弦：琵琶的第四弦。因其最细，故称。　②凤笺：彩笺。又称“鸾笺”。

【品评】

杨叶楼中的一位歌妓，叫词人牵肠挂肚，思念不已。当年与这位歌妓相聚，曾听她演奏琵琶，琵琶声中传递了无限爱恋情意。离别后思恋情深，都写入书信。但是，歌妓的春心还是无法通过书信寄达。上阕词人将自己的思恋情感托之歌妓，以歌妓的口吻来表达。下阕写己身相思。相思无眠，听萧萧疏雨敲打梧桐，凄凉悲苦。雨后淡月朦胧，黯淡迷蒙。这都与今夜词人的情感相映衬。即使入睡，梦魂飘荡，再度回到杨叶楼中，回到那女子身边。下阕以景衬情，清疏淡远，含蓄蕴藉。

清平乐

暂来还去，轻似风头絮。纵得相逢留不住，[1]何况相逢无处。　　去时约略黄昏，[2]月华却到朱门。别后几番明月，素娥应是消魂。[3]

【注释】

①纵：即使。　②约略：大概，大约。　③素娥：月中女神嫦娥，代指月亮。消魂：形容极度悲伤。

【品评】

用风头絮比喻离别了的情人，上阕构思都围绕着这个比喻。春天飞絮，时间极其短暂，而且不知飞向何方。这些特征，都与离去的情人相似。情人暂来还去，轻易离别，轻飘没有根底，都似风头絮。即使能与风头絮相逢，也不能将其长久挽留。更何况风头絮随处飘零，不知何处可以相逢。下阕写月夜闺人的思恋，以月华为结构线索。情人离去的时候，大约已是黄昏时候，很快月光就照到了朱门。月光下，绵绵的思念就此开始。以后，每到明月夜，都让闺人回想起离别的时刻，痛苦伤心，不能自已。这首词上下阕各以风头絮、月华作为结构线索，比拟联想，新颖独特。

清平乐

寒催酒醒，晓陌飞霜定。背照画帘残烛影，斜月光中人静。　锦衣才子西征，万重云水初程。翠黛倚门相送，①鸾肠断处离声。②

【注释】

①翠黛：翠眉，代指女子。　②鸾肠：代指女子衷肠。

【品评】

词写拂晓送别的一个场景。古代交通不便，行人大都早行。早寒催促酒醒，拂晓道路上处处是飞霜。昨夜饮酒，应该与临行话别相关，酒后两人很难入眠。画帘中的残烛，倒映着两人的背影，月光下万籁俱寂。在凄寒孤苦的夜里蒙眬睡去，很快惊醒，真正到了分手那一刻了。词人登程西去，前途云水重重。闺人倚门相送，肝肠断绝。晏几道词很少写到送别场景，这首词比较独特。

清平乐

莲开欲遍，一夜秋声转。残绿断红香片片，长是西风堪怨。①　莫愁家住溪边，②采莲心事年年。谁管水流花谢，月明昨夜兰船。

【注释】

①长是:总是。 ②莫愁:古代洛阳女子,嫁为卢家妇。这里代指歌妓。

【品评】

这首词为采莲歌舞而作。宋人酒宴中,时有歌妓作采莲歌舞,词人当筵填词,皆以采莲为题材。与晏几道“古之伤心人”的性格特征相关,采莲歌舞进入晏几道笔下,凄苦多于欢乐。词人模拟了秋日湖面的情景,莲花遍开之后,随之凋零。残绿断红,随西风凋落,叫人愁怨。歌妓作采莲歌舞,年年如此。莲,谐音“怜”,诗词中常用来表达情爱。歌妓的采莲歌舞中表达的心事就与“莲”有关。不管水流花谢,只要明月夜、木兰舟,美人歌舞不休,就是好时光。这首词应酒宴气氛写作的痕迹较浓。

清平乐

沉思暗记,几许无凭事。菊靥开残秋少味,①闲却画栏风意。 梦云归处难寻,②微凉暗入香襟。犹恨那回庭院,依前月浅灯深。

【注释】

①靥:酒窝。 ②梦云:用巫山云雨故事。

【品评】

秋日离思正浓，却力求从容含蓄说出。菊花开残，秋日将尽，萧条冷清。一秋闲凭画栏，阅尽秋意，不见情人归来。凭栏之际，沉思暗记，往事屡屡泛上心头。那时的恩爱和盟约，现在想来，都是“无凭事”。“梦云”一语双关，既指当下夜晚之梦，也指当年云雨之梦，皆无处寻觅。上阕写白日，白日凭栏，期待落空。下阕写夜晚，夜晚梦中醒来，微凉侵袭，孤独凄寒。最让歌妓难以释怀的是“月浅灯深”的那个庭院，两情缱绻。那一段的甜蜜，化作今日无穷的思念，给人带来如许的折磨。沉思暗记，不如没有那么一个夜晚。这是词中“犹恨”的含义。

清平乐

莺来燕去，[1]宋玉墙东路。[2]草草幽欢能几度？便有系人心处。

碧天秋月无端，[3]别来长照关山。一点恹恹谁会，[4]依前凭暖栏杆。

【注释】

①莺去燕来：暗指与歌妓的来来往往。 ②“宋玉”句：宋玉《登徒子好色赋》云：东邻有美女，攀墙窥视自己三年。这里代指去往青楼之路。 ③无端：无由，无缘故。 ④恹恹：无精打采的样子。

【品评】

这首词从形式上看，依然是代言体，代歌妓抒情，上阕其实完全是依据词人的立场来叙事。当年“莺去燕来”，曾经多次来到青楼娼妓家，留下露水姻缘。每次与妓女幽欢，都是草草度过，时间和欢爱都是短暂的。歌妓的娇艳性感，却一直牵系着词人之心，别来就有许多思念。下阕才转到代言的立场。分手之后，碧天秋月不理解离人的痛苦，高挂空中，牵惹愁绪。秋月长照关山情人去处，闺人凭栏却无所见。整日恹恹，栏杆凭暖，却不见情人归来。思绪绵绵，离愁无限。

清平乐

心期休问，[1]只有尊前分。勾引行人添别恨，因是语低香近。　　劝人满酌金钟，[2]清歌唱彻还重。[3]莫道后期无定，梦魂犹有相逢。

【注释】

①心期：所希望的约会日子。　②金钟：金杯。　③唱彻：唱毕。

【品评】

词写离别酒宴。送别时总是要说到重逢的日子，或许还有山盟海誓。经历多了，知道这一切都是空头许愿，不如不提重逢的日子，只叙今日杯酒缘分。美人挨着身子低语劝酒，体香熏人，勾引出行人的无限离别愁恨。送别的歌曲唱完了又重唱，恋人依依不舍，美人以满满的金杯劝酒，只求在醉酒中忘却离别的愁苦。现实中重逢不知何时，梦魂相逢则是完全可以的，词人也只能以此劝慰双方，暂时放下愁怀，尽情饮酒。

木兰花

秋千院落重帘暮，彩笔闲来题绣户。①墙头丹杏雨余花，门外绿杨风后絮。　　朝云信断知何处？应作襄王春梦去。②紫骝认得旧游踪，③嘶过画桥东畔路。

【注释】

①彩笔：生花的妙笔。《南史·江淹传》载：江淹年轻时便以文章出众闻名天下，到了晚年的时候才思逐渐枯竭。据说江淹曾留宿冶亭，梦见一人自称郭璞，此人对江淹说："吾有笔在卿处多年，可以见还。"江淹于是从怀中取出五色彩笔一支还他。从此，江淹作诗再也没有佳句，人称"江郎才尽"。

②"朝云"二句：用巫山神女故事。　③紫骝：紫色的骏马。

【品评】

这首词写对一位歌妓的思恋。上阕追忆宿妓情景。秋千院落，红杏在墙头吐艳，绿杨在门后飘拂，柳絮蒙蒙。春天里，妓院的环境相当优美。黄昏时候，来到妓院，穿过绣户，彩笔填词，与歌妓相守厮混，日子过得舒心。下阕追恋这段旧情。分别之后，不知这位歌妓流落何方，只能凭借魂梦与她重逢相遇。老马识途，骑着紫骝，信步就将词人带到画桥东畔的旧路上。以往去这位歌妓家，都要经过这条道路，重游此地，思念之情更深。

木兰花

小颦若解愁春暮，①一笑留春春也住。晚红初减谢池花，新翠已遮琼苑路。 湔裙曲水曾相遇，②挽断罗巾容易去。啼珠弹尽又成行，毕竟心情无会处。

【注释】

①小颦：即小苹，友人家的歌女。解：懂得，明白。②湔（jiān 煎）：洗。

【品评】

友人家的四位歌妓，晏几道对小苹印象最为深刻。《临江仙》云："记得小苹初见，两重心字罗衣。"第一次见面就留下深深的印象。《玉楼春》云："小苹微笑尽妖娆，浅注轻匀长淡净。"小苹的微笑，如此妖娆，刻在词人记忆的深处。这样的微笑，就与灿烂的春天一样。暮春时节，小苹如果懂得人们为春去而愁，她只需妖娆一笑，整个春天就留在了词人身边。词的上阕回顾暮春时与小苹相聚的一个场面。池花凋谢，新绿遮路，词人依然兴致盎然。下阕写别后思恋。曾在曲水边相遇，无论如何挽留，却还是要轻易离别。别后珠泪弹尽，心情无人理会。

木兰花

小莲未解论心素，① 狂似钿筝弦底柱。脸边霞散酒初醒，眉上月残人欲去。②　　旧时家近章台住，③ 尽日东风吹柳絮。生憎繁杏绿阴时，正碍粉墙偷眼觑。④

【注释】

①心素：内心，衷心。　②眉上月残：指画眉残缺。这是狂欢后的结果。　③章台：汉代长安有章台街，是妓女聚居的地方。宋词中用来代指青楼妓院成群的街区。　④"正碍"句：用宋玉《登徒子好色赋》典故。赋中称东邻有美女，攀墙窥视自己三年。

【品评】

这首词咏写的歌妓小莲，应该不是友人家妓小莲。这位小莲住家靠近章台红灯区，平日能攀粉墙偷眼窥人，欲露不露，这是招徕顾客的手段。词人与小莲是在歌舞酒宴上相遇，小莲饮酒或演奏都带有狂态，或许借酒生狂。脸边红霞映酒，狂欢后眉妆残乱。歌妓酒宴上如此轻快，更让词人心猿意马。下阕写小莲的居住地，春日有繁杏绿荫相绕，歌妓反而认为景致耽误其招客。这显然是江湖上的私妓。

木兰花

风帘向晓寒成阵，来报东风消息近。试从梅蒂紫边寻，更绕柳枝柔处问。　来迟不是春无信，开晚却疑花有恨。又应添得几分愁，二十五弦弹未尽。[①]

【注释】

①二十五弦：指瑟，瑟为二十五弦。《史记·封禅书》："太帝使素女鼓五十弦瑟，悲，帝禁不止，乃破其瑟为二十五弦。"

【品评】

词写歌妓渴望春天的到来。初春已到，晓寒依然，东风渐近，闺人盼望春天的早日来到。她在梅花边寻找春的讯息，绕着柳枝追问春的到来时间。今年春天来得较晚，闺人自我解释为：不是春天无信，是花卉有恨而晚开。花为何而恨？除了离别相思，没有其他内容。这情绪当然是闺人投射到外景上的。盼春未到，再添几分愁苦意绪，闺人便将这愁绪弹入琴瑟，借乐声诉说心声。如此看来，闺人盼望春天早日到来，大约与情人有过春天的约定。

木兰花

念奴初唱离亭宴，[①]会作离声勾别怨。

当时垂泪忆西楼，湿尽罗衣歌未遍。　　难逢最是身强健，无定莫如人聚散。[2]已拚归袖醉相扶，更恼香檀珍重劝。

【注释】

①念奴：天宝年间著名歌女，在宋词中泛指歌妓。离亭宴：设在长亭的离别酒宴。　②无定：不确定。

【品评】

词写离别酒宴。长亭宴别，歌妓演唱声中充满离愁，勾起行人更多的别恨。回忆当年西楼相聚，歌声未了，各自垂泪，泪湿罗衣。在痛苦中歌妓勉强劝慰说：只要身体强健，终究能够重逢。何况，人世聚散不定，人人难免，不必为此过于悲凄。对这样劝其珍重身体的言语，词人反而愈发恼怒，词人只想拼得眼前淋漓尽致的情感宣泄，以后的事不想提，提了也无用。词人就是反复曲折，写出分手时的极度痛苦。

木兰花

玉真能唱朱帘静，忆在双莲池上听。百分蕉叶醉如泥，却向断肠声里醒。　　夜凉水月铺明镜，更看娇花闲弄影。曲终人意似流波，休问心期何处定。

【品评】

歌妓玉真歌喉动人，演唱时朱帘内的宾客都为之安静。

词人回忆，也曾在双莲池边听玉真唱歌，今天再度享受如此美好的歌声。在歌声中饮酒醉如泥，也在断肠歌声中清醒过来。是饮酒让人醉而醒，还是歌声让人醉而醒，已难分辨。今晚夜凉如水，明月如镜，既听音乐，也看美人如花。曲终人散，去意如流水，更没法问期望中的再度相逢时间。词人离去是无奈的，所以“休问心期”，痛苦也是由此而发。

木兰花

阿茸十五腰肢好，天与怀春风味早。画眉匀脸不知愁，殢酒熏香偏称小。①　　东城杨柳西城草，月会花期如意少。思量心事薄轻云，②绿镜台前还自笑。

【注释】

①殢：沉湎。　②薄轻云：用巫山云雨故事，代指歌妓。

【品评】

阿茸是一位十五岁的雏妓，腰肢婀娜纤细，在风月场中打磨得已经懂得怀春，会挑逗客人了。阿茸画眉匀脸，熏香饮酒，不知愁滋味。这就是宋代词人喜欢的歌妓。一旦略略年老色衰，油滑而失去了淳朴天真，生活磨难给她们带来压力和愁苦，就远远不如雏妓清新可爱了。所以，进入宋代词人笔下的，以雏妓占多数。与阿茸在东城西城都有过聚会，词人这段时间肯定是比较喜欢阿茸，才频频点她应局。月下相会，花前相约，终究要分手，词人就有了不如意的感觉。但是，阿茸毫无知觉，思量心事也是应景的，对着绿镜台欢笑。在无忧无虑的阿茸身边，词人的愁绪也少了许多，这首词就不那么愁苦沉重了。

木兰花

初心已恨花期晚，[1]别后相思长在眼。兰衾犹有旧时香，[2]每到梦回珠泪满。　多应不信人肠断，几夜夜寒谁共暖？欲将恩爱结来生，[3]只恐来生缘又短。

【注释】

①初心：最初的想法。花期：花开的日子，指春季。②兰衾：兰香四溢的被子，用作女子所盖被子的美称。③来生：佛家说人有三生，即前生、今生、来生。

【品评】

这首词代闺中女子抒写相思别情。与爱人分手以后，周围的一切景物都成为思妇的埋怨对象。最初，她是怪罪春天的姗姗来迟，花开的季节一再拖延。大约两人当年相恋就是在这样春暖花开的美丽季节里，一起携手赏花，共度良宵。饱受别离痛苦时，自然叫人怀念那个明媚灿烂的日子，同时私心期待百花重新绽放的时候恋人再度相聚。或许两人分手时竟有了“花期”重见的约定，所以，思妇才会怨恨“花期”的晚到。这是一种无法排解愁苦之际的无可奈何的怨恨，其目的是宣泄内心的苦恨，使不堪重负的心灵略得松弛。“别后相思长在眼”是对首句的补充解释，是当今心理状态的说明，一切的怨苦情绪都是由这“相思”生发而来。白日已很难忍受别情的折磨，到夜晚辗转难以入眠时，愁苦意绪将更加猛烈地侵袭而来。所盖的被子上犹遗留着两人旧日的芬芳气息，让人如何摆脱愁绪的纠缠、安心入眠呢？这里的嗅觉或许是幻觉，离别如此之久，哪里还会有“旧时香”啊。只不过是这位女子被离别的思绪所包围着，感觉到周围一切无不有旧日恋人遗留的痕迹，才会产生这种幻觉。在这样的情绪中即使蒙眬睡去，在梦中依然要重演白日所有的心理活动。清醒时能够控制情绪的过度爆发，睡梦中就没有了心理上的戒备，任痛苦随意流淌，“梦回”醒来时往往“珠泪”满面。这应该是思妇自离别以后重复体验无数次的场景。下片承此设问。相思“肠断”到了这个地步，恐怕说出来也难以让人相信，因为其他人是无法体会“几夜夜寒谁共暖”的凄凉孤苦滋味的。这两句既是对上片所描述情感的总结，又进一步突出了自己思恋的情深意真。在等待中渐渐失去希望的痴心女子，只能将“恩爱”的愿望寄之于“来生”，但是，今生的相爱恨短就是很好的教训。于是，女子便对“来生”也多了一层担忧，如果“来生”似今生，又怎样了却相思债呢？思前想后，甚至连“来生”还是这样悲观暗淡的，这位女子只能永远承受这相思别离的痛苦了。

减字木兰花

留春不住，恰似年光无味处。满眼飞英，弹指东风太浅情。　　筝弦未稳，学得新声难破恨。转枕花前，且占香红一夜眠。

【品评】

词写闺中对春去的留恋和愁怨。东风吹落，满眼飞花，闺人企图挽留春天而无结果，不禁埋怨东风的薄情。闺人刚学弹筝，还未熟练，故不能借助乐声很好地抒发情感。干脆放下这一切，在花前睡去，守着残留的香红，一枕到天亮，也是与春厮守了一夜。闺人对春天的无限惋惜和挽留，对春天的极度热爱，其实是对自己青春美貌的珍惜和热爱，希望自己在韶华时光能够好好享受生活的快乐。

减字木兰花

长杨辇路，①绿满当年携手处。试逐春风，重到宫花花树中。② 芳菲绕遍，③今日不如前日健。酒罢凄凉，新恨犹添旧恨长。

【注释】

①辇路：通往帝京的道路。 ②宫花：宫苑中的花卉，泛指京城花卉。 ③芳菲：花草。

【品评】

词写离开京城后的春天里的相思。京城外的大路上，杨柳成排，青青泛绿，这都是当年与情人携手共游乃至送别的处所。词人牵挂“辇路”与两旁的景致，更是怀念曾携手的情人。相隔遥远，词人幻想乘逐春风归去，重到京城，重赏宫花，重见伊人。眼前也是芳草遍地，但由于相思的折磨，离人身体已不如往日强健。思念痛苦，便借酒浇愁，酒后却愈益凄凉。旧恨不能消除，又添新恨，离别相思之情纠缠不休。

泛清波摘遍

催花雨小，著柳风柔，都似去年时候好。露红烟绿，尽有狂情斗春早。长安道，①秋千影里，丝管声中，谁放艳阳轻过了？倦客登临，暗惜光阴恨多少？　楚天渺。②归思正如乱云，短梦未成芳草。空把吴霜鬓华，③自悲清晓。帝城杳。双凤旧约渐虚，④孤鸿后期难到。⑤且趁朝花夜月，翠尊频倒。

【注释】

①长安：汉唐京都，这里代指北宋汴京。　②楚天：泛指南方。古代楚国拥有今湘、鄂、苏、浙大片土地。　③吴：泛指江浙地区。　④双凤旧约：情人比翼双飞的旧日约定。　⑤孤鸿：喻指孤独飘零的游子。

【品评】

词写春日离思。词人此时漂泊在南方，思念着京城的情人。春天来了，濛濛细雨催花，露水和雨水湿润花瓣；轻柔和风吹拂柳枝，淡烟环绕翠绿，一切美好风光与去年春天来临时一样。词人的“狂情”因离别而生。当年经过“长安道”，离别情人。回想与情人共度的美好春天，在“秋千影里，丝管声中”享受了许多快乐的光阴。如今江湖奔波，倦客红尘，多少次登临眺望情人居处。不仅轻易放过了春日里大好的艳阳，也让光阴悄悄流逝，惟离恨在心中越积越多。南方路途遥遥，帝城难以望见，词人归思正浓正乱，有时借短梦归去，醒来又是一场空。与情人的旧日约定已成虚言，漂泊的日子不知何日结束。词人只能趁眼前“朝花夜月”，尽情饮酒，醉中忘却痛苦。

菩萨蛮

来时杨柳东桥路，曲中暗有相期处。明月好因缘，欲圆还未圆。　　却寻芳草去，画扇遮微雨。飞絮莫无情，闲花应笑人。

【品评】

词写与情侣约会。他们在明月夜走过杨柳东桥路，来到曲径深处，暗中幽会。这是一段露水好姻缘，却因有所阻隔，还未公之于众，所谓“欲圆还未圆”。或者是歌妓的职业要求，不能公开与某位情人的恋情；或者是词人囊中羞涩，不能彻底买得美人欢心。下阕写赴约前来的歌妓。她踏着芳草而来，以画扇遮挡微雨。“飞絮莫无情”，是词人对情感的期待，转借对飞絮的劝说而表达。“闲花应笑人”，写幽会时的欢快。晏几道写幽会的词极少，幽会是快乐的，这首词基调便是轻松欢快的。

菩萨蛮

个人轻似低飞燕，①春来绮陌时相见。②堪恨两横波，③恼人情绪多。④

长留青鬓在，莫放红颜去。⑤占取艳阳天，⑥且教伊少年。⑦

【注释】

①飞燕：轻盈飞翔的燕子。又，汉成帝皇后赵飞燕，初学歌舞，体态轻盈，能做掌上舞，号为“飞燕”。这里用作暗喻。 ②绮陌：万紫千红、春光灿烂的道路。 ③横波：比喻眼神流动妩媚，如波光粼粼。 ④恼人：引诱人，撩拨人。王安石《夜直》：“春色恼人眠不得，月移花影上栏杆。” ⑤红颜：喻指青春少年。李白《赠孟浩然》：“红颜弃轩冕，白首卧松云。” ⑥艳阳天：风和日丽的春天。 ⑦伊：此，这个，代词。

【品评】

晏几道大量的恋情词都产生于歌舞酒宴之刹那间，词人往往是被歌儿舞女艳丽的容貌、婀娜的体态、娇媚的神情所打动，一时间心魂荡漾，难以自持。这首词就写出这样一个典型的情景。在一个春光明媚、繁花似锦的大好季节里，词人时常参加娱乐游赏或应酬的酒宴，宴席上时常遇到这么一位叫人怜爱的舞女：她翩翩起舞，舞姿轻盈，如同空中的“飞燕”；她眉目传情，眼波流动，便传递过来无限爱慕、幽怨的情绪。上片只是正面描写了舞女的迷人体态、妩媚神情，其容貌的美丽动人，亦可想而知。所以，上片又从侧面描述了舞女的外貌。做了这样凝练精要的勾勒之后，下片就转为自己内心感受痛痛快快地抒发。词人就会特别珍惜这青春享乐时光，渴望欢乐相伴，青春永驻。词人将这样的愿望脱口而出，丝毫不加掩饰。“长留青鬓”、“莫放红颜”的目的十分明确，就是要趁此“少年”时节，充分享受“艳阳天”的美好春光，当然更主要的是这片春光里的美艳的舞女。从全词的口气推测，这是晏几道早年之作，还带着贵家公子的放纵与任性。有这样的一段早年生活，家境中衰后词人的颓唐、凄苦，都变得容易理解了。这首词同时反映出宋代知识分子生活面貌的一个侧面，他们并不掩饰私生活享受的愿望，这与唐人“无题”的遮遮掩掩有很大的区别。

菩萨蛮

鸾啼似作留春语，[1]花飞斗学回风舞。[2]红日又平西，画帘遮燕泥。　烟光还自老，绿镜人空好。香在去年衣，鱼笺音信稀。[3]

【注释】

①鸾：传说中的凤鸟。这里代指歌妓。　②回风：旋风。③鱼笺：书信。古代木制装书信的信函，用两块木板合成，中间放书信，刻成鱼形。

【品评】

词写相思。上阕写曾经的相聚。歌妓话语留春，舞如旋风，寻乐游戏到红日西下，回到闺中，画帘垂挂，日子过得舒畅欢快。下阕写别后相思。年光流逝，歌妓对镜自照，虽然红颜依旧，情人却不在身边，无人欣赏，无人怜爱。去年舞衣还残留着共同寻欢时的香味，情人的音讯则已很稀少。“香在去年衣”，是对旧情的眷恋，歌妓必然在相思痛苦中度日。

菩萨蛮

春风未放花心吐，尊前不拟分明语。[1] 酒色上来迟，[2] 绿须红杏枝。　　今朝眉黛浅，暗恨归时远。前夜月当楼，相逢南陌头。

【注释】

①分明语：明白话。　②酒色：饮酒而导致变化的脸色。

【品评】

在春天还未完全到来的时候，春花还未盛开，红杏枝上则已生绿条，情人离别已在眼前。离别酒宴上，情人始终不肯明确说出归期，当然就是归期无望。在一杯一杯劝酒和麻醉自己的过程中，酒色上脸，在幽怨和愁绪中渐渐醉去。别后眉黛懒得精心妆饰，每日怨恨的就是情人归期之远。明月当空，登楼眺望，当时南陌送别情人，如今只能与明月相逢，相思苦痛不言而喻。

菩萨蛮

娇香淡染胭脂雪，愁春细画弯弯月。[1]花月镜边情，浅妆匀未成。[2]　　佳期应有在，[3]试倚秋千待。满地落英红，万条杨柳风。

【注释】

①弯弯月：形容画眉如弯月。　②浅妆：淡妆。　③佳期：与情人相聚的日期。

【品评】

词写歌妓春日离别相思。词的构思有所改变，不是上阕追忆、下阕写今，而是上下阕共写当下。上阕写歌妓化妆。“女为悦己者容”，情人不在，化妆时既有对往日恩情的追忆，又有对今日情人忽然回归的期盼。歌妓淡染胭脂，细画蛾眉，肌肤似雪，镜中花面，相映生辉。反复化妆，总觉得不匀称，一再追求妆饰效果。歌妓心中藏着这样的愿望：如果情人归来，见其艳丽，再也不愿离去，永远留在她的身边。这是今日精心化妆的真实意图。下阕写妆后等待情人归来。当时已经约定重逢的佳期，歌妓日日倚秋千等待。落花满地，杨柳万条，春天过去，等待还在持续，离思将在等待中日益浓郁。

菩萨蛮

香莲烛下匀丹雪，妆成笑弄金阶月。娇面胜芙蓉，脸边天与红。　　玳筵双揭鼓，①唤上华茵舞。②春浅未禁寒，暗嫌罗袖宽。

【注释】

①玳筵:豪华的盛宴。玳，玳瑁，爬行动物，形状似龟，古人用其背壳作装饰品。揭鼓:即羯鼓，一种乐器，从少数民族地区传入中原。　②华茵:华丽的地毯。茵，垫子。

【品评】

词写初春时节豪华盛宴上一位歌妓的舞姿。这位歌妓妆饰艳丽。她肌肤如雪，面庞如天边夕阳，貌胜芙蓉，笑颜迎客。在羯鼓伴奏下，在华丽地毯上起舞。初春还残留着冬日的寒冷，歌妓身穿宽袖罗衣起舞，暗嫌寒冷，宴席上的宾客则是大饱眼福。这首词所写的，是宋人一次典型的歌舞酒宴场面。

菩萨蛮

哀筝一弄湘江曲，①声声写尽湘波绿。纤指十三弦，②细将幽恨传。③　　当筵秋水慢，④玉柱斜飞雁。⑤弹到断肠时，春山眉黛低。⑥

【注释】

①弄:奏乐一曲。湘江曲:所弹奏的是与投湘江自尽的舜之二妃有关的歌曲,是一种曲调哀怨的曲子。 ②十三弦:古代筝为十三弦。 ③幽恨:深埋心底的绵长愁恨。④秋水:形容眼波之婉媚。 ⑤玉柱:玉制的筝柱。斜飞雁:筝柱的排列犹如一排斜飞的大雁。 ⑥春山:指歌女修饰成山形的眉毛。

【品评】

这首词描述聆听歌妓演奏秦筝时的感受。所演奏的是一首凄哀的曲调,与词人的日常心境特别吻合,因此容易引起词人的共鸣。何况演奏者技艺出众,国色天香,词人的兴趣就更加浓厚了。词的开篇就点明这是一首与湘江二妃有关的悲哀曲调。舜游历南方,客死他乡,舜之二妃追赶到湘江,投江而亡。今日秦筝演奏的是这样一个故事,其基调必然是凄苦悲哀、伤心欲绝的。词人中年以后,官场漂泊,离多聚少,心境凄苦。当他在酒宴之间听到歌者演奏时,立即被深深打动了。演奏者技艺之高,"声声"传情,与呜咽流淌、凄绿悲苦的湘江水融为一体,似天地间的自然音响,又是歌妓的出色演奏。美人的"弦指"在十三根筝弦上缓缓拨动,内心深藏的苦恨随之细细传达出来。词人听曲时,更多的是赋予曲调以个人生活的感受,将自己多年流落的悲苦融入乐声。上片主要是描述曲调的声情内容。下片转写演奏者的容颜与神态,这成为乐曲的很好陪衬。不仅仅是乐声传情,歌妓的神态也随乐曲声而变化。她的眼波缓慢流转,似乎有无限的哀伤从这心灵的窗户中流出。曲调演奏到"断肠"高潮时,歌妓眉头紧锁,一脸的沉重。这是到了忘情处,人与筝已经合二为一。从“秋水”、“春山”的形容中，又可以感觉到歌妓姣好的面容。演奏者自身深深被乐曲感动了，词人同时也被乐曲声与歌妓的神态所打动。至此，奏者、听者、江水，已经融为一个整体。

菩萨蛮

江南未雪梅花白，忆梅人是江南客。①犹记旧相逢，淡烟微月中。　玉容长有信，一笑归来近。怀远上楼时，晚云和雁低。

【注释】

①“江南”二句：暗用南朝陆凯与范晔的故事。据《荆州记》载：南朝陆凯与范晔友情甚笃，陆凯自江南寄梅花给长安范晔，并赠诗说：“折梅逢驿使，寄与陇头人。江南无所有，聊赠一枝春。”

【品评】

词写离别相思。江南梅花开放，古人有折梅赠远的习俗，离人由此引出相思之情。追忆旧日曾经与情人相逢，那时微月昏暗、淡烟弥蒙。因为很快又再度离别，回忆起来的画面就显得黯淡凄迷。怀远时习惯登楼眺望，佳人有信，归期已近，令人一笑开怀。有过重逢，相见有期，指日可待，这样的场面很少出现在晏几道词中，这首词的格调就比较欢快。黄昏云际，大雁飞过，或许带来情人的音讯，离人总是充满了期待。

菩萨蛮

相逢欲话相思苦，浅情肯信相思否？① 还恐漫相思，② 浅情人不知。　　忆曾携手处，月满窗前路。长到月来时，不眠犹待伊。

【注释】

①浅情：薄情。　②漫：空，徒然。

【品评】

词写一次重逢的场面，在晏几道词亦属罕见。相思已极，再度见面，当然要倾诉别后所有的相思之情。然对方何以迟迟不归？是否“浅情”所至？对方如果是薄情人的话，又怎么能够相信自己的相思情苦？自己的相思是否因此都是徒劳的？其中所经历的相思苦痛，浅情人是不能理解的。见面倾诉之际，闺人有许多疑虑，种种疑虑正好表明其感情真挚，备受相思折磨。追忆当年携手共游之处，月光洒满窗前。正因为有过多次月下欢乐的时光，分手后，每到月明之夜，闺人则长夜难眠，等待情人的归来。下阕是闺人倾诉相思的具体内容。在疑虑和埋怨的同时，还是要絮絮叨叨地倾诉别离情感。这首词刻画人物矛盾纠结心理，细微入神。

玉楼春

雕鞍好为莺花住，① 占取东城南陌路。②

尽教春思乱如云，莫管世情轻似絮。 古来多被虚名误，宁负虚名身莫负。劝君频入醉乡来，此是无愁无恨处。

【注释】

①雕鞍：雕饰华丽的马鞍，代指骏马。 ②占取：占据，据有。

【品评】

晏几道很少做狂放之态，总是抑郁愁苦，这首词是例外。春天到来之际，为了莺啼花开而留住脚步，尽情欣赏春景。词人高喊：春思缭乱没有关系，莫管轻薄无情的世态，就应该在这大好春光里及时行乐。词人反省自己多被功名利禄等虚名所耽误，今日清醒过来，就不要再耽误寻欢作乐了。词人要举杯狂饮，且劝人狂饮，频入醉乡，这里才是“无愁无恨处”。这首词里，晏几道要求及时行乐的生活态度似晏殊，失意后的率性狂放似柳永，难得他放开一次。

玉楼春

一尊相遇春风里，诗好似君人有几？吴姬十五语如弦，[1]能唱当时楼下水。 良辰易去如弹指，金盏十分须尽意。明朝三丈日高时，共拚醉头扶不起。[2]

【注释】

①语如弦：话音如音乐般美听。汉辛延年《羽林郎》：“胡姬年十五，春日独当垆。”韩琮《春愁》：“秦娥十六语如弦。”②醉头：又称扶头酒，指酒性浓烈、使人易醉的酒。因酒后头晕，故称。杜牧《醉题五绝》说：“醉头扶不起，三丈日还高。”

【品评】

春风宜人，萍水相逢，美女如花，歌喉宛转。词人神魂荡漾，如痴如醉地迷恋上“伊人”，醉宿伊家，日高三丈，犹不愿告别温柔乡。随之而来的又是别离痛苦，相思肠断。词人一生的艳遇大抵如此。这首词写一次宿妓过程，是宋人非常典型的日常生活形态之一。

玉楼春

琼酥酒面风吹醒，① 一缕斜红临晚镜。小颦微笑尽妖娆，浅注轻匀长淡净。　　手挼梅蕊寻香径，② 正是佳期期未定。春来还为个般愁，③ 瘦损宫腰罗带剩。④

【注释】

①琼酥：形容美人肌肤如琼玉和奶酪一般光洁细腻。②挼：揉搓。　③个般：这般。　④瘦损宫腰：相传楚灵王好细腰，宫女多节食瘦身以讨君王欢心，又称“楚腰”。

【品评】

词为小颦而作。晏几道与友人家歌妓小颦都是在酒宴上相见，给词人留下的记忆也都是酒宴间的画面。小颦喝得已有几分酒意，脸上带有酒后的红霞，与她洁白细腻的皮肤相衬，越发艳丽。小颦喜欢淡妆，其一微笑一投足都尽显妖娆之态。下阕是词人的想象，想象小颦分手后的日常活动。小颦会思恋词人，手挼梅蕊，香径独寻，渴望有佳期约会。佳期未定，小颦会为之愁苦，为之消瘦。

玉楼春

清歌学得秦娥似，① 金屋瑶台知姓字。②
可怜春恨一生心，长带粉痕双袖泪。　　从
来懒话低眉事，今日新声谁会意？坐中应有
赏音人，试问回肠曾断未？③

【注释】

①秦娥：秦穆公之女弄玉。据《列仙传》记载：春秋时，有萧史善吹箫，秦穆公将女儿弄玉嫁给他。夫妇两人于楼上吹箫，引来凤凰，夫妇乘之成仙而去。　②金屋瑶台：指歌妓居所。金屋，据《汉武故事》载：汉武帝幼时回答长公主问，说："若得阿娇作妇，当作金屋贮之。"瑶台：玉石砌成的楼台，是神仙的居所。相传在昆仑山。　③回肠：内心痛苦辗转。

【品评】

词写一位歌妓寻觅不到知音的痛苦，寓词人一生落魄的悲哀。这位歌妓歌声美妙动人，在青楼歌院是位名角。可惜一春愁恨，常常双袖拭泪，心事无人知晓。词人是在酒宴上看到、听到这位歌妓的表演和表现，便关切地询问究竟。然而，歌妓不愿意叙说低眉愁苦之事，只期望通过歌声传达心意。词人自认为是今日酒宴中的“赏音人”，听了歌妓演唱后，为之回肠欲断，伤心无限。

玉楼春

旗亭西畔朝云住，①沉水香烟长满路。②
柳阴分到画眉边，花片飞来垂手处。　　妆
成尽任秋娘妒，③袅袅盈盈当绣户。临风一
曲醉朦腾，④陌上行人凝恨去。

【注释】

①旗亭：酒楼。朝云：指歌妓，用巫山神女故事。　②沉水：香料名，以沉香木心做成。　③秋娘：唐金陵歌妓，这里代指歌妓。　④朦腾：同“瞢腾”，半醉半醒，朦胧迷糊。

【品评】

词写一位歌妓的美艳。这是在旗亭西畔的离别酒宴上见到的，酒宴间沉香缭绕。这次酒宴设在户外，柳荫遮住女子的画眉，花片飞落女子手边，在花片柳荫的衬托下，歌妓显得分外妖娆美丽。这位歌妓妆饰之后让所有艳丽的歌妓妒忌，她袅袅盈盈站立于绣户之前，身材婀娜。送别酒宴上，这位歌妓一曲送别清歌，宾客为之畅饮，以致朦胧入醉。离别时，记挂着美人的妖艳，记挂着美人婉转的歌喉，记挂着美人的多情，行人一路“凝恨”而去。

玉楼春

离鸾照罢尘生镜，[1]几点吴霜侵绿鬓。琵琶弦上语无凭，豆蔻梢头春有信。　相思拚损朱颜尽，天若多情终欲问。[2]雪窗休记夜来寒，桂酒已消人去恨。

【注释】

①离鸾：镜子。《艺文类聚》引范泰《鸾鸟诗序》说：昔罽宾王获一鸾鸟，不鸣，后悬镜照之，鸾鸟见己影以为同类，乃鸣之。后世因称镜为鸾镜。　②天若有情：李贺《金铜仙人辞汉歌》：“衰兰送客咸阳道，天若有情天亦老。”

【品评】

词写别后相思。离别之后，闺人懒得照镜梳妆，鸾镜生尘。因思念愁苦纠缠不休，鬓边已有几丝白发。琵琶诉说情思，话语无凭，无人回应。惟有豆蔻梢头花开，报道春天来到的讯息。春天又到，情人未归，思念倍增。明知相思无益，陷落感情泥淖已深，甘愿为之愁损红颜。如此痛苦折磨，上天都有感应。闺中孤独，雪窗夜寒，惟有桂酒排遣愁恨。歌妓整日就是纠缠在如此的相思痛苦之中，无怨无悔。

玉楼春

东风又作无情计，艳粉娇红吹满地。①碧楼帘影不遮愁，还似去年今日意。　　谁知错管春残事，②到处登临曾费泪。此时金盏直须深，看尽落花能几醉？

【注释】

①艳红娇粉：指春日里开放的种种鲜花。　②春残事：如花之凋零一类的事。

【品评】

这是一首伤春词，词人把自己所有的痛苦都解释为因春天的流逝而引起的。这又是一个春暮季节，“东风无情”，吹落万紫千红。词人只能在一旁徒劳无奈地观望着，满目伤心。既然对挽留春色无所作为，而且眼睁睁地看着春光消逝、苦恼不已，不如躲进“碧楼”，放下帘幕，将所有的愁苦烦恼都遮挡在碧楼帘幕之外。这又只能是词人的一厢情愿。词人的愁苦虽然与春天的流逝有关，其真实原因还是因为自身生活所带来的，这不是躲到什么地方可以解决的。词人的无奈与躲避，显现了自身性格的懦弱，是确实无计可施之下的下策。况且，词人以前并不是没有经历过这样的情景。“还似去年今日意”，明确告诉读者，去年春暮也曾经有过这样的一番挣扎与折磨。明知无用，还幻想以“碧楼帘影”遮掩愁苦，因为懦弱的词人再也没有其他解脱的方法了。“去年今日”如此，前年又如何？明年又如何？恐怕年年春暮都要承受这么一番痛苦的侵袭。上片结句将痛苦的时间拉成无限。不堪忍受这样一年一度的愁苦折磨，词人于是埋怨自己“错管春残事”。是的，春去花落，关词人什么事呢？为什么要折磨自己，这样伤心凄悲？词人的自我责怪，仿佛是有所清醒，然词人懦弱的个性决定他最终无法摆脱愁苦的缠绕。他不是不清楚自己伤心的真实原因，伤春实质上是自伤，只是不敢直接说出，不敢直接面对而已。“到处登临”又将空间拓展为无限。无论何时，无论何地，词人将永远不能从愁苦中脱身而出了。词人只得借助“金盏”狂饮，及时行乐，因为醉看“落花”还能有几多光阴呢？结尾还是颓废的，这就是晏几道的个性所导致的。

玉楼春

斑骓路与阳台近，① 前度无题初借问。暖风鞭袖尽闲垂，微月帘栊曾暗认。　梅花未足凭芳信，② 弦语岂堪传素恨。翠眉饶似远山长，③ 寄与此愁颦不尽。④

【注释】

①斑骓：有斑点的骏马。阳台：歌妓居所。用巫山神女故事。　②“梅花”句：反用折梅赠远故事。　③远山：远山眉，古代女子喜欢的眉妆。借以比喻离别路途之遥远。　④颦：皱眉。

【品评】

这首词上阕写冶游，下阕写离思，写得非常含蓄。开篇就说骑马来到歌妓家，曾设法与歌妓搭讪。暖风丽日，白日挥鞭到歌妓家；微月隐约，夜晚寻路到歌妓家。换言之，那时词人对这位歌妓非常迷恋，没日没夜，时时歇息在这位歌妓的家中。离别后因此有绵绵的相思之情，词人借歌妓角度抒发。闺人折梅赠远，未足凭信；弦语传恨，终归无力。惟有翠眉愁颦，离恨与远山比长。

玉楼春

红绡学舞腰肢软，[①]旋织舞衣宫样染。[②]
织成云外雁行斜，染作江南春水浅。　露
桃宫里随歌管，一曲霓裳红日晚。[③]归来双袖
酒成痕，小字香笺无意展。

【注释】

①红绡：红色的薄丝绸。　②宫样：宫中款式。即当时流行的款式。　③霓裳：霓裳羽衣曲，相传开元年间唐玄宗所作。

【品评】

这首词为酒宴上舞女而作。上阕写舞衣，通过舞衣侧面烘托舞女的妖艳美丽。舞衣是由红色薄绸织成，款式是时髦流行的宫样。舞衣上织有大雁斜行飞翔的图案，图案旁染成江南春水的浅碧色。舞女腰肢柔软，体态婀娜，配以轻薄半

透明的舞衣，性感妖娆，词人为之心醉。舞女随歌管音乐起舞，一曲霓裳羽衣舞曲完毕，已是夕阳西下的时候。舞女归去，双袖还染有酒痕，是歌舞酒宴狂欢的遗迹。舞女无意在香笺上题写小字，就有了不愿人知的心事，当然是对酒宴上某位宾客的眷恋不忘之情了。

玉楼春

当年信道情无价，桃叶尊前论别夜。[1]脸红心绪学梅妆，[2]眉翠工夫如月画。 来时醉倒旗亭下，[3]知是阿谁扶上马？忆曾挑尽五更灯，不记临分多少话。

【注释】

①桃叶：渡口名，又称桃根渡，在南京秦淮河与清溪合流处。晋代王献之妾名桃叶，其妹名桃根。献之送别桃叶，曾作《桃叶歌》，云：“桃叶复桃叶，渡江不用楫。但渡无所苦，我自迎接汝。” ②梅妆：梅花妆。相传南朝宋武帝刘裕之女寿阳公主日卧，梅花飘落其额上，拂之不去。后宫女模仿之，遂有梅花妆。 ③旗亭：酒楼。

【品评】

这首词写出自己的幼稚，以为在欢场中“情无价”，其实不然。上阕写送别酒宴。分手之际，设宴送别。歌妓梅妆翠眉，脸如圆月，分外娇媚。下阕写离去。酒宴上频频劝酒，行人心绪不佳，借酒浇愁。当年醉倒旗亭，不知是谁将自己扶上马，昏昏沉沉中告别佳人而去。离别之后，长夜无眠，思念情人，挑尽五更灯。回忆临别时的话语，说的话太多了，况且又是醉酒，居然想不起具体的话语来。离别思念的情节写得如此详尽，应该是词人反复体验的结果。

玉楼春

采莲时候慵歌舞，[1]永日闲从花里度。[2]暗随苹末晓风来，直待柳梢斜月去。　停桡共说江头路，临水楼台苏小住。[3]细思巫峡梦回时，[4]不减秦源肠断处。[5]

【注释】

①采莲：歌舞曲名，唐宋时期盛行。　②永日：长日。③苏小：南朝齐时钱塘名妓苏小小。《古乐府·苏小小歌》："我乘油壁车，郎乘青骢马。何处结同心？西陵松柏下。"这里代指歌妓。　④巫峡：用巫山神女故事。事见宋玉《高唐赋》。梦峡，巫山的代称。　⑤秦源：指桃花源。陶渊明《桃花源记》载：武陵人沿溪捕鱼，忽逢桃花林，遂入桃花源。桃花源中居民，皆秦时避战乱迁居至此。后以桃花源指世外仙境，代指歌妓居所。

【品评】

这首词中出现"莲"、"苹"，或许为友人家歌妓所作。词写酒宴间的歌舞妓。歌妓作采莲歌舞，体态慵懒。酒宴歌舞相伴，词人整日在花丛中快乐度日，从苹末晓风吹拂，到月光斜照柳梢枝头,欢歌醉饮不休。分手之后,词人对这些美丽妖艳的歌舞妓追恋不已。苏小楼台,巫峡云雨梦,肠断秦源,词人用种种典故怀恋与歌妓一起度过的美艳感性的享乐时光。

玉楼春

芳年正是香英嫩,① 天与娇波长入鬓。②
蕊珠宫里旧承恩,③ 夜拂银屏朝把镜。
云情去住终难信,④ 花意有无休更问。醉中
同尽一杯欢,归后各成孤枕恨。

【注释】

①香英:鲜花。 ②娇波:娇媚的眼波。 ③蕊珠宫:道家传说天上上清宫中有蕊珠宫,神仙所居。这里代指妓院。④云情:歌妓心事。用巫山神女故事。下句“花意”亦指歌妓心事。

【品评】

词乃酒宴之间为歌妓而作。这位歌妓正值芳年,如鲜花般娇嫩,眼波娇媚。“蕊珠”二句暗示歌妓迎来送往的卖身生涯,在词人眼中是充满性感和肉欲的,词人以赏玩和向往的态度表达自己的感受。下阕写酒宴之后的分别。歌妓的内心真实世界,宾客无法捉摸。惟有酒宴间“同尽一杯欢”,抓住酒宴歌妓出台应酬的机会,多与她调笑调情。“归后各成孤枕恨”,词人写了自己的感受,还替对方设想,当然是词人的一厢情愿。

玉楼春

轻风拂柳冰初绽，细雨消尘云未散。红窗青镜待妆梅，[①]绿陌高楼催送雁。[②] 华罗歌扇金蕉盏，[③]记得寻芳心绪惯。凤城寒尽又飞花，[④]岁岁春光常有限。

【注释】

①妆梅：梅花妆。 ②绿陌：绿树成行的道路。 ③歌扇：古代歌女所持的扇子，上面经常记载着歌曲名，以供点唱之用，故称歌扇。金蕉盏：金杯，形状似蕉叶。 ④凤城：指京都。相传秦穆公之女弄玉，吹箫引凤，凤凰降于京城，故称丹凤城。

【品评】

词写京城初春宴饮作乐，从歌妓的角度落笔。初春轻风吹拂杨柳，细雨消尘，冰开始融化。气候逐渐变暖、风光越来越好的时节，歌舞酒宴等寻欢作乐的活动就变得频繁起来。歌妓在红窗里对青镜梳妆，精心打扮，在高楼上开筵。酒宴上有歌舞相伴，有金杯劝酒。每年寻觅春天芳景，大约都是如此歌舞作乐的。词人由此联想到京城初春寒冷过尽，紧接着是飞花纷纷的春末时节，每年的春光都是有限的，作乐也是有限的。所谓“古之伤心人”，总能在眼前快乐之际，想到即将到来的悲苦情形。

阮郎归

粉痕闲印玉尖纤，啼红傍晚奁。①旧寒新暖尚相兼，梅疏待雪添。　　春冉冉，②恨恹恹，③章台对卷帘。④个人鞭影弄凉蟾，⑤楼前侧帽檐。⑥

【注释】

①啼红：流泪。古诗词中以红泪指女子所流悲伤的眼泪。事见晋王嘉《拾遗记》卷七。奁：古代妇女梳妆用的镜匣。　②冉冉：渐进的样子。　③恹恹：萎靡不振的样子。④章台：汉代长安有章台街，是妓女聚居的地方。宋词中用来代指青楼妓院林立的街区。　⑤凉蟾：月亮。相传月亮中有蟾蜍，故称。　⑥侧帽：形容风度仪表高雅。典出《周书·独孤信传》。

【品评】

词写春日相思。词的开篇即写歌妓傍晚时刻，面对镜匣，梳妆打扮。梳妆应该是晨起的事情，傍晚梳妆，一定有特殊理由。这里的原因是两点：第一，整日萎靡不振，懒得梳妆，以致脸上昨日梳妆残留的粉痕上还印有睡觉时的席纹；第二，白日因相思而流泪，泪水冲乱妆饰。“旧寒”二句补充说明这是初春季节，旧寒新暖相接续，梅花疏落，残雪犹存。春天还是慢慢地到来了，情人依然未归，离别愁恨折磨得闺人终日慵懒。卷上帘幕，面对户外春光，或许是渴望见到情人的归来。闺人不由得回忆起情人初来时的情景：月色下，情人骑马弄鞭而来，打扮时髦，举止潇洒。这样的“帅哥”才叫歌妓念念不忘。

阮郎归

来时红日弄窗纱，春红入睡霞。去时庭树欲栖鸦，香屏掩月斜。　收翠羽，①整妆华，青骊信又差。②玉笙犹恋碧桃花，今宵未忆家。

【注释】

①翠华：用翠羽装饰旗杆顶上的旗帜，作仪仗之用。这里指坐骑的装饰。　②青骊：黑色骏马。

【品评】

词写连续两夜的宿妓经历。伴妓宿歇，直到“红日弄窗纱”的时候还恋床不起，还在欣赏歌妓的睡态，陶醉于歌妓“春红入脸霞”的美艳。庭树栖鸦、香屏掩月之夜晚，词人依然留在歌妓家。行人收拾坐骑，不愿离去；歌妓整顿妆饰，再对词人。词人明白，离别之后而期待青骊传信，往往有错，无法叫人相信，可靠的只有此时的相聚时光。词人迷恋歌妓玉笙吹奏的美妙音乐，迷恋歌妓碧桃花般的美丽，今夜再度留宿，不想回家。

阮郎归

旧香残粉似当初，①人情恨不如。一春犹有数行书，秋来书更疏。　　衾凤冷，②枕鸳孤，③愁肠待酒舒。④梦魂纵有也成虚，那堪和梦无。

【注释】

①旧香残粉：指春日里残留下来的花卉，喻旧日曾经与词人有过一段旖旎时光的歌妓。　②衾（qīn 亲）凤：绣有凤凰图案的被子。　③枕鸳：绣有鸳鸯图案的枕头。　④舒：舒畅，通畅。

【品评】

家境中衰、晚景困顿，让词人充分体会到世态炎凉的滋味。词人对歌妓一厢情愿地一见钟情，要求对方给予同样的情感回报，事后发现并不如此。歌妓送往迎来，只是将目光盯住有钱有势的新主顾，穷愁潦倒的词人当然要被抛之脑后。词人将这些也归入世态炎凉的范畴，心境就更加凄凉悲苦了。这首词开篇就将这种世态炎凉的强烈感受呼喊出来。人“似当初”，依然没有改变。他们在一起时曾经有过许多甜言蜜语或者海誓山盟，但分手之后对方就故意逐渐疏远，以至最终淡忘。“一春犹有数行书”，那是别后不久，歌妓对词人或许还有所企图。岂知词人晚景越来越颓唐，年纪渐渐老去，家境越来越贫寒，歌妓还能图恋词人什么？自然是“秋来书更疏”了。承受着个人、家庭生活的巨大变化，晏几道的内心本来就十分敏感脆弱。旧日相好的歌妓对他的搪塞、冷淡，使他伤感、愤懑不已。“人情恨不如”，凝结着词人多少辛酸的体会，多少次心理的挫折与打击。下片回到冷清凄苦的现实生活中。“衾凤冷，枕鸳孤”，点明上片的内心怨苦都是今夜失眠时的活动。绣凤与鸳枕进一步刺激了词人。独自卧床，越想越凄苦，越想越怨恨，不如干脆起床饮酒解闷，“舒”理愁肠。对现实有了越来越清醒认识的词人对“梦”也不再抱以希望，“梦魂”往往“成虚”，只是给人平添愁苦。“和梦无”是世态炎凉教育的结果，然词人终究有点不甘心。连“梦”的安慰都失去了，反而觉得“梦”的珍贵。“那堪”的追问，凄苦已极。

阮郎归

天边金掌露成霜，①云随雁字长。②绿杯红袖趁重阳，③人情似故乡。　　兰佩紫，菊簪黄，殷勤理旧狂。④欲将沉醉换悲凉，清歌莫断肠。

【注释】

①金掌：用汉武帝铜人金掌的典故。汉武帝为求取长生，在长安建章宫铸造高二十丈的铜柱，上有铜仙人，铜人手掌托铜盘承接露水，供汉武帝服食。　②雁字：指在天空中飞翔的大雁所排成的“一”字形或“人”字形行列。　③红袖：指侑酒的歌女。重阳：民间节日，在阴历九月初九。　④旧狂：旧日的狂态。

【品评】

这首词写重阳节宴饮所引起的复杂感受。开篇用汉武帝铸铜仙人捧承露盘承露的故事，点明深秋季节，“露成霜”是这个季节的典型特征。接句写北雁南飞，烘托气氛，同时带出思乡意绪。“每逢佳节倍思亲”是王维写于重阳节的名句，词人何尝不是如此？何况北雁也知南归。上二句已经为“悲秋”、“思乡”做好了充分的铺垫。后二句借重阳饮酒进入个人身世的感慨。词人客居他乡，沦落困顿，心灰意冷，本无意于“绿杯红袖”，但主人殷勤好客，一定邀请词人参加这节日的盛宴，使人有宾至如归之感，好像是重返故乡。这让词人在客中稍微感到一些安慰，暂时抛开悲苦的情调。这样比较开朗的情怀，在晏几道词中是极其少见的。换头三句承此，作者借“佩紫”、“簪黄”，点出重九时的风习，恍如置身故乡。正因如此，免不了又旧病复发：“殷勤理旧狂。”这一句有三层意思：“殷勤”一层，“理”字一层，“旧狂”一层，深刻反映出作者内心的矛盾与情不由已。词人不甘心晚年的沦落，趁今日兴致高，试图努力恢复昔日的豪迈狂放。然而，即使“旧狂”发作，却早已不见当年兴致，结果只能是“欲将沉醉换悲凉”。“悲凉”二字道出了词人家境中落、身世凄凉的苦况与内心感受。在这万般无奈的处境之中，词人叮嘱自己：“清歌莫断肠。”即不要再犯历史性的“断肠”错误。这样的着意叮嘱，说明“断肠”的悲剧再一次不可避免的发生了。词人最终无法摆脱愁苦的纠缠，即使有殷勤好客的主人也没有用。读这篇小令，再联系黄庭坚的词序，词中的身世之感就比较明显了。

阮郎归

晚妆长趁景阳钟，[1]双蛾著意浓。[2]舞腰浮动绿云浓，[3]樱桃半点红。[4]　　怜美景，惜芳容，沉思暗记中。春寒帘幕几重重，杨花尽日风。

【注释】

①景阳钟：南齐武帝以宫深不闻端门鼓漏声，置钟于景阳楼上，宫人闻钟声早起。景阳楼故址在今南京市玄武湖侧。这里泛指晚钟。　②双蛾：双眉。　③绿云：美人秀发。④樱桃：指美人樱桃小口。

【品评】

词写酒宴上的歌妓。歌妓夜晚盛妆，双眉浓画，鬓发云髻，樱桃口红，在酒宴上歌舞娱客。晚妆后的艳丽，舞姿的动人，都给词人留下深刻印象。这次酒宴之后，词人爱此美景和美人，常常"沉思暗记"，回忆起那天歌舞享乐的一幕幕。"春寒"二句写歌妓归去后自己的孤独寂寞。初春尚寒，帘幕重重垂挂，杨花尽日飞舞于春风之中，词人在凄寒冷清中追忆着那位让人遐思的歌妓。

归田乐

试把花期数，便早有、感春情绪。看即梅

花吐，愿花更不谢，春且长住。只恐花飞又春去。　　花开还不语，问此意、年年春还会否？绛唇青鬓，渐少花前语。对花又记得、旧曾游处，门外垂杨未飘絮。

【品评】

词为春日赏花之作。花是春天的讯息，爱花、赏花，就是爱惜春天。“绛唇青鬓”的美人，早就计算着开花的日期，早就期待着春天的来临。等到梅花真正开放的时候，美人又祝愿花开永不凋谢，春天永远留在身边。有了强烈的留春赏花愿望，相反的担心必然出现，美人时时担心花瓣飘零，春天离去。这一切偏偏又是注定要发生的。美人留春愿望太过强烈，以致追问花卉，一年一度到来的春天，能否理解自己的强烈情感？此处构思，类似欧阳修“泪眼问花花不语”，但没有欧阳修词的凝练。追问不得回答，美人则“渐少花前语”，落寞凄苦情绪渐现。对着今日的鲜花，美人又回想起往年曾经的游玩处所，门外垂杨，虽未飘絮，时光却在不停地流逝。眼前景象，必然如此，不言而喻。美人如此期待、珍惜梅花和春天，隐约是对自己青春美貌的珍惜，期待在大好春光里能够寻觅到如意郎君，有人赏识自己的美貌，如同自己赏识春天的鲜花一样。

浣溪沙

二月春花厌落梅，仙源归路碧桃催。① 渭城丝雨劝离杯。②　　欢意似云真薄幸，③ 客鞭摇柳正多才。凤楼人待锦书来。[4]

【注释】

①仙源:神仙居所,借指歌妓居处。 ②"渭城"句:唐王维《渭城曲》:"渭城朝雨浥轻尘,客舍青青柳色新。劝君更进一杯酒,西出阳关无故人。" ③薄幸:薄情。 ④凤楼:代指歌妓所居青楼。锦书:情人的书信。

【品评】

词写送别酒宴。二月春光,梅花已落,离别酒宴上歌妓唱起《阳关曲》,劝酒送别。词人感慨与歌妓的欢意如浮云般,说分离就分离。在杨柳飘拂的日子,不得已扬鞭登程。分手后,凤楼中的歌妓会一直等待着情人的书信。这首词是送别酒宴上的即景敷衍,大致有酒宴上歌妓劝酒、离别愁思、别后思念等情节或情感构成。宋人的送别词大致不脱这种模式。

浣溪沙

卧鸭池头小苑开,暄风吹尽北枝梅。[1] 柳长莎软路萦回。 静避绿阴莺有意,漫随游骑絮多才。[2] 去年今日忆同来。

【注释】

①暄风:暖风。 ②漫:随意,无目的。

【品评】

词写旧地重游的感受，并不落寞凄苦。晏几道此时的生活和情感应该都是比较稳定的，歌词才写得相对轻快。春天来到，暖风吹开北枝梅花，柳条长长，莎草松软，词人循着曲折的路径寻找到卧鸭池边的小苑。词人重游此地，任随游骑四处信步。有时却特意躲开绿荫间的黄莺，只是为了获得一份静谧，在寂静中细细回味当年的情景。当年是与佳人携手同来，在此地有过许多甜蜜时光，今日回忆，淡淡思旧意绪弥漫全词。

浣溪沙

二月和风到碧城，万条千缕绿相迎。舞烟眠雨过清明。　　妆镜巧眉偷叶样，歌楼妍曲借枝名。晚秋霜霰莫无情。

【品评】

这首词结合春日杨柳写歌妓的日常活动。二月春风吹拂，千条万缕杨柳碧绿，迎风飘舞。清明前后，细雨淡烟，舒适宜人。歌妓或歌舞酬宾，或酣甜春眠，日常生活过得舒心如意。歌妓每日的活动就是精心妆扮，歌舞娱人，下阕对此做更细的描写。歌妓春日对镜巧画双眉，她们从春天的柳叶那里偷学到新式的柳叶眉妆饰。柳叶纤细如眉，古人本来就有柳眉画妆，词人借春天柳叶写出歌妓的美艳。歌妓所唱的歌曲，也借杨柳命名。唐宋词中有《杨柳枝》曲调，词人巧手拈来，与柳眉相对。末句忽然跳到秋日，眼前美好的时光里，词人又有了必然的忧虑，词人因此嘱托秋天的冰霜不要无情，不要摧残柳枝。词人的忧虑，给春天的欢乐涂抹上一丝愁苦意绪。

浣溪沙

白纻春衫杨柳鞭，[1] 碧蹄骄马杏花鞯。[2]
落英飞絮冶游天。[3]　　南陌暖风吹舞榭，东城凉月照歌筵。赏心多是酒中仙。

【注释】

①白纻：苎麻所织的白布。　②鞯（jiān 煎）：马鞍下面的垫子。这里代指马鞍。　③冶游：出入歌楼妓院的放荡生活。

【品评】

词写春日里快乐的冶游生活，在晏几道词中较少见。春日白纻衣衫、扬鞭出游，道路旁杨柳成荫，沿途杏花飘落马鞍。落花飞絮，景物正美，正是冶游的好时光。“南陌暖风”和“东城凉月”是互文，即：地点不分东西南北，时间不分白日夜晚，词人随处随时冶游，凡有歌楼妓院处，一一游历。每到一处，一定有歌舞酒宴，赏心悦目。词人快乐得自称是“酒中仙”了。晏几道早年过着锦衣公子的富贵生活，这首词应当是写其早年的生活情态。

浣溪沙

床上银屏几点山，[1]鸭炉香过琐窗寒。[2]小云双枕恨春闲。

惜别漫成良夜醉，[3]解愁时有翠笺还。那回分袂月初残。[4]

【注释】

①几点山：指银屏上山水图画。 ②鸭炉：鸭形铜制香炉。 ③漫：空，徒然。 ④分袂：分手。袂，衣袖。

【品评】

词写闺中相思。床边银屏上有山水图画，让赖在床上的闺人联想到情人离去一路的山水。鸭炉香烬，闺房冷清，闺人感觉到丝丝寒意，这都是由孤独相思所导致的。结尾句点明：这是歌妓小云的离别愁思，且她一直躺在床上，慵懒无聊。小云也是友人家的歌妓之一，此词或许是酒宴间为小云填写。那么，词中相思等就是一种应景的俗套写作。下阕回忆离别分手的情景。那是一个景物和时节都很美好的夜晚，酒宴上送别情人，喝得酩酊大醉。分别后，时时等得情人书信，纾解思念之愁苦。情人的来信，又让小云回忆起分手时空中的那一弯残月。是否月圆时恋人就能团聚？小云潜意识中是这么渴望着的。

浣溪沙

绿柳藏乌静掩关，鸭炉香细琐窗闲。那回分袂月初残。　　惜别漫成良夜醉，解愁时有翠笺还，欲寻双叶寄情难。

【品评】

这首词与前首词只有个别字句不同，增加了“绿柳藏乌静掩关”、“欲寻双叶寄情难”，去掉前首词“床上银屏几点山”和“小云双枕恨春闲”二句，改“琐窗寒”为“琐窗闲”，上下阕句子有颠倒变动处，题材和构思则完全一样。有两种可能：其一，在传抄和传唱过程中，乐工歌妓有所改编；其二，同样的酒宴应酬，词人懒得创作，稍稍改动旧作以应付了事。两首词不是句子中的个别词语不同，修改部分达三分之一，应当是后一种可能性更大。

浣溪沙

家近旗亭酒易酤，① 花时长得醉工夫。伴人歌笑懒妆梳。　　户外绿杨春系马，床前红烛夜呼卢。② 相逢还解有情无？

【注释】

①旗亭：酒店。酤：买酒。　②呼卢：掷骰子赌博。掷出

的骰子点全黑称“卢”，可获全胜。所以，掷骰子时赌徒往往大呼“卢”以助运气。

【品评】

这首词写歌妓的日常生活情态和心态，比较实事求是，没有文人酸溜溜的一厢情愿之幻觉。歌妓住家靠近酒店，便于做生意、招呼客人。春天花开的时候，正是歌妓生意的旺季，常常陪客饮酒至醉。歌妓陪客，歌舞卖笑，忙得没有工夫梳妆打扮。除了旺季之外，这还是一位当红的名妓。这位名妓门外绿杨树上总是系着游客的马匹，生意极好。饮酒作乐到夜晚，时时还要点烛挑灯赌博。妓院相逢，都是为了钱财，分手即忘，还能说歌妓是否有情？或者说歌妓对某客人特别倾心？词人的追问，就是清醒意识到这一切都是虚情假意。晏几道一生出入过无数的青楼妓院，他很明白歌妓的真实情感。写歌妓多情，更多的时候，是晏几道在自我欺骗，自欺欺人。

浣溪沙

日日双眉斗画长，① 行云飞絮共轻狂，②
不将心嫁冶游郎。③　　溅酒滴残歌扇字，④
弄花熏得舞衣香，一春弹泪说凄凉。

【注释】

①斗画长：指为了与其他歌妓比美，着意精心画眉。斗，比赛，争斗。语自唐秦韬玉《贫女》：“不把双眉斗画长。”
②行云飞絮：喻妓院里的同伴，以及逛妓院的浮浪弟子。

③冶游郎：频频出入于歌楼妓馆的浪荡公子。 ④歌扇：古代歌女所持的扇子，上面经常记载着歌曲名，以供点唱之用，故称歌扇。

【品评】

与歌妓交往频繁，对歌妓的生活就会有比较细致的观察。自身困顿流落，对歌妓更容易产生“同是天涯沦落人”的同情。晏几道有部分词是写妓女们的日常生活和内心苦闷的，这首词是其中的代表作。起句写妓女们为生活所迫，不得不梳妆打扮，以搏得人们的欢心。句中一个“斗”字，说明她们不得不争妍斗艳，以色事人，而内心却饱含辛酸痛苦。一旦红颜老去，在“斗画长”中败下阵来，肯定是“门前冷落车马稀”。次句写她们被侮辱被损害的不幸遭遇，不论对什么人都要强颜欢笑；“行云”、“飞絮”可以任意摆布她们，“轻狂”地对待她们。但是，她们却始终有自己的美好愿望与追求：“不将心嫁冶游郎”。“冶游郎”，即寻花问柳、轻薄无行的公子哥儿。在送往迎来的卖笑生涯中，妓女大量接触的都是这种公子哥儿，所以，对他们的本质有透彻的了解。下片头两句写妓女们的日常生活。她们在酒席筵前要为“冶游郎”们歌唱，由于酒渍沾染到歌扇之上，扇面上的曲名、题字被弄得模糊不堪。她们还要陪同“冶游郎”摘花弄朵，以致舞衣都沾满了花的香气。表面上的华丽喧闹、强颜欢笑，只能暂时掩盖心底的悲酸。所以当欢笑结束之后，剩下的只是“一春弹泪说凄凉”了。词人对妓女们的了解是有一定深度的，字里行间充满了对妓女不幸遭遇的同情。这类作品的出发点是“同是天涯沦落人”，是借他人酒杯浇自己块垒，但毕竟词人写出了歌妓生活的另一些侧面。

浣溪沙

午醉西桥夕未醒，雨花凄断不堪听。归时应减鬓边青。　衣化客尘今古道，柳含春意短长亭。①凤楼争见路旁情。②

【注释】

①短长亭：古代在路旁修建的供行人休息、住宿、餐饮的驿站。亭之间的距离不相等，一般说来，五里一短亭，十里一长亭。　②凤楼：青楼，歌妓居所。争：怎。

【品评】

词写行人旅途之思恋。在西桥宴饮告别，酒醉上路，直到傍晚尚未清醒。一路上雨声凄切，落花纷纷，触目皆愁。可以想见，别后是无尽的相思折磨，等到归来时，鬓发应该部分发白。词人从一路走来的愁怨，联想到归来时的情景，明言别思将挥之不去。“衣化”二句对仗工稳，遣词造句富于创造性，典型地描绘了行人旅途奔波的形象。行人奔波于“今古道”上，衣上满是征尘。已是春天，沿途短长亭杨柳泛绿，这些地方是行人歇息和饮酒之处。无论是跋涉行走，还是住宿歇息，都被愁思缠绕。词人怀疑思念中的情人是否能知晓自己的这一片深情。陆游《剑门道中遇微雨》云：“衣上征尘杂酒痕，远游无处不消魂。”仅就这两句诗所呈现的意境而言，与“衣化客尘今古道，柳含春意短长亭”有近似之处。

浣溪沙

一样宫妆簇彩舟，碧罗团扇自障羞。水仙人在镜中游。　　腰自细来多态度，[1]脸因红处转风流。[2]年年相遇绿江头。

【注释】

①态度：体态风度。　②风流：风采。

【品评】

词写出游水上的歌妓。歌妓们做宫廷时髦梳妆，簇拥于彩舟之上，手持碧罗团扇，障面掩羞。歌妓的妆饰和动作，都带有职业的挑逗性，词人目睹一切，心醉神迷。水面如镜，游人美若天仙，两相映照，"水仙人在镜中游"是最恰当的描绘。下阕更细致地写歌妓的美艳。她们腰肢纤细，婀娜多姿；脸上红霞，或因饮酒，或因游乐，更加风采动人。词人每年都能在绿江头遇到这些美艳的歌妓。这大约是词人早年还比较轻松欢快时对富贵生活描写。

浣溪沙

已折秋千不奈闲，却随胡蝶到花间。旋寻双叶插云鬟。[1]　　几折湘裙烟缕细，一钩罗袜素蟾弯。[2]绿窗红豆忆前欢。[3]

【注释】

①旋:不久,旋即。 ②素蟾:明月。相传月宫中有蟾蜍,故称。 ③红豆:王维《相思》云:"红豆生南国,春来发几枝?愿君多采撷,此物最相思。"

【品评】

词写闺中孤寂相思。已经将秋千拆除了,是闺人的行为吗?因为当年与情人常常嬉戏于秋千之下,离别之后,不忍睹物思人,才将其拆除吗?首句就留给读者许多疑问。但是拆除了秋千之后更加空闲无聊,没有什么消遣的。无意间又随蝴蝶来到花丛中,很快便摘下双叶插在云鬟之间。其一,闺人既然拆除秋千,就是要躲开旧日的一切,更不愿意来到花间。"却随胡蝶到花间"是下意识,其结果一定是引起离别的思愁。其二,"旋寻双叶插云鬟"说明闺人依然非常爱美,既有对自己虚度的青春年华的怜惜,也有渴望情人回来,为悦己者容之意。晏几道这类词的一种通常结构方式是上阕写总况,下阕写细节,前首词和这首词都是如此。下阕详写闺人服装。穿着褶皱时尚的湘裙,上面有几缕细烟的图案;脚上罗袜上则有一弯明月的图案。明月细烟,都与相思有关。闺人已经回到房中,最经常的动作就是倚靠在绿窗之前,静静地思念前欢旧情。

浣溪沙

闲弄筝弦懒系裙,铅华消尽见天真。[①]眼波低处事还新。 怅恨不逢如意酒,寻思难值有情人。可怜虚度琐窗春。

【注释】

①铅华:古代女子化妆品。天真:天然本真的面貌。

【品评】

词写一位歌妓的心事。上阕写歌妓的日常表现,隐约透露出她的心事。这位歌妓平日慵懒无聊,懒得系裙,无心打扮,弹弄筝弦也是因为闲闷无聊。她不喜欢化妆,素面对人,更显出她天然的好模样。她的一腔心事不欲诉说,眼波低转,微微透露。下阕点明歌妓心事。歌妓日日陪酒卖笑,痛苦的是没有遇到喜欢喝的"如意酒"。酒逢情人千杯少,喝酒的对象不称心,酒喝得也不如意。酒宴上碰见的都是逢场作戏的客人,没有人真正对她有情,这是歌妓表现慵懒、心事重重的原因。结句歌妓自我怜惜,琐窗之间,虚度春天,虚度青春。

浣溪沙

团扇初随碧簟收,[1] 画檐归燕尚迟留。靥朱眉翠喜清秋。[2] 风意未应迷狭路,[3] 灯痕犹自记高楼。露花烟叶与人愁。

【注释】

①碧簟:竹席。 ②靥:酒窝。 ③狭路:狭邪之路,指青楼妓院聚集之地。

【品评】

词写闺中离愁。已经到了清秋季节,天气变凉,团扇和竹席都收拾起来不用了。只是画檐上的归燕,还滞留在此,迟迟未归。闺人抹红描眉,盛装打扮,非常喜欢刚刚到来的凉爽的秋季。上阕是行人的追忆,追忆闺中情景。下阕写离别愁思。当年冶游至此,莺歌燕舞,随处都是美女,词人为之迷路。其实是到了歌妓丛中,不愿归去。词人也记得某次与歌妓高楼话别,挑灯至深夜。离别之后,露水润湿的花瓣,烟雾缭绕的树叶,都与离人一样愁苦。词人借外景抒情,增强抒情效果。

浣溪沙

翠阁朱栏倚处危,[①] 夜凉闲捻彩箫吹。[②]
曲中双凤已分飞。　　绿酒细倾消别恨,红
笺小写问归期。月华风意似当时。

【注释】

①危:高。　②捻:用手指搓转。

【品评】

词写闺中相思。闺人时常登上高处,依靠着朱栏,向远处眺望,渴望情人的归来。直到夜晚,夜色挡住了视线,才随意无聊地拿来彩箫吹奏。箫声中传递了双凤分飞的别离愁意。回到房中,闺人细倾绿酒,借酒浇愁;或者提笔写信,询问情人的归期。今夜的月色和微风,都与当时相聚的时候相似，只是情人不在身边，寂寞愁思无法打发。

浣溪沙

唱得红梅字字香，柳枝桃叶尽深藏。遏云声里送雕觞。[1] 才听便拚衣袖湿，欲歌先倚黛眉长。曲终敲损燕钗梁。[2]

【注释】

①遏云：形容歌声嘹亮，响遏云霄。雕觞：雕刻有花饰的酒杯。 ②燕钗：燕形玉钗。

【品评】

这首词赞美酒宴上歌妓美妙歌声。专写歌声，晏几道词中亦少见。歌妓演唱，唱得红梅花开，花香馥郁；唱得柳枝桃叶皆藏深情。歌妓嘹亮歌声响遏云霄，座客举杯痛饮，歌声送酒。座客被歌中愁苦意绪所感染，潸然泪下，沾湿衣袖。歌妓演唱前即酝酿情绪，黛眉变化显示脸部表情。一曲终了，唱者、听者都酣畅淋漓，以致无意中敲坏了燕钗。词人完全被歌声所陶醉。

浣溪沙

浦口莲香夜不收，水边风里欲生秋。棹歌声细不惊鸥。[1] 凉月送归思往事，落英飘去起新愁。可堪题叶寄东楼?②

【注释】

①棹歌:渔歌。 ②题叶:用红叶题诗故事。典出唐范摅《云溪友议》卷十。

【品评】

词写相思。秋日水边夜晚,莲花吐香,水上风起,渔歌声细,鸥鹭栖眠。这是一个宁静馨香的夜晚,水边之人在静谧中默默地思念着往事,他期待着与凉月同归,结束飘零生活。回忆往事,渐渐勾引出词人的离别愁绪。词人将离愁转托秋日落英来表达,内心痛苦蓄积到一定程度,甚至都无法红叶题诗,寄给东楼的情人。

浣溪沙

莫问逢春能几回,能歌能笑是多才。露花犹有好枝开。 绿鬓旧人皆老大,红梁新燕又归来。尽须珍重掌中杯。

【品评】

好花易凋零,好景易消逝,青春无几,需趁时寻乐,这是晏殊词经常性的主题。晏几道这首词就是抒写这一主题。及时行乐,就别问几度逢春,春天里有能歌能笑的歌女陪伴就足够了。转眼之间,红颜老去,燕子归来,还有必要为今后的情事担忧吗?只需珍重眼前手中这杯酒,捉住当下的快乐，人生足矣！晏几道很少能甩脱愁苦，放浪形骸，这首词别具一格。

浣溪沙

楼上灯深欲闭门，梦云归去不留痕。几年芳草忆王孙。　　向日栏杆依旧绿，试将前事倚黄昏。记曾来处易消魂。

【品评】

词写闺中相思。楼上灯深，闺门紧闭，意味着闺人在楼中孤寂地面对灯烛，已经坐到深夜。梦中会与情人再见，醒来后梦云无迹，完全没留下任何供排遣愁绪的痕迹。闺人今夜枯对孤灯，是深夜梦中惊醒后的情景。“几年芳草忆王孙”，则言明闺人不仅今夜如此，分别几年以来，都是在这样思念中度过的。白日则倚栏远眺，回味往事，直到黄昏来临。温庭筠《梦江南》云：“梳洗罢，独倚望江楼。过尽千帆皆不是，斜晖脉脉水悠悠，肠断白蘋洲。”唐宋词中所写，大致都是这样的一幅情景。始终等不到情人的归来，望着情人曾经的来处，惟有伤心痛苦而已。

六幺令

绿阴春尽，飞絮绕香阁。晚来翠眉宫样，巧把远山学。[①]一寸狂心未说，已向横波觉。②画帘遮匝，③新翻曲妙，④暗许闲人带偷掐。　前度书多隐语，⑤意浅愁难答。昨夜诗有回纹，⑥韵险还慵押。⑦都待笙歌散了，记取留时霎。不消红蜡，闲云归后，⑧月在庭花旧阑角。

【注释】

①远山：远山眉，是古代女子喜爱的妆饰，将眉毛画得如同浅淡的远山。　②横波：眼波。　③遮匝：遮遍。　④翻：谱写乐曲。　⑤隐语：不直接表达本意，而以其他语言暗示或暗指。　⑥回纹：即回文诗，借指情人间的书信。　⑦韵险：险韵，作诗用韵部很窄的难押之字或不常见的僻字押韵，称用“险韵”。这可以表现诗人作诗的熟练技巧。　⑧闲云归后：用巫山云雨故事。

【品评】

词写与歌妓相聚之欢快。上阕写相聚。春末时节，绿荫正浓，飞絮缭绕香闺。青楼妓院的生意大都在夜晚，一般从晚宴开始。所以，到了傍晚的时候，歌妓精心化妆，画出远山眉，在酒宴间应酬宾客。歌妓情意似狂，却未明白诉说，词人能从歌妓的眼波中读到她内心的春情冲动。歌妓以艳丽性感招徕顾客，一定有许多职业性的挑逗动作和表情，“一寸狂心未说，已向横波觉”就是具体的描写。酒宴设在画帘之内，歌妓唱起新创作的艳词。宾客借酒撒疯，偷摸偷掐歌妓。上阕写出了妓院里妓女与嫖客打情骂俏的诸多细节。下阕写两情交往。这位歌妓是词人的旧日相知。曾经多次书信传情，或者“隐语”传达情意，或者浅语直白诉说。信中愁苦之意，令人难以作答。词人设想：昨夜歌妓因相思而作回文诗；因相思而慵懒，懒得费心思作险韵诗。今日酒宴相见，格外欢快。歌妓情深意浓，勤勤嘱托：等到笙歌散尽、宴会结束时，一定要留宿在这里。那时，只剩下两人世界。也不需要红烛，静静地相偎在一起，欣赏"月在庭花旧阑角"的景象。这显然是妓院留客的生意经，给词人提供无限艳丽的遐思。

六幺令

雪残风信，①悠飏春消息。②天涯倚楼新恨，杨柳几丝碧？还是南云雁少，锦字无端的。③宝钗瑶席，④彩弦声里，拚作尊前未归客。　遥想疏梅此际，月底香英白。别后谁绕前溪，手拣繁技摘？莫道伤高恨远，付与临风笛。尽堪愁寂，花时往事，更有多情个人忆。

【注释】

①风信：花信风。风应花期而来，好像有信，故称。一般分二十四番花信风，以节候划分。　②悠飏：飞扬，漂浮起伏。这里指春意弥漫。　③锦字：即锦书，情书。端的：凭准，的确。　④瑶席：盛宴，华丽的酒席。

【品评】

词写别后相思。积雪残留，花信风传来愈益浓郁的春意，词人设想：闺人依然倚楼眺望，盼望远在天涯的情人早日归来。在日日眺望中，惟见杨柳渐渐发绿，情人毫无音讯。而且，大雁也绝少飞过。相传大雁传书，闺人也就等不到情人的书信。即使有情书传来，也是没有凭准的。回到行人，亦被相思折磨。相思无益，不如就眼前的酒席和歌舞，趁时作乐，尽醉而罢。这是行人忘却离愁的方式。遥想情人所在地方的梅花，这时应该已经开放，在月下芳香扑鼻。当年两人曾共赏雪梅。词人追问：分手之后，谁还有兴趣绕行前溪，摘取梅花欣赏？词人惟有临风吹笛，诉说离愁别恨。结尾三句总束全词，言明这一切情感波动都是“多情个人忆”所引起的。

六幺令

日高春睡，唤起懒装束。年年落花时候，惯得娇眠足。学唱宫梅便好，更暖银笙逐。[1]黛蛾低绿，[2]堪教人恨，却似江南旧时曲。

常记东楼夜雪，翠幕遮红烛。还是芳酒杯中，一醉光阴促。曾笑阳台梦短，[3]无计怜香玉。此欢难续，乞求歌罢，借取归云画堂宿。

【注释】

①银笙：笙上用银作字以表示音色的高低，故称。②黛蛾：黛眉。③阳台梦短：用巫山神女故事。末句“归云”亦用此典。

【品评】

词写离别相思。上阕写歌妓。闺人“日高春睡”，懒得起床，懒得梳妆。歌妓日子过得慵懒舒适，“年年落花时候”，总是可以懒在床上，香甜睡眠。这位歌妓天资聪颖，学唱和吹笙都非常出色，酒宴上唱起江南旧曲。黛眉妆饰之后，美丽动人，叫人爱怜，叫人离别后愁苦思念。下阕写思恋。词人常常回忆起与歌妓相聚的“东楼雪夜”，翠帘中点着红烛，美人芳酒劝客，时间过得飞快。然而，与歌妓欢爱的时间过于短暂，且不能继续。推测原因，或者是词人必须离开此地，或者是词人囊中羞涩。结句，词人祈求能与歌妓一起回去，画堂共度良宵。这种愿望显然眼前无法实现，只是停留在追忆之中。

更漏子

槛花稀，池草遍，冷落吹笙庭院。人去日，燕西飞，燕归人未归。　　数书期，寻梦意，弹指一年春事。新怅望，旧悲凉，不堪红日长。

【品评】

词写闺中相思。槛花稀少，池草遍生，情人离去，燕子西飞，原来喧闹的庭院，如今冷落荒凉。可见情人离去后，闺人极少户外活动，才是如此一片荒凉情景。燕子归来，情人未归，闺人为之愁苦不堪。思念至极，闺人数着情人书信寄达的日期，在梦中寻觅重逢的快意。如此痛苦煎熬，很快一年中的春天就过去了。闺人怅望远方，旧日离别之悲凉浮上心头。红日迟迟，闺人感觉无法打发白日漫长时光。这首词语言通俗流畅，抒情韵味深长。

更漏子

柳间眠，花里醉，不惜绣裙铺地。钗燕重，[1]鬓蝉轻，[2]一双梅子青。　粉笺书，罗袖泪，还有可怜新意。遮闷绿，掩羞红，晚来团扇风。

【注释】

①钗燕：燕钗，燕形玉钗。　②鬓蝉：蝉鬓。《古今注》卷下《杂注》："魏文帝宫人绝所爱者有莫琼树……乃制蝉鬓，缥缈如蝉。"

【品评】

词写歌妓离别愁思。上阕写与情人相聚相爱。梅子青青时节，戴燕钗、理蝉鬓之盛妆歌妓，日日应酬宾客，"柳间眠，花里醉"，有时狂欢至"绣裙铺地"。歌妓的情人就是在狂饮醉眠中结识的。下阕写离别思念。别后歌妓粉笺书信传情，罗袖揾湿泪水。想念情人，心中总有新意，或渴望情人归来，或渴望梦魂相见，等等。一切落空，团扇闷遮羞掩，歌妓只能在痛苦中度日。

更漏子

柳丝长，桃叶小，深院断无人到。红日淡，绿烟晴，流莺三两声。　雪香浓，檀晕少，①枕上卧枝花好。春思重，晓妆迟，寻思残梦时。②

【注释】

①檀晕：浅红色。喻指女子脸上的光色。　②残梦：残存的梦的记忆。

【品评】

词写闺中春思。柳丝细长、桃叶纤小之春日，阳光并不强烈，轻烟缭绕绿意，闺人居住在深远，断无人踪，惟有三两声流莺啼鸣。词人采用极度夸张手法写闺中孤独。歌妓每日送往迎来，不可能“深院断无人到”。闺中寂寞，便懒得起床。枕上美人，肌肤雪白，芳香浓郁，脸霞浅红，如花枝般美丽。她被春思所困，赖在床上回味还遗留在意识里的梦中情景。词将思春女子的神态和心理描绘得惟妙惟肖。

更漏子

露华高，风信远，①宿醉画帘低卷。梳洗倦，冶游慵，②绿窗春睡浓。　彩条轻，金缕重，昨日小桥相送。芳草恨，落花愁，去年同倚楼。

【注释】

①风信：花信风。风应花期而来，好像有信，故称。②冶游：青楼妓院的应酬游玩。

【品评】

词写闺中离愁。上阕写春日宿醉酣睡。画帘低垂，远隔露华风信，绿窗内闺人春睡正浓。今日既不愿梳妆，也不愿出游，身体过于疲乏，只想多休息睡觉。下阕写昨日送别。闺人这么疲劳是因为昨夜饮酒过量导致的。昨日小桥送别情人，身着金缕衣，手持彩条，翩翩起舞。其间频频举杯痛饮，以致大醉回房。离别之后，芳草落花皆添愁恨。去年此日，与情人同倚楼。此后，天各一方，闺人将在痛苦折磨中生活。

更漏子

出墙花，当路柳，借问芳心谁有？红解笑，绿能颦，千般恼乱春。　　北来人，南去客，朝暮等闲攀折。[1]怜晚秀，惜残阳，情知枉断肠。

【注释】

①等闲：轻易，随便。

【品评】

词写歌妓生活。上阕写歌妓。“出墙花，当路柳”既写春景，也用来比拟歌妓。歌妓就是“出墙花，当路柳”，送往迎来，不会付出芳心。她们妆饰得红红绿绿，妖娆性感，与春天争艳。春天的风景里，处处是她们应酬宾客的欢歌笑语。下阕写嫖客。南来北往之客人，随时随意与歌妓发生关系。“朝暮等闲攀折”，词人用折柳比喻歌妓与客人发生关系，其中包含对歌妓摧残之意。词人是多情的，只有他爱惜晚花，留恋残阳。换言之，词人懂得惜香怜玉。所以，离别后会对某位歌妓牵肠挂肚，或为之伤心肠断。

更漏子

欲论心，先掩泪，零落去年风味。① 闲卧处，不言时，愁多只自知。　　到情深，俱是怨，惟有梦中相见。犹似旧，奈人禁，偎人说寸心。

【注释】

①零落：凋零，衰败。

【品评】

词写离愁，浅语写深情，是晏几道词中较为出色的。词从歌妓落笔。歌妓欲说心事，眼泪就禁不住先出来。外界景物凋零，又与去年相似，去年折磨歌妓的愁苦也同样再度纠缠。歌妓无聊闲卧，默默无语，内心愁苦蓄积无处诉说。思念之极，就转为怨恨，怨恨情人的迟迟不归，怨恨情人的言而无信，怨恨情人的音讯全无。歌妓对爱人情深意真，怨恨只是爱的极度表达，终归在梦中见到情人。梦中相爱情景与旧日一样，歌妓就不管他人，偎依在情人怀中，诉说自已的内心情感。

河满子

对镜偷匀玉箸，① 背人学写银钩。② 系谁红豆罗带角？③ 心情正著春游。那日杨花陌上，多时杏子墙头。　　眼底关山无奈，梦中云雨空休。④ 问看几许怜才意，两蛾藏尽离愁。⑤ 难拚此回肠断，终须锁定红楼。

【注释】

①玉箸：美人的眼泪。箸，筷子。形容女子眼泪成串下来，如玉箸一般。李白《闺情》："玉箸夜垂流，双双落朱颜。" ②银钩：书法。银钩形容书法笔姿之遒劲。 ③红豆罗带：都是相思之物。唐王维《相思》云："红豆生南国，春来发几枝？愿君多采撷，此物最相思。"宋林逋《相思令》云："君泪盈，妾泪盈，罗带同心结未成，江边潮已平。" ④云雨：用巫山神女故事。 ⑤两蛾：双眉。

【品评】

词写歌妓离愁。离别相思，以泪洗面，乱湿妆饰，常常对镜偷偷再度匀妆。没人的时候，则学写书信，传递相思情意。"红豆罗带"，点明一切愁绪皆因那日春游相遇及离别相思引起。杨花纷飞的道路上相遇，尔后“多时杏子墙头”攀墙相望等待。词人为歌妓代言，抒情主人公是歌妓，实际上是词人的愁思。仔细品味“那日杨花陌上，多时杏子墙头”，其实是词人的眼光和感受。如今情人相隔关山遥远，距离叫人无奈；惟有梦中相遇，梦醒之后一切落空。歌妓双眉紧锁，都是离愁，这段离愁为才子而生。至此，词人揣度歌妓心理，事实上完全是自我投射。词人希望有许多歌妓因怜惜自己的才华，离别牵肠挂肚地思念着自己。“难拚此回肠断，终须锁定红楼”，无意间角色已经转换为男性词人。他的情感锁定在红楼中那位女子身上，愿意为之相思肠断。

河满子

绿绮琴中心事，① 齐纨扇上时光。② 五陵年少浑薄幸，③ 轻如曲水飘香。夜夜魂消梦峡，④ 年年泪尽啼湘。⑤　　归雁行边远字，⑥ 惊鸾舞处离肠。⑦ 蕙楼多少铅华在，⑧ 从来错倚红妆。可羡邻姬十五，金钗早嫁王昌。⑨

【注释】

①绿绮：古琴名，后用为琴的通名。晋傅玄《琴赋序》云：“楚庄王有鸣琴曰绕梁，司马相如有琴曰绿绮，蔡邕有琴曰焦尾，皆名器也。”　②齐纨：齐国产的细绢，质地精美。歌妓舞蹈时，常常以齐纨扇为道具。　③五陵年少：富贵家纨绔子弟。五陵，指汉代的长陵、安陵、阳陵、茂陵、平陵，豪门富族多住这一带。浑：全，都。薄幸：薄情。

④梦峡：用巫山神女故事。　⑤泪尽啼湘：传说舜死于苍梧之野，舜之二妃娥皇、女英追之洞庭，向南痛哭，泪洒竹枝，竹上尽留斑点。所以，湘江一带有斑竹。　⑥“归雁”句：大雁在天空中飞翔，排成的“一”字形或“人”字形行列，称“雁字”。相传大雁能传达书信。　⑦鸾：凤鸟。　⑧蕙楼：女子所居的芳楼。蕙，香草名。铅华：古代女子化妆品。　⑨王昌：古诗中专指美男子或情郎。唐崔颢《古意》云：“十五嫁王昌，盈盈入画堂。”

【品评】

词写歌妓思春，渴望获得一个女人的正常婚嫁生活。歌妓执齐纨扇起舞，在琴声中倾诉心事。终日送往迎来所见到的都是薄情的纨袴子弟，轻易离别，如曲水一缕飘香而过。留给歌妓的是每夜的梦魂追随思念，每年的伤心流泪断肠。归雁并未带来情人的讯息，起舞处尽是相思痛苦。歌妓多少次铅华红妆，呈现自己的美丽，渴望获得赏识，能够嫁得一位有情郎，愿望始终落空。只有羡慕邻家少女，早早嫁给有情人。这首词中，歌妓不是为某一特定情人而痛苦，其痛苦的原因是送往迎来之没有真实情感的青楼生活。歌词写出歌妓对正常生活的渴望，有点设身处地为歌妓着想的意味。

于飞乐

晓日当帘，睡痕犹占香腮。轻盈笑倚鸾台，①晕残红，匀宿翠，满镜花开。娇蝉鬓

畔，[2]插一枝、淡蕊疏梅。　　每到春深，多
愁饶恨，妆成懒下香阶。意中人，从别后，萦
系情怀。良辰好景，相思字、唤不归来。

【注释】

①鸾台：镜台，梳妆台。　②蝉鬓：鬓角如蝉翼，一种时髦的妆饰。《古今注》卷下《杂注》："魏文帝宫人绝所爱者有莫琼树……乃制蝉鬓，缥缈如蝉。"

【品评】

词写闺中相思。上阕写两个场景：睡懒觉，起床后精心梳妆打扮，即温庭筠名著《菩萨蛮》（小山重叠金明灭）整首词的内容。太阳已经照到门帘，美人香腮犹留睡痕，一懒觉睡到自然醒。起床后，体态轻盈婀娜的美人，笑倚梳妆台，精心化妆。化妆完毕后，如鲜花盛开，美不胜收。在鬓脚上插一枝梅花，花面相映，愈发美艳动人。下阕写离别相思，即温庭筠"懒起画蛾眉"、"双双金鹧鸪"所隐指的情感内容。美人睡懒觉是因为情人不在身旁，精心梳妆是期望给可能归来的情人一个惊喜。期待落空，就转而相思。每年到了春深时节，就会牵引出美人内心的离别愁恨，就懒得下香阶外出赏春。对意中人，牵肠挂肚，无论寄去多少"相思字"，依然无法让情人归来。这就是美人春深愁恨的内容。这首词的内容是唐宋词人一再敷衍的，没有什么新意。

愁倚阑令

凭江阁,①看烟鸿,恨春浓。②还有当年闻笛泪,③洒东风。　时候草绿花红,斜阳外、远水溶溶。④浑似阿莲双枕畔,画屏中。

【注释】

①江阁:江边楼阁。　②春浓:春意正浓,即春深。③闻笛泪:用向秀《思旧赋》典故。向秀与嵇康交往频繁,友情甚笃。嵇康被杀后,向秀路过嵇康旧居,听到邻人凄恻的笛声,思念亡友,著《思旧赋》。云:"邻人有吹笛者,发声寥亮。追思曩昔游宴之好,感音而叹,故作赋。"　④溶溶:形容水波荡漾的样子。

【品评】

词写闺中阿莲相思。阿莲每日凭靠在江楼上,向远处眺望,期盼情人的归来,所见到的只有淡烟去鸿。闺人恨春浓景好,无人陪伴,就无心游玩。阿莲想起临别的笛声,两人都是泪洒东风。春深时节,草绿花红,这一切对阿莲来说都没有意义,反而牵惹出更多的相思之情。阿莲则整日凭高眺远,直到夕阳西下,楼前江水向远处荡漾而去。眼前景致,与阿莲枕畔画屏上的风光类似。换言之,阿莲即使下楼睡觉,见到屏风上的绘画,依然会牵引出对情人的思念之情。思念之苦,无处可躲。这首词的内容则与温庭筠《梦江南》(梳洗罢)相似,也是唐宋词人反复表现的主题。

愁倚阑令

花阴月，柳梢莺，近清明。长恨去年今夜雨，洒离亭。①　　枕上怀远诗成，红笺纸、小研吴绫。②寄与征人教念远，莫无情。

【注释】

①离亭：古代驿道五里一短亭，十里一长亭。送别离人时，常常于亭内设宴相送，故称其为离亭。　②研：在物体上研磨使之坚实发光。小研吴绫，指研光的吴绫，用作信笺。

【品评】

词写闺中相思。近清明时节，月光下花影婆娑，柳梢上黄莺啼鸣，景致风光甚美，闺人却无心赏识。心中只有一种情感："长恨"。去年今夜的清明雨中，两人分手，泪洒离亭。此后，离别之恨萦绕心头，挥之不去。睡梦中或失眠是都是相思，由此构思写出怀远相思诗作，写入精美的吴绫红笺纸。期望远去的征人也常常记挂自己，不要无情地忘记旧日的恋情。闺人相思中充满了忧虑，征人迟迟不归，忧虑就会愈益深重。

愁倚阑令

春罗薄，酒醒寒，梦初残。欹枕片时云雨事，①已关山。　　楼上斜日栏杆，楼前路、曾试雕鞍。[2]拚却一襟怀远泪,倚栏看。

【注释】

①攲:斜靠。云雨:指男女欢爱之事,用巫山神女故事。片时:刹那间。 ②雕鞍:雕饰的马鞍,代指骏马。

【品评】

词写闺中相思。上阕写深夜梦醒思恋。身着薄薄罗衣,夜深时容易被寒冷惊醒,何况是酒醉入眠,更难敌夜深凄寒。闺人回味着残留的梦境,记得刹那间的欢爱。现实中的情人已经关山阻隔,相去遥远。下阕写白日望远思恋。闺人惟有重复上楼凭栏远眺的动作,直到斜日夕阳。楼前道路,是情人骑马离去的处所,闺人期望情人从这条路归来。期盼落空,怀远思念之泪难以自禁。

御街行

年光正似花梢露,弹指春还暮。翠眉仙子望归来,[1]倚遍玉城珠树。[2]岂知别后,好风良月,往事无寻处。 狂情错向红尘住,忘了瑶台路。[3]碧桃花蕊已应开,欲伴彩云飞去。[4]回思十载,朱颜青鬓,枉被浮名误。[5]

【注释】

①仙子:代指歌妓。唐宋词中,喜欢用神女、仙子等代指歌妓。 ②玉城:神仙居所,这里指歌妓住处。珠树:仙界美

树。 ③瑶台：玉石砌成的楼台，是神仙的居所。相传在昆仑山。这里指歌妓居所。 ④彩云：喻离去的美人。 ⑤浮名：指功名利禄。

【品评】

词写行人思愁。晏几道多数恋情词都是代言体，抒情主人公是闺中歌妓。这首词抒情主人公换成行人，略有新意。上阕想象闺中女子等待自己归来。年光如花梢露水，转瞬即逝，弹指之间已到了春末时节。闺人一直凭靠眺望，期盼行人归来。岂知别后即无情人讯息，好风良月虚度。下阕回到行人自身。当年一片狂情，错与歌妓发生了情感纠缠，带来今日无尽的相思痛苦。如今归去之路都已经忘记了，旧情更难寻觅。如此说来，闺人的思恋，也都是行人的幻觉或想象。行人设想：闺人居所，碧桃花蕊盛开，美人却已离去。行人为浮名奔波，十年时间都浪费了，朱颜青鬓逐渐老去，懊悔不已。虽然懊悔，奔波依旧，这就是行人或词人的悲剧。

御街行

街南绿树春饶絮，雪满游春路。树头花艳杂娇云，树底人家朱户。北楼闲上，疏帘高卷，直见街南树。 阑干倚尽犹慵去，几度黄昏雨。晚春盘马踏青苔，曾傍绿阴深驻。落花犹在，香屏空掩，人面知何处？[①]

【注释】

①“人面”句：唐崔护《题都城南庄》：“人面不知何处去？桃花依旧笑春风。”

【品评】

词写对街南某位歌妓的追恋之情。街南某处青楼中的一位女子，词人非常喜爱，一次次地为她来到街南。这位歌妓居所门前的标志是一颗引人注目的绿树。春天绿树环绕街南，残雪覆盖道路，树枝上杂花艳丽，树下的青楼朱户就是词人所喜爱女子的居所。词人曾与该女子闲上北楼，高卷疏帘，就能看见街南的绿树。多少个黄昏，两人倚尽栏杆，恩爱眷恋，不忍离去。今年晚春时节，词人骑马踏青苔而来，再次到树底绿荫深处，欲寻觅旧情。然此地已经寂寥荒凉，香屏空掩，当年美人已经不知去处。词人怅惘失落之情，见于言表。

浪淘沙

高阁对横塘，[①]新燕年光。柳花残梦隔潇湘，[②]绿浦归帆看不见，还是斜阳。　　一笑解愁肠，人会娥妆。藕丝衫袖郁金香，[③]曳雪牵云留客醉，[④]且伴春狂。

【注释】

①横塘：喻指离别处所。贺铸《横塘路》：“凌波不过横塘路，但目送、芳尘去。” ②潇湘：潇湘：指潇水与湘水，在今湖

南零陵合流后称潇湘。 ③郁金香：酒名。李白《客中行》：“兰陵美酒郁金香，玉碗盛来琥珀光。” ④曳雪牵云：指雪肤云袖翩翩起舞。

【品评】

词写对当年的追恋。上阕写今，下阕追昔，与其他词作结构比较，正好是颠倒过来。在高阁上面对着情人离去的横塘，心情孤寂。新燕归来，又是春天的光景。与情人之间被潇湘隔断，相关的“柳花残梦”也无着落。高阁眺远，总是看不见绿浦归帆，直到斜阳西下。当年歌妓娥妆盛丽，一笑就能解词人愁肠。她手捧美酒，翩翩起舞，殷勤劝酒留客，词人为之狂态毕现。这一切给词人留下永远的美好记忆。

浪淘沙

小绿间长红，露蕊烟丛。花开花落昔年同，惟恨花前携手处，往事成空。　　山远水重重，一笑难逢。已拚长在别离中，霜鬓知他从此去，几度春风？

【品评】

词写别离愁恨。春天来到，花红叶绿，晨露淡烟，渐渐繁盛。离人身处其间，没有丝毫快乐的感受。春来春去，花开花落，年年相似。当年花前携手赏春的情人，已无踪影。往事成空，故对眼前景致没有兴趣。与情人相隔“山远水重重”，两人皆常在别离折磨中度日。思恋痛苦过深，鬓发霜白。惟不知情人离去，还需几度春风方能归来，离别的痛苦也将持续下去。

浪淘沙

丽曲醉思仙，① 十二哀弦。② 秾蛾叠柳脸红莲，多少雨条烟叶恨，红泪离筵。　行子惜流年，鶗鴂枝边。③ 吴堤春水舣兰船，④ 南去北来今渐老，难负尊前。

【注释】

①丽曲：与男欢女爱相关的艳丽歌曲。思仙：思恋歌妓。②十二哀弦：指乐器筝，筝有十二或十三弦。　③鶗鴂（tí jué 题决）：杜鹃鸟的别名。　④舣：船靠岸。

【品评】

上阕写歌妓酒宴送别，下阕写行人旅途思念。美艳歌妓眉如柳叶，脸如红莲，酒宴间弹奏秦筝，丽曲劝酒。行人醉意渐浓，越发迷恋歌妓，酒宴上难舍难分。雨条烟叶，皆含离恨，歌妓甚至泪洒离筵。行人一路离去，或听杜鹃啼鸣，或泊舟吴堤。在南去北来的旅途奔波中，虚度时光，年华老去，也辜负了离筵上歌妓的多情。词人为此感慨伤心，却无法挣脱。仕途奔走，为生活挣扎，身不由己。

浪淘沙

翠幕绮筵张，[1]淑景难忘。[2]阳关声巧绕雕梁，[3]美酒十分谁与共？玉指持觞。　晓枕梦高唐，[4]略话衷肠。小山池院竹风凉，明夜月圆帘四卷，今夜思量。

【注释】

①绮筵：豪华的酒宴。　②淑景：美景。　③阳关：曲名，送别时所唱。王维《渭城曲》："渭城朝雨浥轻尘，客舍青青柳色新。劝君更进一杯酒，西出阳关无故人。"后翻入乐曲，唐人盛唱，又称《阳关三叠》。阳关，地名，在今甘肃敦煌西南。绕雕梁：形容歌声悠扬美听。　④梦高唐：用巫山神女典故喻指男女之间的艳情事。

【品评】

词写离别酒宴及别后对歌妓的思恋。离别盛宴设在翠幕之中，周围美景叫人难忘。歌妓美妙的送别曲，歌声绕梁，更有歌妓玉手端酒杯相劝。与美人共饮美酒，词人放怀畅饮。别后惟有梦中与相恋的歌妓重见，略诉衷肠。梦醒之后，小山池院寂寥冷落，竹风凉意逼人，行人不由得思量起酒宴上、睡梦中的美艳歌妓。今夜如此，明夜月明，必然失眠，帘幕四卷，思量必同今夜。行人推测明夜，换言之，夜夜都将被离愁所苦。

丑奴儿

昭华凤管知名久,①长闭帘栊。日日春慵,闲倚庭花晕脸红。　应说金谷无人后,②此会相逢。三弄临风,③送得当筵玉盏空。

【注释】

①昭华:乐器名,即玉管。传说秦咸阳宫有玉管长二尺三寸,二十六孔,铭曰“昭华之琯”。凤管,玉笛的美称。②金谷:园林名,在洛阳。为西晋石崇所筑,是当时的名胜园林。石崇爱妾绿珠曾于此跳楼自尽。③三弄:奏乐三曲。

【品评】

这首词赞美酒宴上歌妓美妙的玉管乐声。这位歌妓吹奏玉管,在当地久负盛名,词人向往已久。在春天好日子里,词人能够在酒宴上听到这位歌妓吹奏三支乐曲,歌妓如花美貌更为之添彩,词人不禁频频举杯,玉盏屡空,赞叹欣赏不已。

丑奴儿

日高庭院杨花转,闲淡春风。莺语惺忪,①似笑金屏昨夜空。　娇慵未洗匀妆手,闲印斜红。新恨重重,都与年时旧意同。

【注释】

①惺忪:刚睡醒、两眼模糊不清的样子。

【品评】

词写歌妓刚刚睡醒的娇慵性感模样。太阳已经高照,春风淡淡吹拂,杨花空中绕转,户外莺语啼鸣,歌妓刚刚从睡梦中醒来。昨夜金屏前寻欢,睡得太晚,今日才懒得起床。起床后,昨夜场景已成空。歌妓慵懒无力,不愿梳妆,脸上斜印着睡痕。此时只有孤独一人,与昨夜的欢乐形成对比,故歌妓"新恨重重"。恨情人的离去,恨相思的无奈。这种愁恨歌妓年年都有,常常体验。

诉衷情

种花人自蕊宫来,[1]牵衣问小梅。今年芳意何似?应向旧枝开。　凭寄语,谢瑶台,[2]客无才。粉香传信,玉盏开筵,莫待春回。

【注释】

①蕊宫:仙宫,代指歌妓居所。道家传说天上上清宫有蕊珠宫,神仙所居。　②瑶台:传说中神仙的居所。这里代指妓女居所。

【品评】

妓院花开,设宴赏花,词人多情填词。上阕言花开,以花拟人，追问“芳意何似”，即追问歌妓芳心属谁？对自己是否有意？下阕言开筵。词人笔墨寄语，传达情思。期望花香传信，即期望美人情感回复。不要等到春回，就可以两情相悦。一次花前设宴，词人就有如此多的艳思遐想。

诉衷情

净揩妆脸浅匀眉，衫子素梅儿。苦无心绪梳洗，闲淡也相宜。　　云态度，柳腰肢，入相思。夜来月底，今日尊前，未当佳期。

【品评】

词写酒宴间对一位美艳歌妓的欣赏喜爱。这位歌妓浅妆淡抹，素雅美丽。仿佛是无心梳妆，事实上是天生丽质，浓淡相宜。歌妓有白云般轻盈的体态，有柳条般婀娜的腰肢，再加上相思情感表露，词人为之痴迷。词人恨不得今夜月下尊前，就是两人合欢的佳期。然还有所阻隔，词人为此焦急。

诉衷情

渚莲霜晓坠残红，依约旧秋同。玉人团扇恩浅，[1]一意恨西风。　　云去住，月朦胧，夜寒浓。此时还是，泪墨书成，未有归鸿。[2]

【注释】

①团扇恩浅：古人以团扇被弃喻男女情爱的衰竭与转移。班婕妤《怨歌行》："新裂齐纨素，鲜洁如霜雪。裁为合欢扇，团团似明月。出入君怀袖，动摇微风发。常恐秋节至，凉飙夺炎热。弃捐箧笥中，恩情中道绝。" ②归鸿：相传大雁可以传递书信。

【品评】

词写闺中相思。秋天季节，池中严霜摧残莲花。秋凉已至，团扇捐弃，旧情转移。闺人为此恨西风，因为西风带来凉意，才导致团扇无用。词人用委婉曲折的方式抒写闺人思愁。秋夜寒浓，云雾来去，月色朦胧，闺人心情与之相似，黯淡、凄寒、迷蒙。一腔情思写入书信，又无归鸿传书，相思之情终归无处表达。

诉衷情

凭觞静忆去年秋，① 桐落故溪头。诗成自写红叶，和恨寄东流。②　　人脉脉，③ 水悠悠，④ 几多愁？雁书不到，⑤ 蝶梦无凭，⑥ 漫倚高楼。⑦

【注释】

①觞：酒杯。凭觞，犹言把酒，借酒。　②"诗成"两句：用"红叶题诗"的故事。典出唐范摅《云溪友议》。　③脉脉：含情不语的样子。　④悠悠：形容流水悠长无尽。　⑤雁

书:相传大雁可以传递书信。 ⑥蝶梦:指梦境。《庄子·齐物论》:“昔者庄周梦为蝴蝶,栩栩然蝴蝶也。” ⑦漫:徒劳。

【品评】

这首词回忆的是最近的一次别离情景。也就是“桐落故溪”的“去年秋”,词人告别了恋人。开篇“凭觞静忆”的静止画面中有说不完的故事,相聚时的缠绵缱绻,临别时的肝肠断绝,应该一一在脑海中闪过,然词人只以“桐落故溪头”含蓄带过。“诗成”两句用“红叶题诗”的典故,写自己已经通过书信将别后的思念寄达对方。这个典故的特定含义已经解释了词人书信的内容。不仅“红叶”“和恨东流”,词人别离的情思也似“东流”水,滔滔不绝。“红叶”寄诗又是没有凭据的,这为下片写音信断绝的痛苦做了伏笔。过片三句是对上文的归纳。“人脉脉”,完全沉浸在追忆之中;“水悠悠”,带去书信,带去离愁;“几多愁”,连词人自己也说不清楚了。词人进而想到,“雁书”无用,无法真正捎去或捎来情人的消息;“蝶梦无凭”,梦醒仍然是一场空。今日依靠在“高楼”上思念远人,同样是徒劳无益的。思念的愁苦随着思绪的转折而层层加深。这首词里词人没有做哀苦欲绝的倾诉,缓缓的叙说中渐见深情,在写作方式上别具一格。

诉衷情

小梅风韵最妖娆,开处雪初消。南枝欲附春信,长恨陇人遥。① 闲记忆,旧江皋,②路迢迢。暗香浮动,疏影横斜,③几处溪桥。

【注释】

①陇人:指离人。北朝乐府民歌《陇头歌辞》云:“陇头流水,流离山下。念吾一身,飘然旷野。”又云:“陇头流水,鸣声呜咽。遥望秦川,心肝断绝。” ②江皋:江边。 ③“暗香”二句:宋林逋《山园小梅》:“疏影横斜水清浅,暗香浮动月黄昏。”

【品评】

这是一首咏梅词。春雪初融,向阳南枝,小梅绽放,分外妖娆。古人有折梅赠远的习俗,然离人相隔遥远,无法寄递梅花,也就无法寄递情思。回忆当年江边,情人曾携手信步,几处溪桥有“暗香浮动,疏影横斜”,两人共赏梅花。词人于赏梅之际,寄托对旧情的眷恋。

诉衷情

长因蕙草记罗裙,绿腰沉水熏。① 阑干曲处人静,曾共倚黄昏。 风有韵,月无痕,暗消魂。拟将幽恨,试写残花,寄与朝云。②

【注释】

①绿腰:曲名,本名《录要》,又名《六幺》,是当时流行的曲调。将乐工所进曲调录要成谱,以此得名。沉水:沉香,香料名。 ②朝云:喻指所思恋的歌妓。用巫山神女故事。

【品评】

词写恋情。分手之后，常常记挂那位穿罗裙的歌妓。那时，沉香熏染，《绿腰》演唱。两人也曾于无人的栏杆曲处，多次共倚黄昏。如今风月有韵无痕，惹人相思痛苦。词人欲将内心离恨，题向残花，寄于思恋的歌妓。

诉衷情

御纱新制石榴裙，沉香慢火熏。①越罗双带宫样，飞鹭碧波纹。　　随锦字，②叠香痕，寄文君。③系来花下，解向尊前，谁伴朝云？④

【注释】

①沉香：香料名。　②锦字：即锦书，情书。　③文君：卓文君。这里代指情人。《史记·司马相如列传》载：司马相如爱慕守寡的卓文君，用琴声传达情感，挑逗卓文君，卓文君随其私奔。　④朝云：喻指所思恋的歌妓。用巫山神女故事。

【品评】

这首词描绘自己喜爱的一位歌妓。上阕写歌妓的服装打扮。歌妓所穿的石榴裙，越罗制作的衣衫，都是流行时髦的宫廷样式。罗衣上飞鹭与碧波的图案，更添华丽色彩。轻盈华丽的服饰，衬托出歌妓的性感美艳。下阕写相思之情。面对如此美艳的歌妓，词人自然动情。他渴望传递情书，表达爱意。又私自追问：今夜花下尊前，谁有艳福陪伴这位歌妓？追问时流露出内心的渴求。

破阵子

柳下笙歌庭院，花间姊妹秋千。记得春楼当日事，写向红窗夜月前，凭谁寄小莲？　　绛蜡等闲陪泪，吴蚕到了缠绵。①绿鬓能供多少恨？未肯无情比断弦。今年老去年。

【注释】

①“绛蜡”二句：化用唐李商隐《无题》：“春蚕到死丝方尽，蜡炬成灰泪始干。”等闲：轻易，随意。

【品评】

词写对一位歌妓的追恋。当年柳树下庭院笙歌演奏，花丛中姊妹荡起秋千。词人与喜爱的歌妓厮混其间，其乐融融。今日孤单凄凉，回忆起春楼当日的种种情事，词人只有将情感写入信笺，意欲寄给红窗夜月前的小莲，却寻觅不到信使，情感也就不由寄达。相思痛苦，蜡炬成灰，春蚕到死，青春不堪折磨，一年比一年苍老。下阕词人将雅丽的典故与浅俗的白话结合到一起，反复倾诉内心的苦痛，达到了强烈的抒情效果。

好女儿

绿遍西池，梅子青时，尽无端、尽日东风恶。更霏微细雨，①恼人离恨，满路春泥。　应是行云归路，②有闲泪、洒相思。想旗亭、望断黄昏月。③又依前误了，红笺香信，翠袖欢期。④

【注释】

①霏微：形容雨丝细微飘扬的样子。　②行云：代指情人。用巫山神女故事。　③旗亭：酒楼。　④欢期：欢爱的约会日期。

【品评】

词写离别酒宴，相思痛苦。离别是在春天时节，西池绿遍，梅子泛青。本应是大好春光，行人心情恶劣，无心欣赏。恶劣心情无处宣泄，只能怨恨春风，怨恨春雨，怨恨满路的春泥。下阕回到留别酒宴。旗亭宴别，各洒相思泪。不忍分手，拖延到黄昏，拖延到月亮升起。行人懊悔，此次离别，耽误了情人“红笺香信”中相约的欢期。尽管悔恨，却不得不启程，内心的痛苦难以言表。

好女儿

酌酒殷勤，尽更留春，忍无情、便赋余花

落。待花前细把、一春心事，问个人人。　莫似花开还谢，愿芳意、且长新。倚娇红、待得欢期定。[①]向水沉烟底，[②]金莲影下，睡过佳辰。

【注释】

①欢期：欢爱的约会日期。　②水沉：即沉水，沉香，香料名。

【品评】

词写歌妓心愿。歌妓殷勤酌酒，希望留住春天，不希望余花无情飘落。歌妓欲在花前，细说一春心事，希望有人为她解答。春天美景，往往用来比拟歌妓美颜。留住春天，就是留住自己的美丽。春天心事，自然是春心萌动，期望找到一位真心爱人。故歌妓举杯祝愿，祝愿青春莫似"花开还谢"，祝愿自己美丽长驻。歌妓期望能够与爱人约定"欢期"，在金莲影下，在沉香烟底，欢会厮守，哪怕耽误户外春天的良辰美景也无所谓。这显然是词人宿妓的愿望，借托歌妓之口表达。

点绛唇

花信来时，[①]恨无人似花依旧。又成春瘦，折断门前柳。[②]　天与多情，不与长相守。分飞后，泪痕和酒，占了双罗袖。

【注释】

①花信:花信风。风应花期而来,好像有信,故称。一般分二十四番花信风,以节候划分。　②折断门前柳:李贺《致酒行》:“主父西游困不归,家人折断门前柳。”柳与“留”同音,折柳乃是盼望亲人归来。

【品评】

最初花信风来时,报道了春天的消息。然而,物是人非,以往是恋人携手游春赏花,今日则只能独自面对春来花开。所以,春天的到来,不能给人任何安慰,反而牵惹出满腹的离愁别绪,所谓“去年春恨却来时”。被愁苦所折磨的离人日见消瘦,“折断”更见出其苦苦守候时间之长久。守候却没有结果,不免怨天尤人。既然老天赋予词人这么一颗“多情”的心,为什么不让有情人长相厮守?离别的原因词人最清楚,这本来不需要追问的。痛苦万端的词人却要无理地责怪“天与多情,不与长相守”,读者可以强烈地体会到作者的怨苦之情实在没有地方发泄了,这是一种“无理而妙”的境界。分手之后,离人的日常生活概括起来说就是醉酒度日、以泪洗面,泪痕、酒痕沾湿了双袖。而这一切,都在一年一度的“花信来时”表现得最为典型突出。

点绛唇

明日征鞭,又将南陌垂杨折。自怜轻别,拚得音尘绝。　杏子枝边,倚处阑干月,依前缺。去年时节,旧事无人说。

【品评】

这是一首羁旅词。上阕写行人。明日启程，虽折南陌垂杨，却无法挽留行人。如此轻易告别情人，内心痛楚难以诉说。此去路途遥遥，音尘隔绝，讯息不通，思念之情将难以遏止。下阕写闺人，是行人的想象。闺人应该在杏花边倚栏眺望，盼望行人的归来，直到月亮升起。今夜依然是缺月，团圆自然也是不可能的。各自孤单，去年旧情事就无人诉说了。词写旅途的孤寂和思恋，寥寥数言，照应双方，情深意切。

点绛唇

碧水东流，漫题凉叶津头寄。① 谢娘春意，② 临水颦双翠。③　　日日骊歌，④ 空费行人泪，成何计？未如浓醉，闲掩红楼睡。

【注释】

①漫题凉叶：用红叶题诗故事。典出唐范摅《云溪友议》。漫：随意，信手。　②谢娘：唐时的歌妓名，这里代指所思恋的歌妓。　③颦：皱眉。　④骊歌：告别之歌。骊驹之歌的省称。《骊驹》是逸《诗》篇名，告别之歌。

【品评】

词写歌妓相思。歌妓试图凉叶题字，借助“碧水东流”，寄达情书给恋人。分手后歌妓日日思春，凭栏眺望楼前水，双眉紧锁。歌妓酒宴应酬生活，需要每天唱离别之歌，送别行人，行人亦为之掩泪。摆脱相思的最好方式是关上楼门，在红楼中好好睡觉，在睡梦中忘却一切。歌妓“日日骊歌”，怎能为一行人相思“颦双翠”？词中所抒写的情感，完全是词人的一厢情愿。

点绛唇

妆席相逢，旋匀红泪歌金缕。① 意中曾许，欲共吹花去。　　长爱荷香，柳声殷勤路，② 留人住。淡烟微雨，好个双栖处。

【注释】

①金缕：即《金缕曲》，乐曲名。又名《缕金衣》、《金缕衣》。　②荷香、柳声：皆隐指歌妓。

【品评】

这首词记叙了又一次的艳遇。这位多情歌妓与词人“妆席相逢”，便脉脉含情，“意中曾许”，用《金缕曲》传递香艳的幽怨。最后“荷香”、“柳声”，留住词人，双宿双飞。词中有象征、暗示，但两人的关系清晰明朗。浪迹四方，此类艳遇时而有之。词人风流自赏，频频以为夸耀口实。

点绛唇

湖上西风，露花啼处秋香老。谢家春草，① 唱得清商好。②　　笑倚兰舟，转尽新声了，烟波渺。暮云稀少，一点凉蟾小。③

【注释】

①谢家春草：南朝谢灵运《登池上楼》：“池塘生春草，园柳变鸣禽。” ②清商：曲调名。这里泛指歌声。 ③凉蟾：月亮。传说月宫中有蟾蜍，故称。

【品评】

这首词称赞歌妓美妙的歌声。在一个秋日，湖上西风吹起，处处飘来秋花的芬芳。歌妓与客人在湖上荡舟，唱起谢灵运“池塘生春草”歌曲，乐声婉转动听。词人“笑倚兰舟”，听歌妓演唱。一直到湖面烟波渺渺、暮云稀少、明月升起，依然在湖上游玩，乐而忘返。

两同心

楚乡春晚，似入仙源。①拾翠处、闲随流水，踏青路、暗惹香尘。②心心在，柳外青帘，花下朱门。 对景且醉芳尊，莫话消魂。好意思、曾同明月，恶滋味、最是黄昏。相思处，一纸红笺，无限啼痕。

【注释】

①仙源：仙人居所，代指歌妓居所。 ②拾翠、踏青：古代寒食节女子有出郊外踏青拾翠的风俗。拾翠：春游时采摘花草。

【品评】

上阕写春游赏识美女。清明、寒食时节，春光仍好，许多女子外出踏青拾翠，词人尾随其后，饱览秀色。张先《木兰花》云："芳洲拾翠暮忘归，秀野踏青来不定。"这是唐宋时期诸多男子猎艳的日子。平日难得见到郊外如此莺莺燕燕，花花绿绿。秦观《望海潮》云："长记误随车，正絮翻蝶舞，芳思交加。柳下桃蹊，乱分春色到人家。"写的就是一次类似的经历。"柳外青帘，花下朱门"中的那位歌妓，最为美艳，最叫词人动心，心心牵挂，眷恋不已。下阕写与歌妓相聚相别。词人尾随到朱门，与歌妓有了"对景且醉芳尊"的销魂经历。明月下共饮共眠，让词人记忆深刻；到次日黄昏，不得已告别离去，让词人都是"恶滋味"。分手后，自然"一纸红笺"传递相思情意，红笺上有无数相思泪痕。

少年游

绿勾栏畔，[1]黄昏淡月，携手对残红。纱窗影里，朦腾春睡，[2]繁杏小屏风。　须愁别后，天高海阔，何处更相逢？幸有花前，一杯芳酒，欢计莫匆匆。[3]

【注释】

①勾栏：栏杆。　②朦腾：同"瞢腾"，半醉半醒，蒙眬迷糊。　③欢计：欢爱相聚的计划。

【品评】

上阕写宿妓，下阕愁别离。黄昏时分，淡月弥蒙。词人来到“绿勾栏畔”歌妓家，两人携手共赏残红。在“纱窗影里”，在繁杏屏风前，两人双宿双飞，“朦腾春睡”，度过欢乐的一夜。今夜的欢乐，叫词人担心起别离后的情景。词人已经为分别后相隔“天高海阔”、无处相逢而发愁。既然为日后的分手发愁，词人就要紧紧抓住眼前快乐的时光。眼前有花前芳酒共饮，词人告诫自己不要匆匆地与喜欢的歌妓分离，要好好享受欢聚的时光。

少年游

西溪丹杏，波前媚脸，珠露与深匀。南楼翠柳，烟中愁黛，丝雨恼娇颦。① 当年此处，闻歌殢酒，② 曾对可怜人。③ 今夜相思，水长山远，闲卧送残春。

【注释】

①颦：蹙眉，皱眉。 ②殢：沉湎。 ③可怜：可爱。

【品评】

词写闺中相思。上阕写歌妓容貌，带出相思愁绪。歌妓脸如丹杏娇媚，匀抹妆饰，艳丽动人。歌妓登上南楼，面对楼外翠柳，淡烟弥蒙，丝雨飘洒，不禁愁眉紧锁，思绪万千。下阕写歌妓思绪内容。歌妓想到，当年就是在此南楼，送别情人，在歌声中一起痛饮美酒。离别后，相隔“山长水远”，相思绵绵。在无聊愁闷里,歌妓回到床上,孤独闲卧,煎熬时光,打发残留的春光。

少年游

离多最是,东西流水,终解两相逢。[①]浅情终似,行云无定,[②]犹到梦魂中。　可怜人意,[③]薄于云水,佳会更难重。细想从来,断肠多处,不与者番同。[④]

【注释】

①解:懂得,知道。　②行云:喻自己所思念的女子,用巫山神女朝云暮雨的故事。　③可怜:可惜。　④者:通"这"。

【品评】

晏几道在编织恋爱的幻觉欺骗自己,毕竟也有清醒的时候。当他真正脚踏实地地看待风月场中的男女情爱,多少也会感觉到并不可靠。这首词所透露的就是这样一种心态,一种较清醒的意识。上片是两个新颖别致的比喻,说明自然界离别最多的事物也终有相聚的时候,以及自己的思念情深。一是"东西流水",各自流向一方,离多合少,但最终还是有一个汇聚点。二是漂浮无定的"行云",时时也会进入词人的梦魂之中。这里的"行云",明确是比喻自己所爱恋的对象,词人对她的"浅情"已经有很深的体会。下片就将对恋人的感觉直接说出来:"可怜人意,薄于云水。"一头热的单相思当然没有结果,企求再度安排"佳会"几乎是不可能的。那么,词人的遭际,就比不上“东西流水”和“行云无定”。明白了这一切,晏几道仍然无法摆脱离情的纠缠,他终究是要沉湎于情感的。因为对爱情的幻觉是他后期心理平衡的维系,他怎么愿意相信自己已经被抛出现实生活呢?“细想从来”,每一回思恋,感觉都不一样,痛苦都在逐步加深。晏几道的生活悲剧,归根结底是性格悲剧。

少年游

西楼别后,风高露冷,无奈月分明。飞鸿影里,捣衣砧外,总是玉关情。① 王孙此际,② 山重水远,何处赋西征?金闺魂梦枉丁宁,③ 寻尽短长亭。④

【注释】

①“捣衣”二句:李白《子夜吴歌·秋歌》:“长安一片月,万户捣衣声。秋风吹不尽,总是玉关情。何日平胡虏,良人罢远征?”砧:捣衣石。 ②王孙:泛指离人。《楚辞·招隐士》:“春草生兮萋萋,王孙游兮不归。” ③金闺:闺中的美称。唐王昌龄《从军行》:“更吹羌笛关山月,无那金闺万里愁。”枉:无用,徒劳。丁宁:同“叮咛”,反复嘱咐。 ④短长亭:古代于驿道上设立的驿站,供行人餐饮住宿,五里一短亭,十里一长亭。

【品评】

词写闺中相思,结合了多首唐诗意境,含蓄典雅,忱挚深远。与情人西楼分别之后，秋日面对“风高露冷”，明月当空，闺人有说不出的无奈。这样的夜晚，最容易让人失眠，意味着闺人还要凭栏痴痴眺望。眺望所见，“飞鸿影里，捣衣砧外”，都是别离之情。闺人想象，离人相隔“山重水远”，无处相见。离人同样无法将“西征”旅途中的情思赋入诗篇，寄达闺人。夜深终归要上床休息。入睡后，魂梦相随，寻遍沿途短长亭，对情人反复叮嘱，要离人早早归来，却一切落空。这首词意境高远，是晏几道恋情词中的佳作。

少年游

雕梁燕去，裁诗寄远，庭院旧风流。黄花醉了，碧梧题罢，闲卧对高秋。　繁云破后，分明素月，凉影挂金钩。①有人凝淡倚西楼，新样两眉愁。

【注释】

①凉影：月影。金钩：弯月。

【品评】

词写闺中离愁。深秋时节，秋燕离去，闺人思念情人，欲“裁诗寄远”。步入庭院，都是当年与情人携手共游的“旧风流”之处。独饮菊花前，容易醉酒；将相思情意，题向梧桐绿叶；再回到房中闲卧。种种作为，都无法摆脱相思愁苦的纠缠。在愁苦折磨中煎熬到夜晚，却是明月高挂，刺激闺人今夜无眠。无奈中只得起床，登上西楼，凝望远方，眉间尽是愁绪。

虞美人

闲敲玉镫隋堤路,[1]一笑开朱户。素云凝淡月婵娟,[2]门外鸭头春水、[3]木兰船。 吹花拾蕊嬉游惯,[4]天与相逢晚。一声长笛倚楼时,应恨不题红叶、寄相思。[5]

【注释】

①镫:挂在马鞍两旁供踏脚的东西。 ②婵娟:美好的样子。 ③鸭头:又称鸭头绿,绿色。 ④拾蕊:即拾翠,春游时采摘花草。 ⑤题红叶:用唐代宫人红叶题诗故事,事见唐范摅《云溪友议》。

【品评】

词写一次嫖妓的经历。词人闲骑骏马,一路来到朱户人家,妓家当然是笑脸相迎。朱户所在环境幽美,一边是碧绿春水,水上系着木兰舟,供客人随时游玩。歌妓如素云般淡雅洁净,如明月般皎美可爱。在这春游踏青拾翠的时节,词人漫步游历到歌妓家中。与歌妓发生恩爱关系后,相逢恨晚。分手后,倚楼吹笛寄情,或红叶题诗写恨,对歌妓的思恋是不能避免的。晏几道的许多恋情词就是这样产生出来的。

虞美人

飞花自有牵情处，不向枝边坠。随风飘荡已堪愁，更伴东流流水、过秦楼。① 楼中翠黛含春怨，闲倚阑干见。远弹双泪惜香红，暗恨玉颜光景、与花同。

【注释】

①秦楼：青楼，妓院。《列仙传》记载：秦穆公女弄玉，喜欢善吹箫的萧史，结为夫妻，后一起登仙而去。弄玉所居后人称之为“秦楼”。唐宋词常常以“秦楼楚馆”指代歌楼妓院。

【品评】

词写闺中离愁，以飞花为结构线索，构思有新意。飞花如同孤独的闺人，在相思折磨中，红颜很快将老去。闺人凭楼眺望，首先看见飞花，便牵动内心情思。飞花牵情，随风飘荡，伴东流水逝去，与闺人身世情感相似，闺人因此有无限的感慨。上阕写飞花，下阕写看花之人。楼中佳人，翠黛含怨，倚栏眺望，泪珠双垂。闺人为飞花香红的流逝而落泪，为自己的青春孤独、终将逝去而落泪，也为情人不见、音讯不同而落泪。结句直接将自己与飞花比拟，人花融为一体，结构完整。

虞美人

曲阑干外天如水，昨夜还曾倚。初将明月比佳期，长向月圆时候、望人归。　罗衣著破前香在，旧意谁教改？一春离恨懒调弦，犹有两行闲泪、宝筝前。

【品评】

词写闺中离愁。昨夜倚栏眺望，长空如水，惟不见情人去处。闺人亦曾痴想：月圆时候，应该是团圆的佳期。故每到月圆之际，就更加焦急地盼望情人归来，却无奈一次一次地落空。闺人无限痴情，罗衣著破，不愿更换，因为衣服上残留着与情人一起时的香味。此情此意，无由更改。一春相思，懒调琴弦，未演奏先落泪，痛苦情绪无法排遣。

虞美人

疏梅月下歌金缕，①忆共文君语。②更谁情浅似春风，一夜满枝新绿、替残红。　苹香已有莲开信，两桨佳期近。采莲时节定来无，醉后满身花影、倩人扶。③

【注释】

①金缕：即《金缕曲》，乐曲名。又名《缕金衣》、《金缕

衣》。 ②文君:汉代美女卓文君。这里代指歌妓。 ③倩:请人代为之。

【品评】

晏几道自跋其词说:“始时沈十二廉叔、陈十君龙家,有莲、鸿、苹、云,品清讴娱客。每得一解,即以草授诸儿。吾三人持酒听之,为一笑乐而已。”从这首《虞美人》开始,以下两首《虞美人》中都各自写到莲、鸿、苹、云,不应该是巧合。这几首词都是在友人家酒宴上为歌妓当场填写,叫歌女演唱的。这首词写给小苹和小莲。月夜梅花旁,听歌妓演唱。歌声所表达的情谊,词人拿春风做比拟。春风吹绿新枝,替代残红。歌声让词人内心情感萌动,犹如春风吹拂。下阕以莲子成熟、苹香满怀赞誉歌妓的美貌,将两位歌妓名字巧妙地写入词中。采莲时节常常来此,即春好花开的时候常常来友人家饮酒听歌。在欢乐中,在梅花影下,熏熏醉去,要人扶归。扶人者肯定是莲或苹中的一位,词人沉醉在这种艳福的享受中,怡然自得。

虞美人

玉箫吹遍烟花路,小谢经年去。[1]更教谁画远山眉,[2]又是陌头风细、恼人时。 时光不解年年好,叶上秋声早。可怜蝴蝶易分飞,只有杏梁双燕、每来归。

【注释】

①小谢：谢娘，唐时歌妓名，这里代指歌妓。 ②远山眉：古代女子将眉毛画成山形，称“山眉”。宋词常以其比拟现实中的远山阻隔，以写别离之情。

【品评】

这首词夹在写莲、鸿、苹、云的三首《虞美人》之间，应该也是为友人家歌女而写的，词中以“小谢”代指友人家歌妓。歌词敷衍闺中离别情思。玉箫吹遍，小谢离去，画作远山眉而表露相思。陌上风吹，不见情人，令人烦恼。下阕写时光流逝。叶上秋声，蝴蝶纷飞，双燕归来，时光就是这样轮替过去，年年如此。词人由此隐隐提醒自己和歌妓都要及时行乐，抓住眼前的好时光。

虞美人

秋风不似春风好，一夜金英老。更谁来凭曲阑干？惟有雁边斜月、照关山。 双星旧约年年在，笑尽人情改。有期无定是无期，说与小云新恨、也低眉。

【品评】

这首词写给小云，以时光易逝、人情无定为主题。秋风吹起，菊花老去，一年的好时光即将过尽。凭栏眺望，惟见归雁离去，斜月下关山遥远。词人似乎是在写别离相思之情，其实仅仅是酒宴上填词的寻常主题的敷衍。下阕写旧约虽在，人情易改，小云为之低眉愁恨。小云当筵演唱离别歌曲，必然有相应的脸部表情配合。下阕就是对小云表情的摹写和揣测，仅仅是酒宴上的应酬描写。

虞美人

小梅枝上东君信，[1]雪后花期近。南枝开尽北枝开，长被陇头游子、寄春来。[2]　年年衣袖年年泪，总为今朝意。问谁同是忆花人？赚得小鸿眉黛、也低颦。

【注释】

①东君：司春之神。　②"长被陇头游子"句：南朝宋陆凯曾折梅赠长安友人范晔，附诗云："折梅逢驿使，寄与陇头人。江南无所有，聊赠一枝春。"

【品评】

这首词写给小鸿。上阕写游子。雪后小枝梅开，报道春天讯息。春风吹暖，梅花依次绽放，游子摘取梅花，寄达相思情意。下阕写闺人。闺人思别，"年年衣袖年年泪"。今日收到情人寄赠的梅花，为之双眉低蹙，既动心又伤感。读以上数首《虞美人》，可以得知词人许多酒宴上当场填写的歌词，往往是敷衍相思离别、春恨秋怨等常见主题，并不一定有真实情感。这是宋人填词的常态。

虞美人

湿红笺纸回纹字，①多少柔肠事？去年双燕欲归时，还是碧云千里、锦书迟。　南楼风月长依旧，别恨无端有。倩谁横笛倚危栏，②今夜落梅声里、怨关山。③

【注释】

①回纹字：回文诗。代指情书。意同下文“锦书”。②倩：请人代为之。危栏：高栏。　③落梅：笛中有《梅花落》曲，声情哀怨。

【品评】

词写相思。闺中红笺纸写回文诗，杂以泪水，诉说不尽柔肠之事。无非别离日久，相思情深。去年的燕子归来，情人依然相隔千里碧云，甚至连“锦书”也没有。闺人长倚南楼远眺，风月依旧，不见情人，别恨油然而生。今夜眺远，忽听远处传来《梅花落》笛声，幽怨之意道出闺人心思。

虞美人

一弦弹尽仙韶乐，①曾破千金学。玉楼银烛夜深深，愁见曲中双泪、落香襟。　从来不奈离声怨，几度朱弦断。未知谁解赏新音，长是好风明月、暗知心。

【注释】

①仙韶：美妙的音乐。《韶》相传为舜所作乐曲名。《论语·述而》："子在齐闻《韶》，三月不知肉味。"

【品评】

这首词称赞歌妓美妙绝伦的琴声。歌妓弹奏的"仙韶乐"，当年是花费千金学会的。在玉楼上，夜已深深，银烛下聆听仙乐。歌妓弹奏到动情处，双泪落香襟。词人叹息，如此美妙音乐，在世上难得知音。词人既然有此感慨，在今夜好风明月之下，他当然能够欣赏琴声，当然是知音，当然能够暗知歌妓琴声中传达的心事。世无知音的感慨，更多的恐怕是为自己而发。

采桑子

秋千散后朦胧月，满院人闲，几处雕阑。一夜风吹杏粉残。　　昭阳殿里春衣就，①金缕初干，②莫信朝寒。明日花前试舞看。

【注释】

①昭阳殿：汉宫殿名，代指宫殿。　②金缕：金缕衣。

【品评】

词写宫女日常生活。上阕写宫女荡秋千游玩。宫女日长人闲，随意游玩，在苑中快乐地荡秋千，一直玩到月色朦胧的时候。回到宫中睡眠，一夜风吹杏花，屋宇华美，环境也美丽。风吹花残，隐隐透露宫女心事，为青春流逝而遗恨。下阕写宫女歌舞。金缕舞衣制成，不管朝寒，明日花前试舞。这就是词人想象中宫女一天的生活，其中也带着歌妓的影子。或者说，词人换成宫廷题材，其实还是在写歌妓，最多也只是宫妓。

采桑子

花前独占春风早，长爱江梅，秀艳清杯。芳意先愁风管催。[①]　　寻香已落闲人后，此恨难裁，更晚须来。却恐初开胜未开。

【注释】

①风管：笛。笛中有《梅花落》曲，声情哀怨。

【品评】

这是一首咏梅词。梅花在早春时节绽放，风姿秀艳，独领风骚。笛声吹奏，催落梅花，赏梅人为之愁叹。这是词人为梅花担心。既然梅开时间有限，就应该抓住时间寻香赏梅。如落人后，便有遗恨。或者赏梅时间过早，所见只有寥寥开放的初梅，却仍然胜过梅花未开时节。词人反复叙说自己对梅花的极度喜爱，珍惜初开梅花，赏梅恐落人后，担心梅花凋落。前前后后，思来想去，就是爱梅心情的表达。

采桑子

芦鞭坠遍杨花陌，晚见珍珍，疑是朝云。来作高唐梦里人。[①] 应怜醉落楼中帽，长带歌尘，试拂香茵。留解金鞍睡过春。

【注释】

①“疑是”二句：用巫山神女的故事，指男女欢爱。

【品评】

词写宿妓经历。词人遍游杨花飘飞的道路，只是为了出入青楼妓院，寻找中意的女子。今晚遇见珍珍，惊若天人，疑是巫山仙女再度降临人世。用巫山女神典故，亦暗指两人发生了欢爱关系。下阕才追溯自己昨夜刚到歌楼时的情景。见到美女珍珍，再听到美妙歌声，词人为之欢饮，醉态毕现。因此解留金鞍，留宿妓家，酣畅一睡，身边既是春天。

采桑子

征人去日殷勤嘱，莫负心期，寒雁来时。第一传书慰别离。[①] 轻春织就机中素，泪墨题诗，[②]欲寄相思。日日高楼看雁飞。

【注释】

①“寒雁”二句：相传大雁传递书信。　②“轻春”二句：用回文诗故事。前秦秦州刺史窦滔被徙流沙，其妻苏氏思之，织锦为回文旋图诗寄之。

【品评】

从这首《采桑子》开始，连续三首作品，上阕结句分别为“第一传书”、“第一行”、“第一枝”，应当是一组作品。这首词写离别相思。征人启程时，闺人曾反复叮嘱：不要辜负了两人的相爱约定。而且，别后一定要勤传书信，安慰闺中别离相思之苦。闺中则泪墨题诗，欲托大雁传递相思情书。日日高楼，看大雁飞去，却无法传递书信。登楼是为了眺望远人，最终连书信也无由寄达，闺人只能在相思折磨中煎熬下去。

采桑子

花时恼得琼枝瘦，①半被残香，睡损梅妆。②红泪今春第一行。　风流笑伴相逢处，白马游缰，共折垂杨。手捻芳条说夜长。③

【注释】

①琼枝：玉枝，喻闺中美人。　②梅妆：梅花妆。相传南朝宋武帝刘裕之女寿阳公主日卧，梅花飘落其额上，拂之不去。后宫女模仿之，遂有梅花妆。　③捻：揉搓。

【品评】

词写歌妓生活。上阕写歌妓思春。春天花开时节，歌妓因思春而愁苦消瘦。睡残梅妆，红泪一行，都因思春而起。下阕写歌妓与情人相会的欢快。与骑着白马的风流欢笑情郎相逢，思春情怀得以慰藉。两人共赏春光，共折垂杨，今夜将有说不尽的情爱。这当然是词人想象的歌妓生活情态。

采桑子

春风不负年年信，长趁花期，小锦堂西。
红杏初开第一枝。　　碧箫度曲留人醉，昨
夜归迟，短恨凭谁。莺语殷勤月落时。

【品评】

词写春日宿妓。春风吹拂，百花盛开，是游历青楼妓院的好时光。歌妓家小锦堂西面，红杏绽放。歌妓吹奏碧箫娱客，客人昨夜饮醉留宿。歌妓殷勤留客，语音婉柔，如莺啼燕语。词人擅长用非常美丽含蓄的词句，将游妓宿妓过程写得相当美好。

采桑子

秋来更觉消魂苦，[1] 小字还稀，坐想行思。
怎得相看似旧时。　　南楼把手凭肩处，[2] 风
月应知。别后除非，梦里时时得见伊。

【注释】

①消魂：伤心，神伤。　②凭肩：倚肩而靠。

【品评】

词写别后相思。秋日到来，更增神伤。小字情书愈益稀少，歌妓“坐想行思”，无法摆脱相思的纠缠。歌妓时时期待着重逢，如旧时相聚，对面想看，眉目传情。歌妓追忆当年南楼握手凭肩，恩爱情深，风月可证。如今离别，只有梦中才能时时见到情郎。

采桑子

谁将一点凄凉意，送入低眉，画箔闲垂。① 多是今宵得睡迟。　夜痕记尽窗间月，曾误心期，准拟相思。② 还是窗间记月时。

【注释】

①画箔：绘画的竹帘。　②准拟：约定。

【品评】

词写相思失眠。孤独的恋人，夜晚因相思而失眠，时光是最难打发的。漫漫长夜，不眠待旦，无聊闲闷，惟有“记月”消磨时间。歌词两度写到“记尽窗间月”、“窗间记月”，就是强调相思之深、长夜之孤寂无聊。夜晚相思，双眉愁蹙，多是凄凉之意。闺人有过许多这样的情感和生活体验，所以，可以肯定“今宵得睡迟”，又是一个失眠之夜。情人一次次地耽误约定的重逢日期，只有将相思留给闺人，闺人也只能忍受失眠的痛苦。

采桑子

宜春苑外楼堪倚，[1]雪意方浓，雁影冥濛。[2]正共银屏小景同。 可无人解相思处，昨夜东风，梅蕊应红。知在谁家锦字中？[3]

【注释】

①宜春苑：秦离宫有宜春宫，宫之东为宜春苑，汉称宜春下苑。这里泛指园林。 ②冥濛：幽暗不明的样子。 ③锦字：即锦书，情书。

【品评】

词写相思。闺人倚楼眺望，楼外雪意正浓，天色昏黑，难辨空中大雁幽暗的影子。相传大雁传书，不见飞鸿，情人书信就更无指望了。闺人家银屏上所绘的也是一幅雪意图，闺人下楼回到房中，见到银屏绘图，还是会牵惹出相思之情。昨夜东风，春天已到，梅花也应绽放。然闺人等待不到自己的春天，也不知锦字情书何在。相思情苦，无人理解。

采桑子

白莲池上当时月，今夜重圆，曲水兰船。忆伴飞琼看月眠。[1]　　黄花绿酒分携后，泪湿吟笺，旧事年年。时节南湖又采莲。

【注释】

①飞琼：仙女名。《汉武帝内传》："王母乃命诸侍女……许飞琼鼓震灵之簧。"这里代指歌妓。

【品评】

词写别后相思。当年白莲池上，兰舟共游，相伴看月。归来后相伴而眠，有过旖旎恩爱的时光。秋日菊花前饮酒送别，别后泪湿信笺。年年到了南湖采莲的时节，旧日白莲池上的一幕幕情景就会再现，就会追忆情人，相思不断。

采桑子

高吟烂醉淮西月，诗酒相留，明日归舟。碧藕花中醉过秋。　　文姬赠别双团扇，[1]自写银钩，[2]散尽离愁。携得清风出画楼。

【注释】

①文姬：汉代才女蔡文姬。这里代指歌妓。团扇：圆扇。

②银钩：书法。银钩形容书法笔姿之遒劲。

【品评】

词写离别酒宴。淮西设宴送别，席间吟诗狂饮，尽情宣泄。想到明日归舟离去，醉眠不起，在碧藕花中独过中秋。今日宴席上歌妓赠送双团扇，词人填词扇面。团扇携来清风，也渴望其散去离愁，这当然是一厢情愿。词人今后的情思将寄托于团扇。

采桑子

前欢几处笙歌地，长负登临，月幌风襟。①
犹忆西楼著意深。　莺花见尽当时事，应笑
如今，一寸愁心。日日寒蝉夜夜砧。②

【注释】

①幌：帐幔，帘帷。　②砧：捣衣石。

【品评】

词写离别相思。当日笙歌寻欢之地，是与情人相聚相爱之处。别后登临，空负一片情思。月下风前，西楼独望，相思情深。当时春天莺花喧闹，两人有许多的欢乐恩爱。眼前孤寂，应被当日的莺花所笑。一寸相思愁心，日日夜夜相望相盼。寒蝉凄切，砧声凄凉，夜晚声响传递得更加清晰。歌妓夜间相思，为之断肠。

采桑子

无端恼破桃源梦，①明日青楼，玉腻花柔。不学行云易去留。② 应嫌衫袖前香冷，重傍金虬，③歌扇风流。④遮尽归时翠黛愁。

【注释】

①桃源梦：与恋人缠绵相爱的幻梦。事见南朝刘义庆《幽明录》：用东汉时刘晨、阮肇入天台山遇仙女故事。 ②行云：用巫山神女故事。 ③金虬：金属香炉。虬，传说中有角的小龙。 ④歌扇：古代歌女所持的扇子，上面经常记载着歌曲名，以供点唱之用，故称。

【品评】

词写歌妓心事。歌妓睡梦中惊醒，有点懊恼，因为刚才是一个与情人缠绵相恋的美梦。歌妓暗想，明日青楼中如遇一位风流郎君，一定倾心相爱，不学行云，随意离去，轻易离别。然而，歌宴上都是寻欢作乐的客人，歌舞之后，游人散去，依然是孤独冷落。今日重燃香炉，歌扇应酬，终究翠黛含愁，心愿无法成真。

采桑子

年年此夕东城见，欢意匆匆，明日还重。

却在楼台缥缈中。　　垂螺拂黛清歌女，①
曾唱相逢，秋月春风。醉枕香衾一岁同。

【注释】

①垂螺：螺壳型发髻，是一种时髦流行的发型。

【品评】

词写与一位女子的情感经历。年年此夕，都要在东城与这位女子相见。这里不是指每年中的某一天，而是强调见面的频繁。相聚短暂，欢意匆匆。明日离去，女子所居楼台亦即隐约难见。这位女子梳着垂螺发型，妖艳动人，且歌喉清丽。这段时间词人是迷恋上这位女子了，秋月春风，不分季节，都要赶来与她相聚。醉枕香衾，风光旖旎，词人享尽艳福。

采桑子

双螺未学同心绾，①已占歌名，月白风
清。长倚昭华笛里声。②　　知音敲尽朱颜
改，寂寞时情，一曲离亭。借与青楼忍泪听。

【注释】

①双螺：两边梳成螺壳型发髻。同心绾：同心结，一种手工制作，以表爱情。绾，结。　②昭华：乐器名，即玉管。传说秦咸阳宫有玉管长二尺三寸，二十六孔，铭曰“昭华之琯”。

【品评】

词写离筵上一位歌女歌声的美妙动人。歌女梳着双螺发髻，情窦未开，清新可爱。但是，她的歌声动人，已有相当的名气。今夜月白风清，歌女在笛声的伴奏下演唱，词人听得如痴如醉。词人是这位歌女的知音，敲打节拍应和。唱到动情之处，词人设想：朱颜为之变老。离别酒宴上听到这样的歌唱，词人忍泪倾听，极度欣赏。

采桑子

西楼月下当时见，泪粉偷匀，[1]歌罢还颦。[2]恨隔炉烟看未真。　别来楼外垂杨缕，几换青春，[3]倦客红尘。[4]长记楼中粉泪人。

【注释】

①泪粉偷匀：偷偷抹匀被泪水所模糊了的脂粉。②颦：皱眉头。　③青春：美丽的春色。　④红尘：繁华热闹的处所。指人世间。

【品评】

这又是一个一见钟情、别后思恋的故事。词人与意中人当时是在“西楼”歌舞应酬的酒宴上邂逅相遇的，“隔”着“炉烟”，词人并未看仔细、看真切这位女子的容貌、神态。相隔一段距离的朦胧中，这位女子给词人留下的所有印象都是如此美好，以至词人义无反顾、一往情深地爱上了对方。歌妓的一笑一颦、一言一行，在词人看来都是在向他传递爱情的信息。双方虽然没有机会直接交往，但已经是“心有灵犀一点通”了。上片描述的一切都出自词人的想象，这里的歌妓只是一种职业性的演唱，晏几道因此心猿意马，浮想联翩，当然不足为凭，只能是他的自作多情。不过，就晏几道本人而言，他是对这些幻觉信以为真的。分别以后，几度春风，楼外“垂杨”，“几换青春”，词人依然“长记楼中粉泪人”。随着时间的流逝，思念之情反而与日俱增。这样的心态，词人告诉我们是在“倦客红尘”的背景下产生的。也就是说官场失意、四处飘零的情况下，让词人更加思恋“楼中粉泪人”。可以想象，词人如果能官运亨通，一定是“一日看尽长安花”之得意忘形，决不会再有这些失落的苦涩的情绪产生。所以，晏几道的这类恋情词，终究是对自我生存环境不满的一种变相表述。晏几道大量恋情词产生的环境和过程，与这首词特别相似。晏几道后期更擅长在无形的精神世界里获得真正的稳定，为自己编织五彩的爱情梦幻，这首词是一个典型的例证。

采桑子

非花非雾前时见，① 满眼娇春，浅笑微颦。恨隔垂帘看未真。　　殷勤借问家何处，不在红尘，若是朝云。② 宜作今宵梦里人。

【注释】

①非花非雾：唐白居易《花非花》：“花非花，雾非雾。夜半来，天明去。来如春梦几多时？去似朝云无觅处。” ②朝云：指歌妓。用巫山神女故事。

【品评】

词写对一位妓女的追慕爱恋之情。在歌舞寻欢的场所，词人见到一位妓女，惊为天人，无缘亲近，便在幻觉中求得美满姻缘。词人与这位妓女之间，隔着垂帘，可见该女子已有所属。然而，这位女子曾经的满眼娇媚，浅笑微颦，都给词人留下深刻印象。词人借用白居易诗写歌妓的美艳惊人。殷勤追问妓女家住何处，疑其不在红尘，乃巫山神女一类的天仙，都是词人内心的自我对白。现实无缘，只求今夜梦中与这位妓女得谐姻缘。

采桑子

当时月下分飞处，依旧凄凉，也会思量。
不道孤眠夜更长。　　泪痕揾遍鸳鸯枕，[1]
重绕回廊，月上东窗。长到如今欲断肠。

【注释】

①揾：揩掉。

【品评】

词写闺中离别相思。当时月夜分手，凄凉和思量就不能断绝。尤其是孤眠无寐之时，长夜漫漫，泪湿鸳鸯枕，更难煎熬。无奈只得起床，“重绕回廊”，指望消遣摆脱思恋愁绪。此时“月上东窗”，又如分别之月夜，闺人无处躲避相思之情，伤心肠断。这首词完全用浅易直白的口语写相思恋情，契合歌妓身份，更易感动读者。

采桑子

湘妃浦口莲开尽,①昨夜红稀,懒过前溪。闲舣扁舟看雁飞。② 去年谢女池边醉,③晚雨霏微。④记得归时,旋折新荷盖舞衣。

【注释】

①湘妃浦口:泛指湘水。湘妃,即湘水女神。 ②舣:舟靠岸。 ③谢女:谢秋娘,是唐代名妓,这里代指歌妓。④霏微:形容雨丝细微飘扬的样子。

【品评】

词写羁旅情思。舟行湘水,孤寂无聊,“懒过前溪”。浦口水边莲花开尽,花红凋残。今日小舟停泊休息,闲看大雁飞去,行人是否期待大雁能为他传书,带去一份相思之情?休憩之际,思绪纷纷,将行人带回去年与情人分手的那一时刻。当时池边醉酒,细雨飘洒,心情落寞低沉。行人渴望归去重见情人,折来新荷叶制作舞衣,恋人翩跹起舞,是何其温馨美丽!行人思绪荡荡悠悠,往日与眼前浑融一体。

采桑子

别来长记西楼事,结遍兰襟,①遗恨重寻。弦断相如绿绮琴。② 何时一枕逍遥夜，细话初心。若问如今，也似当时著意深。

【注释】

①结遍兰襟：古人以结衣襟表达难舍难分之恋情。每结一次衣襟，表达一种心愿。唐孟郊《结爱》：“一度欲离别，千回结衣襟。结妾独守志，结君早归意。” ②相如绿绮琴：《史记·司马相如列传》载：司马相如爱慕守寡的卓文君，用琴声传达情感，挑逗卓文君，卓文君随其私奔。绿绮是琴名，司马相如所有。这里泛指琴。

【品评】

词写离别相思。上阕追忆离别。别后记忆最深的是西楼分手的刹那间，情人依依不舍，“结遍兰襟”。别后欲弹琴传达相思遗恨，绿绮弦断，无由表达。下阕表达愿望。词人渴望何时归去，重见恋人，一夜逍遥，枕边细语，诉说相恋“初心”。结尾二句以设问结束，假设情人相问如今自己的心情，词人当然回答：与当时相恋时一样深挚！

采桑子

红窗碧玉新名旧，[①]犹绾双螺，[②]一寸秋波。千斛明珠觉未多。　　小来竹马同游客，[③]惯听清歌，今日蹉跎。[④]恼乱工夫晕翠蛾。

【注释】

①碧玉：喻温润美丽的女子，这里指歌妓。 ②绾：梳

结。双螺：两边梳成螺壳型的发髻。 ③竹马：竹马青梅，写两小无猜的恋情。唐李白《长干行》："郎骑竹马来，绕床弄青梅。"这里用此典写歌妓年龄尚幼小。 ④蹉跎：耽误时间。这里指流连忘返。

【品评】

词写对一位幼妓的赏识。这位幼妓梳结双螺发髻，肌肤细腻温润，秋波清澈明媚，翠娥晕妆，可与明珠媲美。幼妓应酬接客，如竹马青梅嬉戏，天真可爱。她清歌一曲，词人为之流连忘返，为之动情心乱。

采桑子

金风玉露初凉夜，①秋草窗前，浅醉闲眠。
一枕江风梦不圆。 长情短恨难凭寄，枉费
红笺。试拂么弦，②却恐琴心可暗传。

【注释】

①金风玉露：秋风白露之美称。 ②么弦：琵琶的第四弦。因其最细，故称。

【品评】

词写闺中秋日相思。初秋凉夜，窗前长满秋草，氛围凄凉黯淡。闺人饮酒浅醉，醉入梦乡，梦魂随江风而去，却没有寻觅到情人。醒来后欲红笺传情，心中无限"长情短恨"，则非言语能够诉说。试图转托琴弦表达爱恋，又恐琴心无法传达情思。思来想去，情人不在眼前，一切情感都无从表达。

采桑子

心期昨夜寻思遍，犹负殷勤。齐斗堆金，①难买丹诚一寸真。②　　须知枕上尊前意，占得长春。寄语东邻，③似此相看有几人？

【注释】

①齐斗堆金：满满一斗堆金。指用重金购买美女。唐白居易《悲哉行》："堆金选蛾眉。"　②丹诚：丹心，赤心。③东邻：代指美女。宋玉《登徒子好色赋》云，东邻有美女，攀墙窥视自己三年。

【品评】

词写对真挚恋情的珍惜。词人这次遇到的歌女，在尊前酒宴上，在夜晚枕席间，对词人有许多绵绵情话诉说。词人欣慰喜爱，认为千金难买一片真心，难得有一真正爱恋自己的红颜。"寄语东邻"，是词人的表白和宣告，表明自己已经获得真爱，不会再移情他恋。歌女"枕上尊前意"是职业性的，词人信以为真，未免幼稚。

踏莎行

柳上烟归，池南雪尽，东风渐有繁华信。花开花谢蝶应知，春来春去莺能问。　梦意犹疑，心期欲近，云笺字字萦方寸。宿妆曾比杏腮红，忆人细把香英认。

【品评】

词写闺中相思。上阕写春天到来，季节变换，时光流逝，侧面烘托相思之情。在花开花谢、春去春来的交替中，红颜亦将老去。“过时而不采，将随秋草萎”，孤独的闺人，内心的焦虑已可触摸。下阕直写闺中相思。梦中与情人相见，醒来犹疑是真是幻。渴望重逢，书信传情，字字都是心迹的表述。结尾二句对当年相聚情景略作回忆。当时宿妆浓艳，脸腮红如丹杏，两人曾花间游玩。今日思恋，细认香花，寻觅当年两人的游迹。

踏莎行

宿雨收尘，朝霞破暝，风光暗许花期定。玉人呵手试妆时，①粉香帘幕阴阴静。②　斜雁朱弦，③孤鸾绿镜，④伤春误了寻芳兴。去年今日杏墙西，啼莺唤得闲愁醒。⑤

【注释】

①“玉人”句：初春晨起寒冷，故需要呵手试妆。欧阳修《诉衷情》：“清晨帘幕卷轻霜，呵手试梅妆。” ②阴阴：幽暗不明的样子。 ③斜雁朱弦：筝有十二或十三弦，斜列如雁行，有称雁筝者。 ④孤鸾绿镜：镜亦被称为鸾镜。 ⑤“啼莺”句：唐金昌绪《春怨》：“打起黄莺儿，莫教枝上啼。啼时惊妾梦，不得到辽西。”

【品评】

词写别离之愁。上阕写初春闺中晨起梳妆打扮。在一个雨后天晴、朝霞明媚的日子，风光秀丽，花期已近。美人晨起时，呵手试妆，帘幕里寂静幽暗，粉香扑鼻。下阕写离愁。雁筝诉怨，鸾镜伤离，闺人赏春懒得外出，由此耽误了寻芳赏春的时光。去年今日杏墙西面，送别情人，离愁便挥之不去。春天到来，啼莺惊梦，醒来往往是愁绪纠缠。

踏莎行

绿径穿花，红楼压水，寻芳误到蓬莱地。[1]玉颜人是蕊珠仙，[2]相逢展尽双蛾翠。　梦草闲眠，流觞浅醉，一春总见瀛洲事。[3]别来双燕又西飞，无端不寄相思字。

【注释】

①蓬莱：传说中东海上神仙居住的地方。这里代指青楼妓院。 ②蕊珠仙：代指妓女。蕊珠宫是道家所说的神仙宫

阙。 ③瀛洲：与“蓬莱”同意。

【品评】

词写游妓、宿妓经历。穿过绿径花丛，来到水边红楼，无意中寻觅到一家妓院。与玉颜美貌的妓女相逢相聚，对方翠眉舒展，尽情欢快。词人一春都在这样寻欢作乐的妓院游历中度过，或闲眠入梦，或饮酒浅醉，青楼日子过得欢心舒畅。“别来”二句写日后相思，是结尾的点缀，是宋词创作的俗套。词人用游仙笔调写游妓，过程很优雅美丽。词人闲雅从容、欢快舒适地游乐，在生平中较为少见。

踏莎行

雪尽寒轻，月斜烟重，清欢犹记前时共。
迎风朱户背灯开，拂檐花影侵帘动。[①] 绣
枕双鸳，香苞翠凤，[②]从来往事都如梦。伤心
最是醉归时，眼前少个人人送。

【注释】

①“迎风”二句：唐元稹《会真记》莺莺赠张生诗：“待月西厢下，迎风户半开。拂墙花影动，疑是玉人来。” ②香苞翠凤：喻指女子姣好美丽的容颜。香苞，芳香的花苞。翠凤，翠玉制作的凤形首饰。

【品评】

词写思恋之情。游妓经历中，这是一位给词人留下深

刻印象的妓女。词人追忆前欢，那是一个“雪尽寒轻，月斜烟重”的夜晚，来到妓院，朱户迎风而开，花影拂檐而动，开门迎客又遮掩隐约，最能打动游客之心。“绣枕双鸳，香苞翠凤”则是追忆枕席间之事，不能写得再透明了，否则就成柳永了。别离之时，只得饮醉归去，少一分清醒，少一点痛苦。眼前无人投怀送抱，与前欢对比，词人思恋愁苦之情难以抑制。

满庭芳

南苑吹花，西楼题叶，故园欢事重重。凭栏秋思，闲记旧相逢。几处歌云梦雨，[①] 可怜便、流水西东。别来久，浅情未有，锦字系征鸿。[②]　　年光还少味，开残槛菊，落尽溪桐。漫留得，尊前淡月西风。此恨谁堪共说？清愁付、绿酒杯中。佳期在，归时待把，香袖看啼红。

【注释】

①歌云梦雨：用巫山神女典故，隐指与歌妓的欢爱。

②锦字：即锦书，情书。系征鸿：相传大雁能够传书。

【品评】

词写秋日离别相思。上阕追忆往事。“南苑吹花，西楼题叶”为互文，写当年故园相聚时，有许多欢乐之事。秋日凭栏，追忆相逢后曾经有过的快乐，牵引出眼前的孤寂凄凉。当年欢爱如云雨散去,如流水西东。离人不禁怨恨情人的浅情,离别之后,一直没有书信。如今菊花开残,桐叶凋零,景致风光都越来越萧条,恰似离人心境。面对“淡月西风”,离别愁恨无人诉说,只得借助绿酒杯消遣愁绪。词人最终期待,还有重逢的佳期。届时把香袖,看啼红,相互怜惜,爱意无限。思念情人,就在如此的幻觉期待中延续离愁。

留春令

画屏天畔,梦回依约,十洲云水。[①]手捻红笺寄人书,[②]写无限、伤春事。 别浦高楼曾漫倚,对江南千里。楼下分流水声中,有当日、凭高泪。

【注释】

①十洲:传说中仙人居住的十个岛屿。这里指妓女居所。 ②捻:揉搓。

【品评】

词写闺中别离之愁。别后梦回,画屏图案依稀,当年情景隐约可见。将无尽相思伤春之意写入红笺,寄予远人,期待他能早日归来。高楼凭倚,眺望江南千里,不见情人。楼下流水依旧,水声潺潺,应有当日相思泪水融入其中。

留春令

采莲舟上，夜来陡觉，十分秋意。懊恼寒花暂时香，与情浅、人相似。　玉蕊歌清招晚醉，恋小桥风细。水湿红裙酒初消，又记得、南溪事。

【品评】

这首词谴责对方的移情别恋。歌词设计秋日采莲舟上，萧条秋意已浓，失恋者内心一样寒冷凄苦。“懊恼寒花暂时香，与情浅、人相似”，是青楼妓院送往迎来的常态，只是以往生活在幻觉中的词人不愿面对而已。下阕还是追忆当时清歌酒宴与歌妓欢聚的情景，词人还是愿意回到幻觉中去，那是词人最为适宜的精神世界。这里小桥风细，水湿红裙，酒意初消，在南溪边有过许多欢爱之事。回到追忆的幻觉中，词人才能得到充分的精神满足。

留春令

海棠风横，醉中吹落，香红强半。[1]小粉多情怨花飞，仔细把、残香看。　一抹浓檀秋水畔，缕金衣新换。鹦鹉杯深艳歌迟，[2]更莫放、人肠断。

【注释】

①强半：大半。 ②鹦鹉杯：酒杯，用鹦鹉螺制作。泛指精美酒杯。艳歌：汉乐府歌名。泛指歌曲。

【品评】

词写相思离愁。这首词写得相当含蓄，至结尾才略略点明“人肠断”的离愁别绪。上阕写秋末花飞。秋末风狂，吹落海棠，大半花瓣凋零。多情无奈，只能仔细观赏残香，表达对海棠花的留恋之意。下阕写歌舞断肠。秋水畔新换金缕舞衣，鹦鹉杯劝酒，艳歌娱客。酒尽人散，凄凉孤寂，只有相思肠断。这首词应该是酒宴间的应酬之作。

风入松

柳阴庭院杏梢墙，依旧巫阳。① 凤箫已远青楼在，水沉谁、复暖前香。② 临镜舞鸾离照，③ 倚筝飞雁辞行。④　坠鞭人意自凄凉，泪眼回肠。断云残雨当年事，⑤ 到如今、几处难忘。两袖晓风花陌，一帘夜月兰堂。

【注释】

①巫阳：用巫山神女故事。神女自云：“妾在巫山之阳，高山之阻。” ②水沉：即沉水，沉香，香料名。 ③“临镜”句：用鸾镜故事。 ④“倚筝”句：筝有十二或十三弦，斜列如雁行，有称雁筝者。 ⑤断云残雨：用巫山神女故事，喻指当年的恩爱。

【品评】

词写离别相思。上阕设想闺中。情人离去，闺中寂寞。庭院柳荫，墙边杏梢，冷清寂静。青楼巫阳仍在，凤箫声远，行人已经无法再听闺人演奏。孤独闺人或对鸾镜梳妆，则思离人；或把雁筝弹奏，则忆辞别。处处别情，时时相思。下阕直写行人。行人沿途凄凉，泪眼思恋，伤心肠断。追忆当时与闺人云雨恩爱旧事，虽说难忘，却已远去。“两袖”二句分写双方。行人花陌羁旅，两袖晓风，奔波飘零；闺人兰堂独处，面对一帘夜月，相思不已。词语优美，抒情深婉。

风入松

心心念念忆相逢，别恨谁浓。就中懊恼难拚处，是擘钗、分钿匆匆。① 却似桃源路失，② 落花空记前踪。　　彩笺书尽浣溪红，深意难通。强欢殢酒图消遣，③ 到醒来、愁闷还重。若是初心未改，多应此意须同。

【注释】

①擘钗、分钿：喻指情人离别。唐白居易《长恨歌》：“唯将旧物表深情，钿合金钗寄将去。钗留一股合一扇，钗擘黄金合分钿。” ②桃源路失：用刘晨、阮肇入天台山遇仙故事。③殢：沉湎。

【品评】

词写别离相思。上阕写行人。别后相思恨苦，时时盼望重逢。思念之极，回忆起当年分手之匆匆，不仅懊恼怨恨。一旦离别，桃源路失，不知如何归去。记得落花前踪，却不可能寻迹求归。“却似”二句用典写离人无法归去，不是真的迷失了归路。下阕写闺中。闺中彩笺书信寄情，却无法表达相思深情。闺人强作欢态，沉湎酒杯，以图醉入梦乡，忘记相思痛苦。酒醒后，愁闷反而更加深切。“若是”二句照应双方。双方相恋初心如果不变，双方相思苦痛之意应该是相同的。词人下阕替闺中设想，结尾又揣摩一句，毕竟知道对方歌妓与自己并不一样。

清商怨

庭花香信尚浅，最玉楼先暖。梦觉春衾，江南依旧远。　回纹锦字暗剪，①漫寄与、也应归晚。要问相思，天涯犹自短。

【注释】

①回纹锦字：代指情书。

【品评】

词写离别相思。早春时节，庭花初放，花香尚浅，玉楼女子已感受到春天的暖意。然情人未归，一枕春梦，江南遥远，依然无法寻觅情人的影踪。欲寄情书给江南游子，诉说因其晚归而相思情苦。闺中相思，与天涯比拟，天涯犹短。结尾二句比拟，构思新颖，形象生动。

秋蕊香

池苑清阴欲就，还傍送春时候。眼中人去难欢偶，谁共一杯芳酒？　朱栏碧砌皆如旧，[1]记携手。有情不管别离久，情在相逢终有。

【注释】

①"朱栏"句：五代李煜《虞美人》："雕栏玉砌应犹在，只是朱颜改。"

【品评】

词写送别相思。送春时候，池苑旁边，设宴送行。情人即将离去，欢情难以继续，无心饮酒。面对酒杯，不禁联想：别后谁共芳酒？旧日情人携手游玩的朱栏碧砌仍如旧日，情人离去后即无心游玩。送别之际，终究是抱有良好的愿望：两人恋情还在，不管分别多久，一定会再度相逢！结尾两句是相互的嘱托，是良好的愿望，更是离别时的自我宽慰。

秋蕊香

歌彻郎君秋草，别恨远山眉小。无情莫把多情恼，第一归来须早。　红尘自古长安道，故人少。相思不比相逢好，此别朱颜应老。

【品评】

词写送别相思。秋日设宴送别，席上歌声相送，秋草萋萋，远山迢迢。开篇勾勒出一幅凄迷淡远的送别场景。离别嘱托，一去莫要无情忘却，要牵挂此处的恋情，第一要事是必须早早归来。平实真挚的嘱咐里，满是深情蜜意。行人远去，奔波长安道，沿途应少故人。相思情苦，朱颜老去，不如早日归来相逢。这首词从“无情莫把多情恼”始，一直是歌妓的诉说和嘱托，打破了上下阕的界限，结构比较特殊。

思远人

红叶黄花秋意晚，① 千里念行客。飞云过尽，归鸿无信，② 何处寄书得？　泪弹不尽临窗滴，就砚旋研墨。③ 渐写到别来，此情深处，红笺为无色。④

【注释】

①红叶黄花：枫叶与菊花。　②归鸿：传说大雁可以传信，故词人对其寄予希望。　③旋：不久。　④红笺：古代女子使用的粉红色的信笺。

【品评】

对恋人的思念之情，一般都集中在春、秋两个典型的季节里。这是一首咏题之作，歌词内容与调名一致，写秋日里对远方恋人的思念，是词人代居家的歌妓言情。首句渲染了浓郁的秋色。红色的枫叶与黄色的菊花，是单调的秋天里两种触目的色彩，词人以此着意烘托“秋意晚”的季节特征。独居闺中的佳人禁不住“秋思”的侵袭，绵绵思念起离别在外的“千里行客”。不知行人何日回来，只好把希望寄托在“归鸿”传书上。但是，望尽“飞云”，“归鸿”难凭，期待屡屡落空。对方既然没有写信过来，自己不妨以笔墨倾诉一下相思深情。设身处地着想，对方也一定是如此急切地盼望着自己的来信。下片因此自然完成了过渡。整日以泪洗面，泪水用来磨墨，情深意重。渐渐写到动情深处，泪水已经干涸而继之以血，鲜红的血泪使“红笺”失色。用极度的夸张，渲染内心的痛苦。痛苦到这种程度，恐怕无法下笔了。不知“行客”始终没有音信寄递是否也是这样的原因，因过分痛苦而无由表达。词中所有的感受都是词人自己的，但他却婉转代言，托之居家的恋人，以展示双方共同为情所苦。

碧牡丹

翠袖疏纨扇，凉叶催归燕。一夜西风，几处伤高怀远。细菊枝头，开嫩香还遍。月痕依旧庭院。　　事何限？怅望秋意晚。离人鬓华将换。静忆天涯，路比此情犹短。试约鸾笺，①传素期良愿，②南云应有新雁。

【注释】

①鸾笺：彩笺。　②素期：心期，期待的见面日子。

【品评】

词写离别相思。上阕写秋景，以景衬情。秋日凉意已深，纨扇弃用，归燕离去，细菊开遍。闺人登高怀远，夜晚无眠。才见一夜西风，才见一抹月光照在旧庭院。下阕写离情。怅然眺望中，秋意又晚。相思折磨，离人鬓华变白。寂静中追忆天涯游子，相思之情比天涯路途更长。欲写彩笺书信，传递重逢良愿，应由新雁为之传书。结尾自我安慰，期待有重见的日期。

长相思

长相思，长相思。若问相思甚了期，除非相见时。　　长相思，长相思。欲把相思说似谁？浅情人不知。

【品评】

这首词都是由口语写成，急切地倾吐相思之情。感情炽烈，喷薄而出。除非相见，不能了却相思之情。诉说相思，情人不归，应该是浅情导致。或倾诉，或怨恨，都因相思过切而致。

醉落魄

满街斜月，垂鞭自唱阳关彻。[①] 断尽柔肠思归切，都为人人，不许多时别。　　南桥昨夜风吹雪，短长亭下征尘歇。[②] 归时定有梅堪折，欲把离愁，细捻花枝说。[3]

【注释】

①阳关：曲名，送别时所唱。王维《渭城曲》又称《阳关三叠》。阳关，地名，在今甘肃敦煌西南。彻：完毕，结束。 ②短长亭：古代于驿道上设立的驿站，供行人餐饮住宿，五里一短亭，十里一长亭。 ③捻：揉搓。

【品评】

词写羁旅思愁。垂鞭羁旅，满街斜月，自唱《阳关》，千里思归。柔肠寸断，只为情人，离别多时。昨夜经过南桥，北风吹雪，天气恶劣。沿途停留过诸多短亭长亭，风尘仆仆。一路劳顿，身体疲惫；一路思恋，心情愁苦。惟有盼望归去重见情人的时候，共折梅花，细说一路相思离愁。

醉落魄

鸾孤月缺，[1]两春惆怅音尘绝。如今若负当时节，信道欢缘，狂向衣襟结。[2] 若问相思何处歇？相逢便是相思彻。[3]尽饶别后留心别，也待相逢，细把相思说。

【注释】

①鸾孤：喻指情人离别。 ②衣襟结：古人以结衣襟表达难舍难分之恋情。每结一次衣襟，表达一种心愿。唐孟郊《结爱》："一度欲离别，千回结衣襟。结妾独守志，结君早归意。"

③彻:到底,到头。

【品评】

词写离别相思。情人离去,音讯断绝,已经有两个春天。辜负当时情意,思念至极,狂结衣襟。惟有相逢,才能了却相思。别后时刻挂念,待相逢时细说相思。词多口语,直白浅俗,反复出现"相思",表达情感之炽烈。

醉落魄

天教命薄,青楼占得声名恶。对酒当歌寻思著,[1]月户星窗,多少旧期约。　相逢细语初心错,两行红泪尊前落。霞觞且共深深酌。[2]恼乱春宵,翠被都闲却。

【注释】

①对酒当歌:曹操《短歌行》:"对酒当歌,人生几何?"

②霞:喻指美酒。

【品评】

词写歌妓生活。歌妓的内心独白,都是词人的想象之词。歌妓埋怨自己命薄,在青楼里生活,名声不佳,因此不可能真正寻觅到有情郎。歌妓日常夜晚对酒当歌应酬之际,与客人有过许多相爱相恋的约定,没有一次是真实的,或在现实中能够得到落实。如果真的能够与有情郎相逢,歌妓要细说心事,当年的青楼生活抉择是完全错误的。希望能与情人共举酒杯，深深祝愿两情相好。上述种种，皆歌妓内心独白。末二句回到现实。春宵孤独恼恨，翠被空闲，无人共眠。这首词揣摩歌妓心理，替歌妓抱屈，比较接近歌妓的真实心态。

醉落魄

休休莫莫，[①]离多还是因缘恶。有情无奈思量著，月夜佳期，近写青笺约。

心心口口长恨昨，分飞容易当时错。后期休似前欢薄，买断青楼，莫放春闲却。

【注释】

①休休莫莫：罢了，罢了。

【品评】

词写歌妓内心愁苦。离别相思之苦，将歌妓折磨得心灰意冷。词一开篇就是强烈的感叹：罢了！罢了！但是，歌妓又断不了对真情相恋的渴望，故安慰自己说：总是分离，总是相思，还是姻缘不好。有情歌妓，虽劝说放手，但依然断不了思量。靠近月夜佳期，更渴望情人归来。于是，写入青笺，传信情人，望其如期归来。思量无用，愁恨难禁。口口声声埋怨，当时分手太轻易了，完全错了。歌妓希望以后再有情爱，不要像前次那样短暂和薄情，干脆买断青楼，将自己包养起来，在所有春天的好时光里一起游玩欢爱。词人设想歌妓的内心活动，总是依附于男人，总是对某一情人死心塌地。词人从这样的幻觉出发，就有许多歌妓相思情深之作。

望仙楼

小春花信日边来,[①]未上江楼先坼。[②]今岁东君消息,[③]还自南枝得。　素衣染尽天香,玉酒添成国色。一自故溪疏隔,肠断长相忆。

【注释】

①花信:花信风。风应花期而来,好像有信,故称。一般分二十四番花信风,以节候划分。　②坼:裂开。这里指春花绽放。　③东君:春神,代指春天。

【品评】

词写离别相思。上阕写初春花开。春天初到,花信风吹,登临江楼眺望,先见南枝梅花绽放。登楼遥望,本为情人,春天的到来,更牵引出闺人的相思之情。下阕追忆当年。当年与情人相聚,共游春光,素衣上染透春日的花香。两人共饮美酒,酒色上脸,闺人更显艳丽姿色。一旦分离,故溪相隔,惟有相思肠断。

凤孤飞

一曲画楼钟动,宛转歌声缓。绮席飞尘满,[①]更少待、金蕉暖。[②]　细雨轻寒今夜短，依前是、粉墙别馆。端的欢期应未晚，③奈归云难管。

【注释】

①绮席：豪华的酒宴。 ②金蕉：金杯。蕉叶形酒杯。③端的：真个，确实。

【品评】

词写别后相思。追忆当年画楼设宴，歌妓唱曲侑酒，一曲歌声婉转。如今情人离去，当年绮席生尘，相待何日，金杯重暖，酒宴再开。上阕所忆种种情景，都是歌妓今夜身处“粉墙别宫”，于“细雨轻寒”无眠时的思量。如今归来，欢期未晚，无奈行云难觅行踪，归期遥遥。

西江月

愁黛颦成月浅，啼妆印得花残。只消鸳枕夜来闲，晓镜心情便懒。　醉帽檐头风细，征衫袖口香寒。绿江春水寄书难，携手佳期又晚。

【品评】

词写离别相思。上阕写闺中。黛眉愁蹙，啼痕残妆，歌妓在伤心痛苦中度日。“只消”二句点明痛苦的原因。夜来枕闲，孤床独眠，晓起无心对镜梳妆。情人不在身旁，愁绪纠缠，诸事慵懒。下阕写旅途。行人晨起，醉意未消，檐头风细，征衫袖口犹留佳人芳香。欲托绿江春水传信，书信难达，无法约定重新携手的好日子。

西江月

南苑垂鞭路冷，西楼把袂人稀。庭花犹有鬓边枝，且插残红自醉。　画幕凉催燕去，香屏晓放云归。依前青枕梦回时，试问闲愁有几？

【品评】

词写闺中思愁。南苑送别行人，垂鞭离去，一路冷清。西楼归来孤独，无人把袂寻欢。闺人鬓边犹插着庭花，一朵残花必定是当时情人亲手摘取，为其插向鬓边，故珍惜而不愿取下。寂寞中只能饮酒自醉，消磨愁绪。画幕凉意已生，催促燕子归去；睡醒面对屏风，屏风上飞云归去的图案再惹相思。回味青枕残梦，犹是与情人相聚相别情景。别后闲愁，难以言说。

武陵春

绿蕙红兰芳信歇，金蕊正风流。[①]应为诗人多怨秋，花意与消愁。　梁王苑路香英密，[②]长记旧嬉游。曾看飞琼戴满头，浮动舞梁州。[③]

【注释】

①金蕊：菊花。 ②梁王苑：园林名，又名“梁苑”、“兔园”，西汉梁孝王刘武修筑。是梁孝王游乐和接待宾客的场所。故址在今河南开封市东南。这里泛指园林。 ③梁州：曲名。又名《凉州》，唐教坊曲。

【品评】

词写秋愁。秋日绿蕙红兰都已衰残，惟菊花盛开，风光正好。诗人此际悲秋，赏花消愁。愁绪所来，皆因追忆导致。回顾当年园林与佳人共游，嬉戏欢乐，苑中花香馥郁。飞花飘落，落满美人头上，美人歌舞《梁州》，花面辉映，婀娜艳丽，给诗人留下深刻的美好印象。

武陵春

九日黄花如有意，依旧满珍丛。谁似龙山秋兴浓，吹帽落西风。① 年年岁岁登高节，欢事旋成空。几处佳人此会同，今在泪痕中。

【注释】

①“谁似”二句：用孟嘉故事。《晋书·孟嘉传》：“九月九日，(桓)温燕龙山，僚佐毕集。时佐吏并著戎服，有风至，吹嘉帽堕落，嘉不之觉。温使左右勿言，欲观其举止。嘉良久如厕，温令取还之，命孙盛作文嘲嘉，著嘉坐处。嘉还见，即答之，其文甚美，四坐嗟叹。”后常以此典咏重阳节。

【品评】

词咏重阳登高愁思。重阳菊花绽放，花丛遍地。词人登高赏菊，往事浮上心头。年年重阳登高，往日有佳人相伴，今日孤独，欢事成空。思念旧情，伤心落泪。以重阳登高为背景，写离愁别绪，在晏几道词极为少见。

武陵春

烟柳长堤知几曲，一曲一魂消。秋水无情天共遥，愁送木兰桡。　熏香绣被心情懒，期信转迢迢。①记得来时倚画桥，红泪满鲛绡。②

【注释】

①期信：期待中的情书。　②鲛绡：手帕。

【品评】

词写闺中别情。上阕写送别。送别长堤，两旁烟柳成排。长堤弯曲路远，每送一程，皆为之伤心愁苦。秋水无情，杳无际涯，木兰舟去，难以寻觅。以送别之长堤路遥、秋水无际烘托愁情，境界开阔。下阕写归来愁苦。回到闺中，绣被虽香，枕衾已孤。情书遥遥无期，不知何日寄达。回顾从长堤归来时，路经画桥，倚桥遥望，泪满鲛绡。

解佩令

玉阶秋感，年华暗去，掩深宫、团扇无绪。记得当时，自剪下、机中轻素。点丹青、画成秦女。①　凉襟犹在，朱弦未改，忍霜纨、飘零何处？②自古悲凉，是情事、轻如云雨。③倚幺弦、恨长难诉。④

【注释】

①秦女：秦穆公女弄玉。这里代指宫女。　②霜纨：洁白细绢。　③云雨：用巫山神女故事。　④幺弦：琵琶的第四弦。因其最细，故称。

【品评】

词写秋日宫愁。宫女思愁，为情所困，其情感表达与江湖歌妓大致类似。宋词写宫愁，只是身份借用，重点还是在写男欢女爱、离愁别怨。深秋时节，身居深宫，岁月流逝，年华老去。秋凉已至，团扇无用。团扇捐弃，易引起宫女自身被弃的感慨。上阕抓住团扇做文章。这团扇是宫女裁剪“轻素”，亲手制作，并在扇面画成秦女。秦女是宫女的自我写照，有秦女的才貌，也渴望有秦女般美满姻缘。团扇见弃，姻缘无望，伤心欲绝。深宫无所见闻，宫女面对的只是自己日常的服装、乐器等，内心的苦痛也借“凉襟”、“朱弦”抒发。“飘零何处”是对自身命运的追问。情缘落空，如梦中云雨。宫女悲凉难忍，托琵琶乐声诉说愁恨。心中蓄积愁恨过多，琵琶也无法将其尽情倾吐。

行香子

晚绿寒红，芳意匆匆，惜年华、今与谁同？碧云零落，数字征鸿。[1]看渚莲凋，宫扇旧，怨秋风。　　流波坠叶，佳期何在，想天教、离恨无穷。试将前事，闲倚梧桐。有消魂处，明月夜，粉屏空。

【注释】

①数字征鸿：大雁飞行时，排成“一”或“人”字行，故称。相传大雁能够传递书信。

【品评】

词写秋日离愁。晚秋季节，红莲凋残，征鸿离去。青春年华流逝，有谁共度美好时光？孤独寂寞中的追问，是对自己青春美貌的珍惜。无奈看着“渚莲”、“宫扇”，怨恨着秋风，其实是对自身命运无法把握的无奈和怨恨。闺人不知与情人相聚的佳期是何时，只能怨恨无穷离恨是老天的安排。明月夜，闲倚梧桐，细想前事，面对孤寂，伤心欲绝。全词用秋日的种种景象烘托离情，含蓄蕴藉。

庆春时

梅梢已有，春来音信，风意犹寒。南楼暮

雪，无人共赏，闲却玉栏杆。　　殷勤今夜，凉月还似眉弯。尊前为把，桃根丽曲，①重倚四弦看。②

【注释】

①桃根丽曲：晋代王献之妾名桃叶，其妹名桃根。献之送别桃叶，曾作《桃叶歌》，云："桃叶复桃叶，渡江不用楫。但渡无所苦，我自迎接汝。"这里泛指离别歌曲。　②四弦：指琵琶。琵琶有四弦，故称。

【品评】

词写歌妓思愁。上阕写白日，下阕写夜晚。初春来到，寒风依然，梅梢已有花苞欲放。南楼佳人孤寂，独倚玉栏杆，无人共赏残雪。今夜凉月如眉，酒宴重开，歌妓当筵演奏，《桃根》丽曲，寄托送别相思之情。

喜团圆

危楼静锁，①窗中远岫，②门外垂杨。珠帘不禁春风度，解偷送余香。③　　眠思梦想，不如双燕，得到兰房。别来只是，凭高泪眼，感旧离肠。

【注释】

①危楼：高楼。　②远岫：远山。　③解：懂得，知道。

【品评】

词写离别相思。闺人独处高楼，楼门紧锁，情人不在身旁，就无心出游。惟有登楼倚窗眺望，远山在目，情人不见，更添离愁。春风吹入珠帘，送来户外百花余香，一再告诉闺人春天的讯息。情人如在身边，一起游览，欢乐无限。如今只是牵惹春日的离愁。夜晚入睡，魂牵梦萦，与白天的思恋一样。闺人由此羡慕双燕，可以自由飞翔到喜欢去的地方。“别来”三句，收束一笔，总写别后的场景，只是“凭高泪眼，感旧离肠”，日日为离情所苦。

忆闷令

取次临鸾匀画浅，①酒醒迟来晚。多情爱惹闲愁，长黛眉低敛。　　月底相逢花下见，有深深良愿。愿期信、似月如花，须更教长远。

【注释】

①鸾：鸾镜，镜子。

【品评】

词写歌妓生活情态和内心活动。上阕写歌妓晚起梳妆。歌妓每日酒宴应酬，酒醉入睡。早上醒来已迟，对镜梳妆，画成浅妆。眉黛低敛，歌妓多情，有所思，有所愁。下阕写歌妓内心愿望。歌妓所惹的闲愁，与内心隐秘的愿望有关。每日送往迎来，都是虚情假意。她渴望着能与真正有情的爱人在月下花前相逢，两情相悦，如花似月，长相厮守。这就是歌妓的“深深良愿”。这首词不写歌妓对某一男子的钟情，而写其从良愿望，稍显真实。

梁州令

莫唱阳关曲，[1]泪湿当年金缕。[2]离歌自古最消魂，闻歌更在魂消处。　　南楼杨柳多情绪，不系行人住。人情却似飞絮，悠扬便逐春风去。

【注释】

①阳关曲：曲名，送别时所唱。即王维《渭城曲》，又称《阳关三叠》。　②金缕：金缕衣。

【品评】

词写送别。送别酒宴，歌妓唱曲相送。《阳关》古曲，触动离人心绪，离歌让人伤心，伤心就是听歌的时候。上阕故意用重叠叙说的方式，强调听歌时的悲苦情绪。下阕以杨柳作比拟。杨柳长长，不系行人；行人离去，如飞絮飘扬，随春风而去。全词简洁明了，抒情效果强烈。

燕归梁

莲叶雨，蓼花风，[1]秋恨几枝红？远烟收尽水溶溶，飞雁碧云中。　　衷肠事，鱼笺字,[②]情绪年年相似。凭高双袖晚寒浓,人在月桥东。

【注释】

①蓼:水边草本植物。　②鱼笺:信笺。古代木制的装书信的信函,用两块木板合成,刻成鱼形,中间放书信。

【品评】

词写秋日离恨。秋日有“莲叶雨,蓼花风”,风雨摧残,花瓣凋零,难得剩下几枝红花。远烟散去,流水溶溶,碧空雁去。上阕显然是闺人凭高眺远所见。眺远本来是渴望情人归来,却见秋日种种景象,牵惹出无限离思。闺人欲将“衷肠事”写入信笺,寄给情人。这离别相思之情,年年都是如此。“凭高双袖晚寒浓”点明整首词都是凭高远眺时内心的种种活动。凭高远眺,一直到傍晚时刻,寒意更浓。离人依然遥远,在月桥之东,相望而不见,离愁难以摆脱。